AS ESPOSAS

TARRYN FISHER

AS ESPOSAS

Tradução
João Pedroso

1ª edição

EDITORA RECORD
RIO DE JANEIRO • SÃO PAULO
2022

CIP-BRASIL. CATALOGAÇÃO NA PUBLICAÇÃO
SINDICATO NACIONAL DOS EDITORES DE LIVROS, RJ

F565e

Fisher, Tarryn, 1983-
As esposas / Tarryn Fisher; tradução de João Pedroso. – 1ª ed. – Rio de Janeiro : Record, 2022.

Tradução de: The Wives
ISBN 978-65-5587-438-9

1. Ficção americana. I. Pedroso, João. II. Título.

22-76727 CDD: 813
CDU: 82-3(73)

Meri Gleice Rodrigues de Souza – Bibliotecária – CRB-7/6439

Esta edição foi publicada mediante acordo com Harlequin Books S.A.

Esta é uma obra de ficção. Nomes, personagens, lugares e incidentes são fruto da imaginação da autora ou fictícios, e qualquer semelhança com pessoas reais, vivas ou mortas, estabelecimentos, eventos ou localidades é mera coincidência.

Texto revisado segundo o novo Acordo Ortográfico da Língua Portuguesa.

EDITORA RECORD LTDA.
Rua Argentina, 171 – Rio de Janeiro, RJ – 20921-380 – Tel.: (21) 2585-2000,
que se reserva a propriedade literária desta tradução.

Impresso no Brasil

ISBN 978-65-5587-438-9

Para Colleen

UM

Ele vem toda semana na quinta-feira. É o meu dia, eu sou a Quinta. É um dia cheio de esperança, perdido em meio a dias mais importantes; não é o começo nem o fim, mas uma parada. Um aperitivo para o fim de semana. De vez em quando, penso nos outros dias e fico me perguntando se elas pensam em mim. As mulheres são assim, não é? Ficam sempre pensando em outras mulheres, e a curiosidade e a raiva vão se embrenhando em um misto de emoções. Só que isso não adianta nada; quem pensa demais acaba entendendo tudo errado.

Arrumo a mesa para dois. Estou um pouco tonta enquanto ponho os talheres de prata e demoro um instante para me lembrar a posição de cada utensílio de acordo com a etiqueta. Passo a língua pelos dentes e balanço a cabeça. Que besteira; seremos só Seth e eu hoje à noite, será um encontro em casa.

Não que façamos algo além disso — não saímos juntos porque alguém pode nos ver. Imagina só... não querer ser vista com o próprio marido. Ou meu marido não querer ser visto comigo. A vodca que beberiquei mais cedo me deu uma aquecida, deixou meus membros descoordenados e desengonçados. Quando vou colocar um garfo ao lado de um dos pratos, quase derrubo o vaso de flores: um buquê das rosas cor-de-rosa mais claras que já vi. Escolhi essas flores por causa do teor sexual e porque, numa posição como a que ocupo, comandar nossa dinâmica sexual é extremamente importante. *Olha só essas pétalas delicadas e rosadas. Elas fazem você pensar no meu clitóris? Ótimo!*

Ao lado das flores vaginais há duas velas em candelabros de prata. Uma vez, minha mãe me contou que, à luz bruxuleante de velas, uma mulher pode parecer dez anos mais nova. Minha mãe se importava com essas coisas. A cada seis semanas, um médico enfiava uma agulha na testa dela e injetava 30 ml de Botox em sua derme. Ela assinava todas as revistas de moda imagináveis e colecionava livros que ensinavam como manter o marido. Ninguém tenta com tanto afinco segurar o marido, a não ser que já o tenha perdido. No passado, quando meus ideais não eram contaminados pela realidade, eu a considerava superficial. Meu plano era ser completamente diferente de minha mãe: ser amada, bem-sucedida, conceber filhos lindos. Mas a verdade é que o que o coração deseja é apenas uma ondinha que vai contra a maré daquilo que somos e daquilo que aprendemos a ser. As pessoas podem passar a vida inteira nadando na direção contrária, mas, com o tempo, ficarão cansadas, e a correnteza de genes e vontades adquiridas pela criação as afogarão. Acabei me tornando mais parecida com ela e menos comigo mesma.

Com o dedão, rolo a roda do isqueiro e seguro o fogo sobre o pavio. O isqueiro é da marca Zippo e tem uma bandeira inglesa gasta nele. A labareda tremeluzente faz com que eu me lembre da época que eu fumava. Foi basicamente para parecer descolada — nunca traguei, mas adorava ver aquela chama na ponta dos dedos. Meus pais compraram os candelabros para mim como um presente de chá de panela depois que os vi num catálogo da Tiffany. Na minha opinião, esses objetos têm uma elegância previsível. Quando você é recém-casada e vê um par de candelabros, já pensa logo na infinidade de jantares com carne assada e legumes cozidos que vai acompanhá-lo. Jantares muito parecidos com este de hoje. Minha vida é quase perfeita.

Olho pela janela de sacada enquanto dobro os guardanapos e avisto o parque se estendendo abaixo de mim. Está nublado lá fora, típico de Seattle. Foi por causa da vista que escolhi este apartamento em vez da outra opção muito melhor e maior de frente para a Elliott Bay. Enquanto a maioria das pessoas escolheria a visão da água, eu prefiro ver a vida das pessoas. Há um casal de velhinhos sentado num banco, olhando para a pista onde pessoas passam correndo e andam de bicicleta o tempo todo. Eles não estão se tocando, mas ambas as cabeças se movem em sincronia sempre que alguém passa. Fico pensando se algum dia Seth e eu seremos assim, então sinto minhas bochechas esquentarem quando me lembro das outras. Imaginar o futuro se prova difícil quando você divide seu marido com outras duas mulheres.

Ponho a garrafa de *pinot grigio* que escolhi no mercado hoje mais cedo na mesa. O rótulo é sem graça e não chama a menor atenção, mas o homem com aparência austera que me vendeu descreveu o gosto com muitos detalhes, esfregando a ponta dos dedos enquanto falava. Não me lembro do que ele disse, mesmo que tenha sido apenas há poucas horas. Eu estava distraída, focada em comprar os ingredientes. Cozinhar, minha mãe me ensinou, é a única maneira de ser uma boa esposa.

Dou alguns passos para trás e avalio meu trabalho. No geral, a mesa ficou impressionante, mas já sabemos que sou mestre em apresentação. Está tudo certinho, do jeito que ele gosta e, portanto, do jeito que eu gosto. Não que eu não tenha personalidade, é só que tudo o que sou é reservado para ele. Como tem de ser.

Às seis em ponto, ouço a chave girar na fechadura e o barulho da porta se abrindo. Escuto o som da tramela fechando e as chaves se chocando com a mesa do hall de entrada. Seth nunca se atrasa. Ordem é importante quando se vive uma vida complicada como a dele. Ajeito o cabelo que deixei meticulosamente cacheado e saio da cozinha para cumprimentá-lo no corredor. Ele está olhando para a correspondência que tem nas mãos, e há gotas de chuva nas pontas de seu cabelo.

— Você pegou a correspondência! Obrigada.

Fico envergonhada com o entusiasmo em minha voz. É só a correspondência, pelo amor de Deus.

Ele deixa a pilha de cartas na mesinha de mármore do hall de entrada, ao lado das chaves, e sorri. Sinto um frio na barriga e o calor da empolgação me dominar. Chego mais perto dele, inalo seu cheiro e enterro meu rosto em seu pescoço. É um pescoço bonito, largo e queimado de sol, que sustenta uma bela cabeça cheia de cabelo e um rosto com uma beleza padrão, com uma barba rala por fazer que lhe dá um ar de malandro. Aninho-me nele. Cinco dias é muito tempo longe do homem que amo. Quando eu era mais nova, considerava o amor um fardo. Como alguém consegue fazer as coisas quando precisa levar em consideração outra pessoa a cada segundo do dia? Quando conheci Seth, tudo isso caiu por terra. Virei minha mãe: amorosa, submissa e de pernas abertas, tanto emocional quanto sexualmente. Saber disso me deixava emocionada e revoltada.

— Senti saudade — digo.

Beijo a parte inferior do queixo dele, a área macia embaixo da orelha e depois fico na ponta dos pés para beijá-lo na boca. Estou desesperada por atenção, e meu beijo é agressivo e intenso. Ele dá um gemido que vem do fundo da garganta, larga a pasta no chão com um baque e me abraça.

— Gostei da recepção — diz. Com dois dedos, brinca com as protuberâncias da minha coluna como se estivesse tocando saxofone. Ele as massageia com delicadeza até que me enrosco ainda mais nele.

— Poderia ficar ainda melhor, mas o jantar está pronto.

O olhar dele se torna malicioso, e comemoro em silêncio. Deixei-o excitado em menos de dois minutos. Fico com vontade de dizer: "Quero ver você me superar." Mas para quem? Sinto meu estômago embrulhar, como se uma fita estivesse se desenrolando dentro dele. Tento afastar qualquer que seja esse sentimento. Por que sempre tenho de pensar nelas? O segredo para fazer esse relacionamento funcionar é *não* pensar nelas.

— O que você fez?

Ele desenrola o cachecol do pescoço, me laça com o tecido e, depois de me puxar para mais perto, me beija de novo. A voz dele é acalentadora em comparação ao transe gelado em que caí, então tento não pensar no que estou sentindo, determinada a não estragar nossa noite juntos.

— Que cheiro bom!

Dou um sorriso e vou desfilando até a mesa, um pouco de movimento de quadril para complementar o jantar dele. Paro no batente da porta para observar sua reação à mesa.

— Tudo o que você faz é lindo.

Ele estende aquelas mãos fortes, bronzeadas e entrecortadas por veias salientes na minha direção, mas me afasto rebolando, provocando-o. Atrás dele, a janela está molhada da chuva.

Olho para além do ombro de Seth e percebo que o casal que estava no banco sumiu. Foram para casa fazer o quê? Pedir comida chinesa... tomar sopa enlatada...?

Depois de ter certeza de que os olhos de Seth estão cravados em mim, vou até a cozinha. A vida me ensinou que é possível atrair o olhar de um homem ao se mover do jeito certo.

— Costela de cordeiro — digo. — Cuscuz...

Ele pega a garrafa de vinho em cima da mesa pelo gargalo e a inclina para estudar o rótulo.

— Esse vinho é dos bons.

Seth não deveria beber vinho; não bebe com as outras. Motivos religiosos. Ele abre uma exceção para mim, e adiciono mais essa à minha lista de pequenas vitórias. Eu o seduzi e o persuadi a beber vinhos tintos intensos, *merlots* e *chardonnays* secos. Já nos beijamos, rimos e fodemos enquanto estávamos bêbados. Só comigo; ele nunca fez isso com elas.

É besteira, eu sei. Essa é a vida que escolhi, e não tem nada a ver com competição, e sim com me entregar de corpo e alma. Mesmo assim, é difícil evitar comparações quando há outras mulheres envolvidas.

Quando volto da cozinha segurando o jantar com dois panos de prato, ele já se serviu de vinho e está olhando a vista pela janela enquanto saboreia a bebida. Abaixo da janela do décimo segundo andar, a cidade sussurra seu cântico noturno. Há uma rua movimentada que passa em frente ao parque. À direita e fora do nosso campo de visão fica o porto, com uma meia dúzia de barcos e balsas durante o verão e mascarado pela neblina no inverno. Da janela do nosso quarto dá para ver aquela extensão de água parada e as quedas-d'água. É a vista perfeita de Seattle.

— Não quero saber do jantar. Quero você agora — diz ele.

Seu tom é de ordem; Seth não dá espaço para questionamentos. É uma característica que lhe caiu bem em todas as instâncias da vida.

Olho para as travessas na mesa e percebo que estou com fome de outra coisa. Observo-o apagar as velas sem tirar os olhos de mim. Em seguida, vou para o quarto, abrindo o zíper do vestido no caminho. Abro devagar, para que ele me assista despindo aquela camada de seda. Sinto-o atrás de mim: aquela presença enorme, o calor, a ansiedade pelo que está por vir. O jantar perfeito que cozinhei esfria na mesa. Sei que a gordura do cordeiro está se solidificando nas bordas da travessa e ficando alaranjada e amarelada enquanto tiro o vestido e me inclino em direção à cama, afundando as mãos no colchão. Estou com os pulsos enterrados no edredom quando sinto as mãos dele agarrarem meu quadril e os dedos se engancharem no elástico da minha calcinha. Ele a abaixa e, quando a sinto nos tornozelos, chuto-a para longe.

Escuto o som do cinto de Seth se abrindo. Ele não fica pelado; ouço apenas o impacto abafado da calça dele caindo até os tornozelos.

Depois que terminamos, esquento nosso jantar no micro-ondas, envolta em meu roupão. Há uma ardência entre minhas pernas e um filete de sêmen na minha coxa. Estou dolorida da melhor forma possível. Levo o prato até o sofá em que Seth está deitado sem camisa, com um braço apoiado na cabeça, e o entrego a ele — o retrato de um homem exausto. Mesmo me esforçando, não consigo parar de sorrir. Estou sorrindo como uma adolescente, o que é uma rachadura na minha casca.

— Linda — diz Seth ao me ver, com sua voz rouca pós-coito. — Você estava uma delícia. — Ele estica o braço e acaricia minha coxa ao pegar o prato. — Lembra daquelas férias que a gente estava pensando em tirar? Pra onde você quer ir?

Essa é a essência da conversa pós-coito de Seth: ele gosta de falar do futuro depois de gozar.

Se me lembro? É óbvio que me lembro. Rearranjo meu rosto para demonstrar surpresa.

Faz um ano que ele está me prometendo essas férias. Só nós dois.

Meu coração acelera. Estou esperando por isso. Não quis insistir no assunto, já que ele esteve muito ocupado, mas ali está, meu ano chegou. Imaginei todos os lugares aonde poderíamos ir e concluí que deveria ser um lugar de praia. Areia branca e água lápis-lazúli, longas caminhadas à beira-mar de mãos dadas em público. *Em público.*

— Eu estava pensando em algum lugar quente — respondo.

Não faço contato visual, não quero que ele veja como estou sedenta para que ele seja só meu. Sou carente, ciumenta e mesquinha. Deixo meu roupão se abrir antes de me inclinar e servir mais vinho para ele na mesinha de centro. Como eu esperava, ele estica as mãos e segura meus seios. Ele é previsível às vezes.

— Ilhas Turcas e Caicos? — sugere. — Trinidad e Tobago?

Sim e sim!

Acomodo-me na poltrona em frente ao sofá e cruzo as pernas de um jeito que o roupão se abra e revele minha coxa.

— Você que sabe — digo. — Você já viajou mais que eu.

Sei que ele gosta de tomar as decisões. E eu lá me importo aonde vamos? Contanto que eu o tenha só para mim por uma semana inteira, está ótimo. Durante esses sete dias, ele será só meu. É um sonho. Agora chega a hora que eu temo, mas pela qual também vivo.

— Seth, como foi sua semana?

Ele põe o prato na mesa e esfrega os dedos, que estão brilhando por conta da gordura da carne. Sinto vontade de ir até lá, colocá-los na boca e chupá-los até ficarem limpos.

— A Segunda anda bem enjoada, o bebê...

— Que droga... — digo. — Ela ainda está no primeiro trimestre, então vai ser assim por mais algumas semanas.

Ele assente e dá um sorrisinho.

— Tirando o enjoo, ela está muito animada. Comprei um daqueles livros de nomes de bebês para ela. Ela fica passando marca-texto nos nomes que gosta e depois, quando estou lá, olhamos tudo juntos.

Sinto uma pontada de ciúme e a afasto na mesma hora. Esse é o auge da minha semana, ouvir sobre as outras. Não quero estragá-lo com meus sentimentos mesquinhos.

— Que legal! — digo. — Ela prefere menino ou menina?

Ele ri enquanto vai até a cozinha deixar o prato na pia. Ouço o barulho de água corrente e depois o da tampa da lixeira se abrindo para receber o guardanapo sujo.

— Menino. Com cabelo escuro como o meu. Mas acho que, seja lá o que tivermos, vai vir loiro, que nem ela.

Visualizo Segunda mentalmente: cabelo loiro, longo e escorrido, a pele queimada de sol como a de uma surfista. Ela é magra, tem o corpo malhado e os dentes perfeitos. Ri bastante, principalmente das coisas que ele fala, e é apaixonada como uma adolescente. Uma vez, ele me contou que ela tem vinte e cinco anos, mas parece que ainda está na faculdade. Normalmente, eu julgaria um homem por um comentário como esse, pelo clichê de os caras desejarem mulheres mais jovens, mas ele não é assim. Seth gosta da conexão.

— Você vai me contar assim que souber o sexo, né?

— Ainda falta bastante, mas conto, sim. — Ele sorri, o que faz os cantos de sua boca se elevarem. — Temos uma consulta na semana que vem. Vou ter que ir direto pra lá na segunda de manhã.

Ele pisca para mim, e não tenho habilidade suficiente para disfarçar que enrubesci. Minhas pernas estão cruzadas, e estou balançando o pé para cima e para baixo quando sinto aquele frio na barriga. Ele ainda causa em mim o mesmo efeito que causou no dia em que nos conhecemos.

— Posso fazer um drinque pra você? — pergunto, levantando-me da poltrona.

Vou até o bar e aperto o play no aparelho de som. É claro que ele quer uma bebida, ele sempre quer um drinque nas noites em que ficamos juntos. Uma vez, me contou que esconde uma garrafa de uísque no escritório e, mentalmente, me gabei da minha má influência. Tom Waits começa a cantar, e então pego a garrafa de vodca.

Eu costumava perguntar sobre Terça, mas agora Seth está mais hesitante em falar dela. Sempre atribuí isso ao fato de ela ter certa posição de autoridade, já que foi a primeira. A primeira esposa, a primeira mulher que ele amou. De certa forma, é assustador pensar que fui a segunda opção. O que me consola é saber que, legalmente, eu é que sou a esposa de Seth, e lembrar que ele teve de se divorciar dela para se casar comigo. Não gosto da Terça. Ela é egoísta; põe a carreira em primeiro lugar, espaço que reservo para Seth. Entretanto, ao mesmo tempo que desaprovo, não consigo culpá-la totalmente. Ele fica fora cinco dias por semana. Temos um esquema de rodízio, mas é nosso trabalho ocupar os outros dias da semana com coisas que não sejam ele. Eu os ocupo com futilidades: aulas de cerâmica, livros de romance e Netflix. Já Terça os ocupa com sua carreira. Procuro meu protetor labial no bolso do roupão. Temos uma vida fora do nosso casamento. É a única forma de não perdermos a sanidade.

Pizza no jantar de novo? Eu perguntava. Certa vez, ele admitira que a Terça pedia mais comida do que cozinhava.

Olha só pra você, sempre julgando as habilidades dos outros na cozinha. Fora o que ele disse para me provocar.

Pego dois copos e ponho gelo neles. Consigo ouvir Seth se mexendo atrás de mim, levantando-se do sofá. A garrafa de refrigerante faz um chiado quando a abro para encher os copos. Antes que eu termine nossos drinques, ele está atrás de mim, beijando meu pescoço. Inclino a cabeça para o lado a fim de dar mais acesso. Ele pega sua bebida e vai até a janela enquanto me sento.

Do sofá, eu o observo enquanto o copo sua na palma da minha mão.

Seth se senta a meu lado no sofá e coloca seu drinque na mesinha de centro. Enquanto ri, ele se estica para fazer um carinho em meu pescoço.

Seus olhos estão brilhando, cheios de flerte. Eu me apaixonei por aqueles olhos e pelo jeito com que eles sempre parecem estar rindo. Dou um sorriso de canto de boca e me reclino sobre ele, aproveitando a sensação do corpo firme em minhas costas. Seus dedos trilham meu braço de cima a baixo.

Sobre o que mais podemos conversar? Quero garantir que estou por dentro de tudo o que acontece na vida dele.

— E a empresa...?

— Alex...

Ele faz uma pausa. Observo-o passar o dedão sobre o lábio inferior, uma mania à qual me afeiçoei.

O que foi que Alex fez agora?

— Peguei ele mentindo de novo.

Alex é o sócio de Seth; eles abriram a empresa juntos. Desde que me entendo por gente, Alex é o rosto do negócio: vai às reuniões e cuida dos funcionários, enquanto Seth é quem de fato gerencia as construções e lida com pedreiros e vistorias. Seth me contou que a primeira vez que os dois brigaram foi por causa do nome da empresa: Alex queria usar o sobrenome, enquanto Seth queria algo que homenageasse o noroeste dos

Estados Unidos. Depois de muita briga, optaram por Emerald City Development, em homenagem a Seattle. No decorrer dos últimos anos, a atenção aos detalhes e o capricho com o acabamento das casas que constroem acabaram garantindo a eles uma lista de clientes riquíssimos. Nunca conheci Alex; ele não sabe que eu existo. Ele acha que a esposa de Seth é a Terça. No começo da vida de casados de Seth e Terça, eles viajavam com Alex e a esposa dele nas férias — foram ao Havaí e a Banff esquiar. Já vi Alex por foto. Ele é um pouco mais baixo que Barbara, sua esposa, ex-miss Utah. Parrudo e careca, passa um ar de mistério e soberba.

Há tantas pessoas que não conheci. Os pais de Seth, por exemplo, e seus amigos de infância. Como segunda esposa, é bem capaz que eu nunca os conheça.

— É mesmo? — digo. — O que houve?

Minha vida é cansativa com todos esses joguinhos. É a maldição de ser mulher. Seja direta, mas não tanto. Seja forte, mas não muito. Faça perguntas, mas não exagere. Tomo um gole do meu drinque e me sento no sofá ao lado dele.

— Quer saber mesmo? — pergunta Seth. — É meio estranho você perguntar sobre...

— Quero ficar por dentro de tudo da sua vida. — Dou um sorriso. — Quero conhecer seu mundo, saber como você se sente e o que acontece quando não está comigo.

É verdade, não é? Amo meu marido, mas não sou a única. Há outras. Conhecimento é meu único poder. Posso contrariá-lo, levar vantagem, dar para ele até não poder mais e fingir um interesse distante e arredio, tudo isso fazendo perguntas na hora certa.

Seth suspira e esfrega os olhos com as costas das mãos.

— Vamos pra cama — diz ele.

Estudo seu rosto. Ele não quer mais conversar sobre elas hoje à noite. Seth oferece a mão para me ajudar a me levantar, e eu a pego e me deixo ser puxada.

Dessa vez, fazemos amor, e eu o beijo intensamente enquanto o envolvo com minhas pernas. Eu não deveria ficar cheia de dúvidas, mas fico. Como um homem ama tantas mulheres? Praticamente uma por dia. E será que ele acha que está me fazendo um favor quando vem até aqui?

Ele não demora para cair no sono, mas eu, sim. Quinta-feira é o dia em que não durmo.

DOIS

Na sexta-feira de manhã, Seth já não está mais aqui quando acordo. Fiquei me revirando para lá e para cá até quatro da manhã e depois devo ter caído num sono pesado, porque não o ouvi indo embora. Às vezes, me sinto uma menina que acorda sozinha após uma transa casual, depois que o cara vai embora e antes que ela possa perguntar o nome dele. Às sextas, sempre fico até mais tarde na cama, olhando para a marca que ele deixa no travesseiro até a luz do sol atravessar a janela e chegar aos meus olhos. Hoje, o sol ainda nem começou a subir no horizonte e já estou encarando a cavidade no travesseiro ao meu lado como se minha vida dependesse disso.

As manhãs são difíceis. Em um casamento normal, o comum é acordar ao lado de uma pessoa, validar sua vida vendo o corpo dela tomado pelo sono. Há rotinas e compromissos, o que é chato, mas também é reconfortante. Não tenho o conforto da normalidade: um marido que ronca e me chuta sem querer durante a noite, ou a pasta de dente grudada na pia, que, frustrada, tenho de limpar. Seth não faz parte da base desta casa, e, na maioria dos dias, isso me entristece muito. Ele mal chega e já vai embora, para a cama de outra mulher, enquanto a minha esfria.

Dou uma olhada no meu celular e sinto a ansiedade embrulhar meu estômago. Não gosto de mandar mensagens para ele. Tenho a impressão de que seu celular é lotado de conversas com as outras. Hoje de manhã, porém, sinto uma urgência de pegar o telefone e mandar: Tô com saudade. Ele sabe disso, é lógico que sabe. Quando uma esposa passa cinco dias da semana sem ver o marido, ele deve saber que ela fica com saudade. Mas não pego o celular nem mando a mensagem. Sem ter mais o que fazer, jogo as pernas para fora da cama, calço as pantufas e sinto os dedos dos pés se acomodarem à maciez do interior do calçado. As pantufas fazem parte da minha rotina, da minha busca pela normalidade. Vou até a cozinha e dou uma olhada na cidade lá embaixo. Há uma cobra vermelha de luzes de freio preenchendo a avenida 99 formada por trabalhadores esperando a vez no sinal. Limpadores de para-brisa vão e vêm, secando a chuva que mais parece uma neblina do vidro dos carros. Eu me pergunto se Seth está lá no meio, mas não, ele pega a rodovia 5 para ir embora. Para ir para longe de mim.

Abro a geladeira, pego uma garrafa de vidro de Coca-Cola e a coloco na bancada. Vasculho a gaveta de talheres à procura do abridor e solto um palavrão quando um palito de dente entra debaixo da minha unha. Ponho o dedo na boca e abro a garrafa com a outra mão. Deixo só uma garrafa de Coca na geladeira e escondo o restante embaixo da pia, atrás do regador de plantas. Toda vez que tomo uma, coloco outra para gelar. Desse jeito, parece que é sempre a mesma garrafa de Coca que fica na geladeira. Não há ninguém para enganar além de mim mesma.

Talvez eu não queira que Seth saiba que tomo Coca no café da manhã. Ele tiraria uma com a minha cara, coisa com a qual não me importaria nem um pouco, mas é só que não é legal outras pessoas saberem que você toma refrigerante no café da manhã. Quando eu era pequena, era a única entre as minhas amigas que gostava de brincar de Barbie. Aos dez anos, elas já estavam na maquiagem, viam MTV e pediam roupas de Natal em vez da nova Barbie Trailer dos Sonhos. Eu morria de vergonha da minha paixão por Barbies, principalmente depois que minhas amigas fizeram um escândalo por causa disso e me chamaram de bebê. Em um dos momentos mais tristes da minha infância, empacotei todas as minhas bonecas e as guardei em uma caixa no closet. Naquela noite, chorei até pegar no sono, porque não queria me desfazer de algo que eu tanto amava, mas também não queria que ficassem rindo de mim por causa disso. Algumas semanas depois, quando minha mãe achou a caixa enquanto procurava roupas sujas para lavar, me perguntou o que tinha acontecido. Chorando, contei a verdade. Eu era velha demais para brincar de Barbie, e era hora de seguir em frente.

Você pode brincar com elas escondido. Ninguém precisa ficar sabendo. Você não precisa abandonar algo que ama só porque outras pessoas não aprovam, falou ela.

Segredos: sou boa em tê-los *e* em guardá-los.

Vejo que ele comeu uma torrada antes de sair. Há migalhas de pão na bancada e uma faca suja de manteiga na pia. Eu me martirizo por não ter acordado mais cedo e preparado algo para ele. *Semana que vem*, prometo a mim mesma. Semana que vem, serei melhor, vou alimentar meu marido com um café da manhã. Serei uma daquelas mulheres que serve sexo e refeição três vezes por dia. Sinto a ansiedade embrulhar meu estômago de novo. Será que Segunda e Terça se levantam e preparam o café da manhã para ele? Será que tenho sido relaxada esse tempo todo? Será que ele me acha negligente por ter ficado na cama? Limpo a bancada: junto todas as migalhas na mão e, com raiva, sacudo-as na pia. Depois, pego a Coca e vou para a sala. Sinto a garrafa gelada na palma da mão e fico pensando em todas as maneiras que eu poderia ser melhor.

Quando acordo, já se passou algum tempo, a luz está diferente. Sento-me e vejo a garrafa de Coca caída e uma mancha marrom no tapete ao redor dela.

— Merda — digo alto e me levanto.

Devo ter caído no sono enquanto segurava a garrafa. É isso que ganho depois de ter passado a noite inteira acordada olhando para o teto. Às pressas, pego um pano, um tira-manchas, me ajoelho e esfrego com raiva. A Coca secou no tapete bege bordado, um caramelo grudento. Percebo que estou brava com alguma coisa quando sinto lágrimas escorrendo pelo meu rosto. Elas se misturam à mancha e a esfrego com mais força. Quando o tapete está limpo, me sento de cócoras e fecho os olhos. O que aconteceu comigo? Como foi que me tornei essa pessoa submissa, que espera as quintas-feiras e o amor de um homem que se divide tão superficialmente entre três mulheres? Se alguém me contasse aos meus dezenove anos que minha vida seria assim, eu teria rido na cara da pessoa.

Na semana que vem, vai fazer cinco anos que nos conhecemos. Eu estava estudando em uma cafeteria. Faltava pouco para minhas provas finais da faculdade de enfermagem, e eu não me sentia nada preparada. Fazia dois dias que eu não dormia, e havia chegado a um ponto em que bebia café como se fosse água só para conseguir ficar acordada. Meio delirante, fiquei inquieta na cadeira quando Seth se sentou perto de mim. Lembro-me de ter ficado irritada com a presença dele. Havia cinco lugares disponíveis, para que se sentar logo ao meu lado? Ele era bonito: cabelos pretos e brilhosos, olhos azul-turquesa, aparência descansada, estava impecavelmente vestido e parecia articulado. Perguntou se eu estava estudando para ser enfermeira, e dei uma resposta curta e grossa, o que me levou a um pedido de desculpa logo depois. Ele dispensou o gesto e perguntou se poderia me fazer perguntas sobre a matéria.

Uma risada escapou da minha boca, mas logo depois percebi que ele estava falando sério.

— Você quer passar sua noite de sexta-feira ajudando uma aluna de enfermagem praticamente morta de exaustão a estudar? — perguntei.

— Claro — respondeu, com um brilho divertido no olhar. — Pensei que, se eu te fizer gostar de mim, não vou ter como receber um "não" como resposta quando te convidar para jantar.

Lembro-me de franzir as sobrancelhas, me perguntando se havia sido uma brincadeira. Como se os amigos dele o tivessem mandado sacanear a garota triste isolada no canto. Ele era muito bonito. Garotos daquele tipo nunca davam a mínima para garotas como eu. Embora eu certamente não fosse feia, era meio sem graça. Minha mãe sempre disse que eu fiquei com o cérebro e Torrence, minha irmã, com a beleza.

— Tá falando sério? — perguntei. De repente, me senti constrangida pelo rabo de cavalo frouxo e por não ter passado nem rímel.

— Só se você gostar de comida mexicana — respondeu ele. — Não posso me apaixonar por uma garota que não goste de comida mexicana.

— Não gosto de comida mexicana — respondi, e ele levou a mão ao peito como se estivesse sentindo dor. Ri da cena: um cara bonito demais fingindo um ataque cardíaco em uma cafeteria.

— Brincadeira. Que tipo de ser humano desalmado não gosta de comida mexicana?

Indo contra minha intuição e ignorando minha agenda extremamente apertada, concordei em jantar com ele na semana seguinte. Uma mulher também tem suas necessidades. Quando cheguei ao restaurante com meu Fordzinho antigo, eu meio que esperava que ele não estivesse lá. Mas, assim que saí do carro, o vi me esperando na entrada, tentando escapar da chuva enquanto gotas caíam em seu sobretudo na altura dos ombros.

Ele foi atencioso enquanto comíamos a entrada; perguntou sobre a faculdade, minha família e quais eram meus planos depois que eu me formasse. Fiquei lá, mergulhando os *nachos* na salsa e tentando me lembrar de quando fora a última vez que alguém tinha se mostrado tão interessado em mim. Cem por cento investida nele, respondi todas as perguntas com entusiasmo e, quando o jantar chegou ao fim, me dei conta de que não sabia nada sobre ele.

— Essa parte a gente deixa para o jantar da semana que vem — disse ele, quando eu trouxe o assunto à tona.

— E como você sabe que vamos nos ver na semana que vem? — perguntei.

Ele simplesmente deu um sorriso, e foi ali que percebi que eu estava encrencada.

Tomo um banho e me visto, parando apenas para verificar o celular a caminho da porta. Como Seth fica fora de casa cinco dias na semana, pego os turnos da madrugada que ninguém quer. É insuportável ficar em casa sozinha a noite inteira, pensando nele com as outras. Prefiro manter a mente ocupada o tempo todo, estar focada. Às sextas, vou à academia e ao mercado. Às vezes, almoço com uma amiga, mas ultimamente todo mundo parece estar ocupado demais para sair. Todas as minhas amigas ou acabaram de se casar ou acabaram de ter filhos. Nossa vida se resumiu a nossos trabalhos e a nossas famílias.

Meu celular diz que Seth enviou uma mensagem:

Já tô com saudade. Contando as horas pra semana que vem.

Estou com um sorriso indiferente no rosto quando chamo o elevador. É muito fácil dizer que está com saudade quando ele sempre tem alguém ao lado. Eu não devia pensar assim. Sei que ele ama e sente falta de cada uma de nós quando está longe.

Será que a gente pede pizza quando eu te vir de novo?

Minha tentativa de fazer uma piada.

Ele responde na mesma hora e manda o emoji chorando de rir. O que as pessoas faziam antes dos emojis? Parece a única forma de aliviar uma conversa pesada.

Enfio o telefone de volta na bolsa e entro no elevador com um sorrisinho nos lábios. Até nos piores dias, uma mensagenzinha qualquer de Seth já deixa tudo melhor. E olha que há muitos dias ruins, dias em que me sinto inadequada ou insegura quanto ao meu papel na vida dele.

Amo cada uma de um jeito diferente, mas igualmente.

Queria entender o significado disso, as minúcias. Será que é algo sexual? Emocional? E se ele tivesse de escolher, se apontassem uma arma para a cabeça dele, será que me escolheria?

Na primeira vez em que Seth me contou sobre sua esposa, estávamos em um restaurante italiano chamado La Spiga, em Capitol Hill. Era nosso quarto encontro. Aquele constrangimento de duas pessoas que estavam se conhecendo já havia passado, e tínhamos entrado numa fase de mais intimidade. Àquela altura, andávamos de mãos dadas, nos beijávamos. Ele havia dito que queria me contar uma coisa, e eu tinha me planejado para, quem sabe, uma conversa sobre o futuro do nosso relacionamento. Assim que a palavra "esposa" saiu da boca dele, abaixei meu garfo, limpei qualquer resquício de molho dos meus lábios, peguei minha bolsa e fui embora. Ele me seguiu pela rua enquanto eu pedia um táxi. Logo em seguida, nosso garçom chegou correndo, exigindo que a refeição que já tínhamos começado a comer fosse paga. Ficamos os três na calçada, sem jeito, até que Seth me implorou que voltasse para o restaurante. Hesitante, voltei, principalmente porque uma parte de mim queria ouvir o que ele tinha a dizer. E como *poderia haver* algo a ser dito? Como um homem poderia justificar algo assim?

— Sei o que parece, vai por mim. — Ele tomou um longo gole de vinho antes de continuar. — Não tem nada a ver com sexo. Não sou viciado, se é isso que você tá pensando.

Era exatamente o que eu estava pensando. Cruzei os braços e esperei. Pelo canto do olho, dava para ver o garçom parado ali perto. Será que ele esperava que saíssemos correndo de novo sem pagar a conta?

— Meu pai... — começou ele. Revirei os olhos. Metade das pessoas do mundo poderia começar uma desculpa com "meu pai". Mesmo assim, esperei que continuasse. Eu era uma mulher de palavra.

As palavras pairavam no ar:

— Meus pais... poligâmicos... quatro mães.

Fiquei olhando para ele em choque. Era como abaixar a calça de um cara e não ver aquilo tudo que você estava esperando. De início, achei que ele estivesse mentindo, contando uma piada de mau gosto, mas vi algo em seus olhos. Ele tinha compartilhado uma informação comigo e agora esperava o julgamento. Eu não sabia o que dizer. O que falar nessas horas? Esse tipo de coisa acontece na televisão, mas na vida real...?

— Cresci em Utah — continuou ele. — Saí de lá assim que fiz dezoito anos. Jurei que era contra tudo em que eles acreditavam.

— Não estou entendendo — falei. E não estava mesmo. Fiquei tensa, de punhos fechados sob a mesa, enterrando as unhas na palma das mãos.

Ele passou a mão pelo rosto. De repente, Seth parecia dez anos mais velho.

— Minha esposa não quer ter filhos — continuou. — E não sou esse tipo de cara, que pressiona a mulher a fazer algo que ela não quer.

Então o vi com um olhar diferente, como um pai, com um filho nos ombros e outro agarrado a seus tornozelos. Bolas de sorvete e ligas mirins de beisebol. Ele tinha os mesmos sonhos que eu, que a maioria de nós tem.

— E onde eu entro nessa história? Você tá procurando alguém pra procriar e eu preencho os requisitos? — Eu estava virando a vilã da conversa, mas era um papel fácil de assumir. Por que ele havia me escolhido? E quem foi que disse que eu queria ter filhos?

Ele pareceu ficar ofendido com a minha acusação, mas não me senti mal. Homens como ele me davam nojo. Mesmo assim, eu havia retornado à mesa para ouvi-lo e ouviria tudo. Na época, era a coisa mais absurda que eu já tinha escutado. Ele tinha uma esposa, mas queria outra. Para ter filhos. Quem ele achava que era? Aquilo era doentio, e fiz questão de deixar isso bem claro.

— Eu entendo — respondeu ele, magoado. — Entendo perfeitamente.

Depois disso, ele pagou a conta, eu me despedi friamente e fomos cada um para um lado. Tempos depois, ele me disse que achou que eu nunca mais fosse dar sinal de vida, mas, naquele dia, fui para casa e passei a noite inteira me revirando na cama, sem conseguir dormir.

Só que eu gostava dele. Gostava mesmo. Havia algo nele... carisma, talvez, ou o fato de ser tão compreensivo. Enfim, ele nunca fazia eu me sentir inferior quando estávamos juntos. Bem diferente dos moleques que eu havia namorado na faculdade, aqueles que se olham no reflexo dos seus olhos e te consideram uma "ficada". Quando estava com Seth, eu me sentia a mulher da vida dele. Mas deixei esse sentimento de lado para ficar de luto pelo que achei que pudesse ser o início de um relacionamento promissor. Cheguei a ir a alguns encontros, um com um bombeiro de Bellevue e outro com o dono de uma pequena empresa em Seattle. Ambos foram um desastre, pois eu sempre os comparava com Seth. Então, cerca de um mês depois, após sofrer mais do que eu deveria por um homem praticamente desconhecido, criei coragem e liguei para ele.

— Estou com saudade — falei, assim que ele atendeu. — Não queria, mas estou.

Então perguntei se sua esposa sabia que ele estava procurando alguém para ter filhos. Houve uma longa pausa, maior do que eu gostaria. Eu estava quase pedindo a Seth que esquecesse o que eu havia perguntado quando ele respondeu em meio a um suspiro:

— Sabe.

— Peraí — falei, pressionando o telefone na orelha. — Você falou que ela sabe?

— Foi uma decisão em conjunto — respondeu ele, mais confiante. — Que eu precisava ficar com alguém que quisesse as mesmas coisas que eu.

— Você contou pra ela? — perguntei de novo.

— Depois do nosso primeiro encontro, achei que eu e você tínhamos alguma coisa e contei pra ela. Sabia que era arriscado, mas tínhamos algo. Uma conexão.

— E ela não ligou?

— Não... Sim. Quer dizer, não é fácil. Ela disse que estava na hora de considerarmos outras alternativas. Que me amava, mas entendia.

Fiquei quieta do outro lado da linha, digerindo tudo o que ele dizia.

— Posso te ver? — perguntou ele. — Só pra tomar uma cerveja ou um café. Nada de mais.

Quis dizer que não, ser aquele tipo de mulher forte e decidida que não cede. Mas, em vez disso, quando vi, já estava combinando de encontrá-lo numa cafeteria na semana seguinte. Quando desliguei, tive de me lembrar que eu é que havia ligado para ele e que eu não estava sendo manipulada. *Você está no controle*, falei para mim mesma. *Você vai ser a esposa dele no papel.* Ah, como eu estava errada...

TRÊS

Quando volto para casa no sábado de manhã depois do meu plantão, vou direto para a cama. Foi uma noite longa, do tipo que me deixa exausta tanto mental quanto emocionalmente. Houve um engavetamento de dez carros na rodovia 5 e umas doze pessoas foram parar na emergência, e depois uma briga doméstica que levou um marido direto para o pronto-socorro com três tiros no abdome. A esposa aparecera dez minutos depois segurando um bebê e usando uma camisa amarela encharcada de sangue. Ela gritava que aquilo não passava de um engano. Toda noite na emergência era um filme de terror: feridas abertas, choro e dor. No fim da noite, o chão estava grudento de sangue e escorregadio por causa dos vômitos. Meu uniforme é preto e, assim, a nojeira não fica aparente.

Estou pegando no sono quando escuto a porta se abrir e fechar, e depois um apito de trem. Esse som agudo faz parte do nosso sistema de segurança e me avisa sempre que a porta é aberta. Fico tensa na cama e arregalo os olhos. Será que foi um sonho ou aconteceu mesmo? Seth está em Portland; ele mandou uma mensagem ontem à noite e não disse nada sobre vir para casa. Espero, sem mexer nem um músculo sequer, pronta para sair correndo da cama e...

Com o coração disparado, viro a cabeça para a direita, à procura de algo que possa servir como arma. A pistola que meu pai me deu de presente no meu aniversário de vinte e um anos está escondida em algum lugar no closet. Tento lembrar onde, mas estou tremendo de medo. Outra arma, então... Meu quarto é um amontoado de coisas delicadas e femininas; não há armas ao meu alcance. Jogo o cobertor para longe e me levanto com dificuldade. Sou uma mulher burra e indefesa que tem uma pistola, mas que não sabe onde ela está nem como usá-la. Será que me esqueci de trancar a porta? Eu estava meio sonolenta quando cheguei, cambaleante, chutando os sapatos para longe... Então escuto a voz da minha mãe me chamando da sala. O pânico retrocede, mas meu coração continua disparado. Pouso a mão no peito e fecho os olhos. Um tilintar — minha mãe faz esse barulho quando se mexe. Relaxo, e meus ombros voltam ao normal. É mesmo. Tínhamos marcado de almoçar juntas. Como pude esquecer? *Você está cansada, precisa dormir*, digo a mim mesma. Arrumo o cabelo olhando no espelho da penteadeira e dou um jeito de tirar o sono dos meus olhos antes de sair do quarto e adentrar o corredor. Ponho uma expressão animada no rosto.

— Oi, mãe — digo, indo lhe dar um abraço rápido. — Acabei de chegar. Desculpa, nem tomei banho ainda.

Minha mãe se desvencilha do abraço e dá uma olhada em mim; seu cabelo perfeitamente penteado absorve os raios de sol que passam pela janela e percebo que ela retocou as mechas.

— Você está fantástica — digo. É meu dever dizer isso, mas não deixa de ser verdade.

— Você parece cansada — diz ela, com desdém. — Por que não toma um banho enquanto eu faço o almoço aqui? Assim, não precisamos sair.

E, simples assim, sou dispensada na minha própria casa. É sinistro o modo como ela ainda faz com que eu me sinta uma adolescente.

Assinto, sentindo uma onda de gratidão, apesar do tom com que ela falou comigo. Depois da noite que tive, o simples ato de pensar em me arrumar para sair é insuportável.

Tomo um banho rápido, e, quando saio do banheiro enrolada no roupão, minha mãe já tinha servido os sanduíches de croissant de salada de frango. Uma taça de mimosa está posta ao lado do meu prato. Agradecida, sento-me à mesa. Minha geladeira recém-estocada não a desapontou. Aprendi a cozinhar com ela, e, se tem uma coisa que minha mãe me ensinou, foi a sempre ter a geladeira cheia para alguma refeição surpresa que você precise preparar.

— Como está Seth? — É a primeira pergunta que faz assim que se senta. Minha mãe é assim: sempre objetiva, sempre pontual, sempre organizada. É a dona de casa e a esposa perfeita.

— Ele estava cansado quando apareceu aqui na quinta-feira. Não conseguimos conversar direito. — É verdade. Fico receosa que minha voz tenha me entregado, mas, quando olho para ela, minha mãe está prestando atenção em sua comida.

— Coitadinho — diz, cortando o croissant com determinação. As pelancas de seu braço balançam conforme ela corta a comida e sua boca está torcida em reprovação. — Essa coisa de ficar indo e vindo o tempo todo. Sei que foi a decisão certa pra vocês dois, mas mesmo assim é difícil.

Ela só está falando que foi a escolha certa para não me deixar chateada. Ela já me disse, sem tripudiar, que meu dever era ficar com Seth e que eu devia largar meu trabalho para estar com ele aonde quer que ele fosse. Ela costumava me encher o saco para eu me casar com ele, depois fez uma transição sutil para o tópico "bebês".

Assinto. Não estou nem um pouco a fim de ter essa conversa com minha mãe. Ela sempre acha um jeito de fazer eu me sentir um fracasso como esposa de Seth. Na maioria das vezes, a questão é dar um filho a ele. Ela está convencida de que ele vai deixar de me amar se meu útero não fizer o trabalho dele. Eu poderia pôr um fim na conversa e dizer que ele já tem outra mulher, duas, inclusive, as quais preenchem os vazios que eu não consigo preencher. Que uma delas inclusive está grávida.

— Sempre tem a possibilidade de você colocar esse lugar pra alugar e ir ficar com ele em Oregon — sugeriu ela. — Não é tão ruim assim. A gente morou lá por um ano quando você tinha dois anos, na casa da sua avó. Você sempre amou aquela casa — diz ela, como se eu já não soubesse disso, como se nunca tivesse me contado as histórias.

— Não dá — respondo, com a boca cheia. — Ele tem de vir ao escritório de Seattle duas vezes por semana. Teríamos que manter um lugar aqui de qualquer jeito. E, além disso, não quero me mudar. Minha vida é aqui, meus amigos estão aqui e eu amo o meu trabalho. — *Verdade, verdade, mentira.* Nunca gostei de Portland. Sempre a considerei a prima pobre de Seattle: mesma paisagem, clima parecido, só que muito mais suja. Meus avós moraram a vida toda lá, sem nunca nem terem saído do estado. Além da casa em que moravam, eles tinham outra, mais para o sul, perto da Califórnia, onde passavam as férias. Só de pensar em Portland, já fico claustrofóbica.

Minha mãe olha para mim com um olhar de desaprovação; há um pingo de maionese em sua unha rosa perolada. Ela é antiquada nesse nível. Na cabeça dela, a mulher deve ir aonde o homem for; caso contrário, dá brechas para traição. Ah, se ela soubesse...

— Esse foi nosso combinado, e é o que mais faz sentido — digo com firmeza. E continuo: — Por enquanto. — Para lhe agradar. E é verdade. Seth é um construtor. Ele abriu um escritório recentemente em Portland e, enquanto Alex, seu sócio, cuida da filial de Seattle, Seth tem de passar a maior parte da semana em Portland supervisionando os projetos da empresa por lá.

Segunda e Terça moram lá. *Elas* passam mais tempo com ele, e morro de ciúmes disso. Ele costuma almoçar com uma delas, um luxo que não tenho, já que Seth passa a maior parte da quinta-feira na estrada, vindo me ver em Seattle. Às sextas-feiras, ele passa o dia no escritório de Seattle e, de vez em quando, me encontra para jantar antes de voltar para Portland no sábado. Por enquanto, a maior parte do dia em que ele troca de casa é gasta na estrada, mas, como duas delas moram no Oregon, já comecei a aceitar que vai ser sempre assim. Não é fácil fazer parte de algo tão incomum e não ter ninguém com quem conversar a respeito. Nenhuma das minhas amigas sabe, embora eu já tenha quase contado tudo para Anna, minha melhor amiga.

Às vezes, queria poder entrar em contato com alguma das outras esposas, ter um grupo de apoio. Mas Seth quer fazer tudo diferente, da forma como era no lugar onde cresceu. Nós, as esposas, não temos nenhum contato umas com as outras, e sempre respeitei o desejo do meu marido de não me meter. Nem o nome delas eu sei.

— Quando vocês vão tentar engravidar? — pergunta minha mãe.

De novo. Ela pergunta isso sempre que estamos juntas, e já estou de saco cheio. Ela não sabe a verdade e nunca tive coragem de lhe contar.

— Se você tivesse um filho, ele seria obrigado a passar mais tempo aqui — diz ela, como se estivesse formulando uma teoria da conspiração.

Olho para ela, boquiaberta. A vida de minha mãe se resumia a mim e a minha irmã. Nossos sucessos eram o sucesso dela. Nossos fracassos, seus fracassos. Até acho que seja fino e elegante viver pelos filhos quando eles são crianças, mas e depois? O que acontece quando eles saem de casa e vão viver a própria vida e a mãe fica sem nada? Sem hobbies, sem carreira, sem identidade.

— Mãe, a senhora está sugerindo que eu dê o golpe da barriga em Seth? — pergunto, apoiando o garfo na mesa e olhando para ela, chocada.

Minha mãe é meio enxerida, conhecida por fazer comentários sem noção sobre a vida dos outros. Agora, sugerir que eu fique grávida para forçar meu marido a ficar em casa é demais, até para ela.

— Bem, não é como se ninguém nunca tivesse pensado nisso antes... — diz ela, bufando e olhando ao redor.

Ela sabe que foi longe demais. Sou tomada por um sentimento de culpa. Nunca contei à minha mãe sobre a histerectomia de emergência. Na época, não quis falar sobre isso, e contar agora faria de mim um fracasso ainda maior aos olhos dela.

— Não sou esse tipo de pessoa. E não somos esse tipo de casal. Além disso, quem ficaria no lugar de Seth no escritório de Portland? — pergunto, irritada. — É o nosso dinheiro e o nosso futuro que estão em jogo.

E não só o meu. Seth tem uma família ainda maior para sustentar. Cubro o rosto com as mãos, e minha mãe se levanta e dá a volta na mesa para me confortar.

— Desculpa, filhinha — diz ela, usando o apelido pelo qual me chama. — Fui longe demais. Você que sabe o que é melhor para seu relacionamento.

Satisfeita, assinto com a cabeça e pego um pouco de salada de frango com a mão e lambo o dedão. Nada nessa situação é normal, e, se Seth e eu queremos que essa relação dê certo, preciso conversar com ele sobre meus sentimentos. Passei tanto tempo fingindo que estava tudo bem que agora ele não faz a menor ideia de como estou sofrendo. Não é justo nem para ele nem para mim.

Minha mãe vai embora uma hora depois e promete me levar para almoçar fora na segunda-feira.

— Descanse — diz ela, e me dá um abraço.

Fecho a porta e respiro, aliviada.

Estou desesperadamente cansada, mas, em vez de ir para a cama, vagueio pelo pequeno closet de Seth. Apesar de passar a maior parte da semana longe, ele deixa uma quantidade boa de roupas aqui. Passo as mãos nos ternos e levo uma camisa até o nariz para cheirá-la. Eu o amo tanto e, apesar da situação estranha em que vivemos, não consigo me imaginar casada com mais ninguém. E o amor é isso, não é? Saber lidar com a bagagem de seu parceiro. A do meu, no caso, veio com duas mulheres.

Estou prestes a apagar a pequena luz no teto e sair quando algo chama minha atenção. Há um pedaço de papel quase caindo do bolso de uma calça social. Puxo-o, em um primeiro momento, preocupada que vá para a máquina de lavar e manche as outras roupas, mas, assim que o tenho nas mãos, fico curiosa. Está dobrado em um quadrado perfeito. Seguro o bilhete por um breve instante antes de abri-lo para dar uma olhada. É o recibo de uma consulta médica. Escaneio as palavras com os olhos, pensando se há algo de errado com Seth ou se ele só foi fazer um check-up, mas seu nome não está em lugar algum. Na verdade, o recibo foi emitido no nome de uma tal Hannah Ovark, e o endereço dela está no canto superior do papel: Rua Galatia Lane, nº 324 — Portland, Oregon. O médico de Seth é em Seattle.

— Hannah — digo em voz alta. O recibo médico que tenho em minhas mãos diz que ela foi fazer consultas de rotina e alguns exames. Será que Hannah é... Segunda?

Sem saber o que fazer, apago a luz do closet e levo o papel comigo até a sala. Será que eu deveria perguntar alguma coisa a Seth ou fingir que não encontrei nada? Meu MacBook está perto do sofá. Pego-o, apoio-o em meu colo e abro o Facebook. Tenho uma vaga sensação de que estou quebrando alguma regra.

Digito o nome dela na barra de pesquisa e fico tamborilando os dedos sobre meu joelho enquanto espero pelos resultados. Três perfis aparecem: um é de uma mulher mais velha, talvez com uns quarenta anos, que mora em Atlanta; outro é de uma garota com cabelo rosa que parece ter acabado de entrar na adolescência. Clico no terceiro perfil. Seth me disse que Segunda é loira, mas nunca deu nenhum outro detalhe sobre a aparência dela. A visão que eu tinha de uma moça de bem com a vida e surfista é estilhaçada quando encaro Hannah Ovark. Ela não é surfista e seus cabelos loiros não transmitem inocência. Fecho o notebook com tudo, vou batendo o pé até o banheiro e pego meu remédio para dormir. Preciso desesperadamente dormir. Estou ficando doida, e isso está afetando o jeito como encaro as coisas.

Uma fileira de frascos alaranjados me encara do armário de remédios. Pequenas sentinelas cujos objetivos vão desde me dopar até me deixar alerta. Pego o Ambien e coloco um comprimido na língua. Bebo água direto da torneira para ajudar a engoli-lo e me aconchego na cama, esperando que o estado de inconsciência tome conta de mim.

QUATRO

Acordo desorientada e meio aérea. Pela janela, vejo o sol brilhando lá no céu, mas não tinha acabado de anoitecer quando caí no sono? Pego meu despertador para ver a hora e percebo que dormi por treze horas. Saio da cama rápido demais, e o quarto gira ao meu redor.

— Merda, merda, merda.

Apoio-me em uma parede para recuperar o equilíbrio e fico ali até sentir firmeza nos pés. Meu celular está na penteadeira com a tela virada para baixo, quase sem bateria. Tem sete chamadas perdidas de Seth e três mensagens de voz. Ligo para ele sem ouvir as mensagens e sinto um pavor se intensificar a cada toque.

— Está tudo bem? — É a primeira coisa que ele diz quando atende. Sua voz está tensa e imediatamente me sinto culpada por deixá-lo preocupado.

— Sim, está — respondo. — Tomei um remédio pra dormir e devo ter apagado. Desculpa, estou me sentindo uma idiota.

— Fiquei preocupado — diz ele, com a voz já menos tensa que há um instante. — Quase liguei para o hospital pra perguntar a que horas você saiu.

— Desculpa mesmo — repito. — Tudo bem por aí?

Não. Já sei só pelo tom da voz dele. Ele não tem como saber que descobri a existência de Hannah, tem? Fico enrolando uma mecha de cabelo no dedo enquanto espero ele responder.

— Só uns problemas no trabalho — diz ele. — Empreiteiros em que não posso confiar. Não posso conversar agora. Só queria ouvir sua voz.

Fico feliz da vida por ser minha voz que ele quer ouvir. Não a das outras. A minha.

— Queria te ver — digo.

— Você podia tirar uns dias. Vir de carro para cá e passar um tempo comigo em Portland.

Quase deixo o celular cair de tanta emoção.

— É sério? Você... quer mesmo que eu vá?

Enquanto falo, olho para meu reflexo no espelho da penteadeira. Meu cabelo nunca esteve tão comprido assim; está precisando dos cuidados de um profissional. Toco uma mecha desgrenhada e começo a pensar se consigo marcar um horário na cabeleireira antes de viajar. Uma fugidinha parece uma boa justificativa para eu me cuidar um pouco.

— Claro — diz ele. — Vem amanhã. Você ainda tem muitos dias de férias para tirar.

Meus olhos varrem a mobília do quarto: os móveis brancos de madeira e as cestas de vime. Talvez eu esteja precisando mesmo mudar um pouco de ares. Não tenho me sentido eu mesma ultimamente.

— Mas onde vou ficar?

— Peraí um segun... — A voz fica abafada, e escuto alguém falando com ele do outro lado da linha, então ele volta. — Tenho que ir. Vou reservar um quarto no Dossier. A gente se vê amanhã?

Quero perguntar sobre Segunda e Terça, se o plano é dispensá-las por mim, mas ele está com pressa.

— Estou tão animada — digo. — Até amanhã. Te amo.

— Também te amo, amor. — E desliga.

Ligo para o trabalho na mesma hora, consigo que três turnos meus sejam cobertos, e depois ligo para minha cabeleireira, que consegue um encaixe para atender em uma hora. Duas horas depois, estou em casa com a coloração e o corte renovados, indo até o closet fazer minha mala. Não me lembro do papel que encontrei nem de Hannah Ovark até procurar meu MacBook, que planejo levar comigo. Me jogo no sofá e encaro a tela, a evidência da minha investigação. O Facebook ainda está aberto no perfil dela, e o rosto sorridente da mulher me encara. É diferente fazer essa pesquisa à luz do dia, de forma mais premeditada e sorrateira. A partir do momento que eu conseguir informações sobre ela, não vai ter volta; tudo ficará gravado para sempre em minha memória. Clico no perfil dela e prendo a respiração. No entanto, quando a página carrega, vejo que o perfil é fechado. Franzo o cenho, fecho o navegador e desligo o notebook.

Hannah está mais para uma modelo do que para uma surfista tranquilona. Seus lábios são grossos e perfeitos, e ela tem aquele tipo de maçãs do rosto que só se vê em modelos escandinavas.

Na manhã seguinte, acordo pensando em Hannah. Tento parar de pensar nela enquanto levo minha mala até a garagem. Mas, no último segundo, entro no elevador, pego o papel que estava na mesa de cabeceira e o enfio no mais profundo e escondido compartimento da carteira. Para o caso de eu precisar do endereço dela. *Mas por que eu precisaria?*, pergunto a mim mesma enquanto coloco o cinto de segurança e saio da garagem.

Só para o caso... Só para o caso de eu querer ver como ela é pessoalmente. Só para o caso de eu querer conversar com ela. Só por isso. Tenho esse direito, não tenho? Saber com quem divido meu marido? Talvez eu já tenha cansado de ficar imaginando.

A viagem a Portland leva duas horas se os deuses do trânsito estiverem a fim de serem generosos. Abaixo o vidro todo da janela e aumento o volume da música. Quando meu cabelo está muito bagunçado, decido dar uma pausa na música e ligar para Anna, minha melhor amiga. Anna se mudou para Venice Beach há alguns meses por causa de um cara que conheceu na internet.

— Que bom que você está indo ver ele! — diz ela. — Você comprou lingerie nova?

— Não! — respondo. — Mas boa ideia. Posso parar numa loja lá no centro e comprar alguma coisa. Será que escolho sexy vulgar ou sexy elegante?

— Com certeza vulgar. Homens gostam de achar que estão comendo uma puta.

Acho graça do fato de ela não ter papas na língua.

— Aqui... — começa ela, quando há uma pausa na conversa. — Como você tá desde...?

— Bem — respondo rápido. Corto o assunto antes que ela diga mais alguma coisa. Não quero falar sobre isso agora. Hoje Seth e eu vamos dar uma fugidinha sexy. — Amiga, tenho que desligar. Acabei de chegar ao hotel. Posso te ligar na semana que vem?

— Claro — responde ela, mas seu tom parece hesitante.

Anna é assim, sempre preocupada. Estudamos juntas no ensino médio e dividimos o quarto na faculdade. Quando a apresentei a Seth, ela o adorou, mas, com o tempo, a relação deles mudou, a atitude dela se tornou visivelmente ácida. Assim como fazia com todo mundo, resolvi não contar a verdade sobre nossa vida de casados para ela, então Anna não tem a menor ideia das outras. Deduzi que ele perdeu o glamour assim que ela o conheceu melhor, e minha amiga mudou de opinião. Anna e eu temos gostos bem diferentes em relação a homens, e raramente gosto de um namorado dela, então como eu poderia culpá-la por não gostar do meu marido?

Dispenso o manobrista e estaciono sozinha para poder dar uma escapada antes de Seth chegar e conseguir comprar algo sexy em uma das lojas de departamento. A foto de Hannah não sai da minha cabeça. Não me surpreende Seth não querer que eu saiba nada sobre ela. Assim que faço o check-in no hotel, encaro o espelho do quarto e tento entender o que Seth vê em mim. Sempre me achei um pouco atraente, mas nada de mais. Mas por que um homem com uma mulher como Hannah iria atrás de uma morena sem graça como eu, cheia de sardas no nariz? Até tenho um corpo legal — meus peitos têm chamado a atenção de homens desde os meus dezesseis anos —, mas não sou alta, esbelta nem graciosa. Tenho os quadris largos, assim como minha comissão traseira. Seth, que diz preferir bundas, sempre estica as mãos para apertar a minha quando nos abraçamos. Ele sempre faz com que eu me sinta sexy e linda — quer dizer, isso até eu ver Hannah. Ou ele é um homem com gostos variados ou está simplesmente acumulando esposas só porque quer. Ver as fotos de Hannah me deixou curiosa a respeito de Terça, mas não há a menor chance de Seth me dizer o nome dela. Ele já ficaria bravo só de saber que andei espionando sua esposa grávida de Portland.

Olho para o relógio e vejo que é hora do almoço. Decido ir de carro até a loja Nordstrom no centro da cidade e almoçar por lá.

Portland é menos agitada que Seattle, que é uma encruzilhada de ruas de uma via só com vários pedestres apressados. Tenho um pouco de dificuldade em dirigir pelas ruas estreitas da cidade e parar o carro num estacionamento que fica a um quarteirão da loja. Escolho um sutiã e uma calcinha de renda preta, um robe com transparência para usar com o conjunto e levo as peças até o caixa.

— Algo mais em que eu possa ajudar a senhora? — pergunta a vendedora enquanto dá a volta no caixa para me entregar a compra.

— Sim — ouço minha voz. — Sabe me dizer se Galatia Lane fica muito longe? Não sou daqui.

— Ah — diz ela. — É um pouco afastada aqui do centro. Uns seis quilômetros. Uma ruazinha muito fofa, com aquelas casas vitorianas bonitas e restauradas.

— Hum — digo, pressionando os lábios num sorriso. — Obrigada.

Vou direto para lá e estaciono, arrastando os pneus no meio-fio. Inclino a cabeça para ver as casas com as mãos no volante. Não é tarde demais para ir embora. Eu só precisaria engatar a marcha e não olhar para trás. Tamborilo com um dedo enquanto decido, e meus olhos percorrem as casas. Mas já estou aqui, que mal faria dar só uma olhadinha? Mesmo que Hannah Ovark não seja Segunda, este bairro é lindo. Deixo a sacola da loja no banco do carona, saio do carro e ando pela calçada sombreada, maravilhada, olhando as casas. Parecem aquelas casinhas feitas de *gingerbread*: torreões largos, jardineiras nas janelas, cercas brancas, cada uma pintada da cor dos sonhos de uma criança. Rosa-claro, azul Tiffany — tem até uma casa que é da cor de sorvete de menta, com persianas de um marrom-chocolate. Lembro-me da sensação de pedaços de chocolate congelados entre os dentes, da forma como sugava o ar para tirá-los dali. Uma vizinhança nostálgica. É tão perfeito que chega a ser irritante saber que Segunda mora aqui. Penso em meu apartamento no centro, empilhado sobre outros doze, cheios de pessoas vivendo verticalmente em pequenos espaços no céu. Nada de magia nem pintura da cor de um sorvete de menta com chocolate, só longas viagens de elevador e a vista da cidade. Imagino como deve ser viver em um lugar como este. Fico tão perdida em meus pensamentos que passo direto pelo número 324 e tenho de voltar.

A casa de Hannah é cor de creme, e a porta, de um preto fosco. Há persianas verdes nas janelas e jardineiras na base que abrigam plantinhas. O jardim é abarrotado de plantas — não flores, mas folhagens bem-cuidadas. Sinto um novo tipo de apreço por ela, uma mulher que prefere plantas a flores, coisas que perduram. Passo cinco minutos observando, admirando tudo, quando uma voz me dá um susto.

— Merda — digo, com a mão no peito. Quando me viro, ela está olhando para a casa também: cabelos finos e loiros emoldurando seu rosto. Ela está com a cabeça inclinada levemente para o lado, como se realmente estivesse estudando a propriedade.

— É uma graça, né?

Meus pensamentos se organizam a partir do rosto dela. Há certo *delay* nesse processo de reconhecer alguém que só vi pela internet. É preciso ver se as feições condizem, diferenciar a pele maquiada do rosto lavado.

Hannah. Meu coração quase sai pela boca enquanto a encaro. Quebrei uma regra, violei um contrato. Sempre fiquei pensando por que os cervos não saem correndo quando veem um carro vindo em sua direção. E aqui estou eu, parada como uma estátua, as marteladas do meu coração ressoando em meus ouvidos.

— É — concordo, na falta de algo melhor a dizer. E adiciono: — É sua?

— É — diz ela, alegre. — Era do meu marido antes de a gente se casar. Depois do casamento, fizemos uma reforma. Deu. Tanto. Trabalho — diz ela, revirando os olhos. — Ainda bem que é o que o meu marido faz da vida, então ele cuidou de tudo.

Amo todas vocês igualmente, não é isso que ele sempre diz? Igualmente! E, mesmo assim, aqui está ela, com uma casa que parece saída de uma revista de arquitetura e decoração enquanto eu definho em um arranha-céu. Logicamente, ela é o tipo de mulher que merece uma casa, e eu, o tipo que ganha um cartão. Ela está usando um quimono florido, uma regata e uma calça jeans. Dá para ver um pedaço de sua barriga sobre o cós da calça, lisa e chapada. Não me surpreende Seth não querer que a gente se conheça, eu morreria de insegurança.

— Você quer entrar e dar uma olhada? — pergunta ela, de repente. — De vez em quando, tem gente que bate aqui e pede pra fazer um tour. Nunca pensei que ter uma casa me deixaria tão popular.

Quando ela ri, percebo que sua risada é rouca. Será que ela é fumante? *Se fumava, não fuma mais*, digo a mim mesma depois de olhar para a barriga dela. Está reta demais para conter vida, vazia demais. Pensar na gravidez dela traz imagens à minha mente — suas pernas compridas enroladas em Seth, ele se empurrando implacavelmente para dentro dela.

— Sim, eu adoraria. — Não consigo segurar a língua. *Sim, eu adoraria.* A vontade é de dar um soco na minha própria cara. Mas, em vez disso, eu a sigo pela calçada em direção à porta, onde ela pega uma chave. Um chaveiro de chinelinho de plástico balança entre as chaves. A maior parte do que estava escrito ali já se apagou, mas ainda consigo identificar o M-éc-o de "México". Na mesma hora, sinto um frio na barriga. Será que ela foi para lá com o Seth? Meu Deus, tem tanta coisa que eu não sei. Hannah está tendo dificuldades com a chave. Ouço-a xingar baixinho.

— Essa droga sempre emperra — diz ela, quando finalmente consegue destrancar a porta.

Entro hesitante depois dela, olhando para trás em intervalos curtos para me certificar de que não há ninguém vindo. *Esse não é seu bairro*, penso. *Que diferença faz se alguém vir você aqui?* Hannah é ainda mais bonita pessoalmente e, além disso, é legal. Legal nível abrir sua casa e convidar uma estranha para fazer um tour. *Não tão estranha assim*, penso, enquanto entro atrás dela. A gente divide o mesmo pênis, no fim das contas.

Estou prestes a dar uma gargalhada maníaca quando me engasgo. Faço um *hum-hum*, pigarreando, enquanto Hannah pendura as chaves em um chaveiro ornamentado e se vira sorrindo para mim. A casa estala ao nosso redor, gentilmente afirmando sua idade. O piso de tábua corrida está um brinco, sem nenhuma mancha, é o tipo de mogno rústico que eu queria colocar no apartamento. Seth havia vetado minha escolha — ele queria algo mais moderno, por isso escolhemos um cinza-azulado. Estou diante de uma escada curva e não sei se ela espera que eu tire os sapatos ou não. Tenho uma sensação estranha de que já estive aqui, embora eu saiba que é impossível. Hannah não dá nenhuma indicação do que devo fazer, então tiro os sapatos e os deixo perto da escada. Um par de sapatilhas rosa claro em meio a todo esse creme. Há uma mesa envelhecida à minha direita com um vaso com buganvílias de cores vibrantes. Não há fotos de família expostas em nenhum lugar que eu possa ver e fico grata por isso. Como seria ver seu marido em fotos de família com outra mulher? Tudo aqui é perfeito e de bom gosto. Hannah leva jeito para decoração.

— É tudo tão lindo! — suspiro enquanto meus olhos ávidos tentam assimilar tudo.

Hannah, que tirou os próprios sapatos e agora está com pantufas de seda, sorri para mim, o que acentua suas maçãs do rosto nórdicas, definidas e rosadas. Seth também tem um rosto anguloso, a mandíbula marcada e um nariz longo e reto. Fico só imaginando a criança divina que esses dois devem ter feito juntos, e meu estômago revira quando penso no bebê deles. *O bebê deles. A viagem deles ao México. A casa deles.*

— Ah, meu nome é Hannah, falando nisso — diz ela enquanto me leva escada acima. Então, ela me conta sobre o homem que construiu a casa para sua nova esposa há um século, e penso que a nova e melhorada esposa de Seth mora nela. Faz só um ano que concordei com tudo isso; nossos planos se frustraram, mas o amor continuava o mesmo. Eu quis lhe agradar, assim como Terça fez, imagino, quando concordou com a situação.

Ela me mostra vários quartos e dois banheiros reformados. Procuro por fotos, mas não há nada. Em seguida, ela me leva ao andar de baixo e me mostra a sala e a cozinha. Fico apaixonada pela cozinha. Três vezes maior que a cozinha minúscula do meu apartamento, há espaço suficiente para fazer diversos banquetes ao mesmo tempo. Vendo a expressão no meu rosto, Hannah sorri.

— Nem sempre foi tão grande assim. Abri mão da segunda sala pra aumentar a cozinha. A gente gosta de receber pessoas.

— É linda — digo.

— Tinha armários amarelos e um chão quadriculado branco e preto. — Ela torce o nariz como se achasse a ideia desagradável. Consigo visualizar a cozinha anterior com os armários amanteigados, provavelmente pintados à mão pelo primeiro proprietário. — A gente odiava. Sei que o certo seria apreciar o charme antigo, mas eu mal podia esperar pra mudar tudo.

A gente. Outro choque. Meu Seth não gosta de receber pessoas em casa. Tento visualizá-lo sob as vigas expostas deste teto, picando cebolas na bancada de mármore enquanto Hannah puxa algo do forno duplo. É demais para mim, e, de repente, fico tonta. Levo a mão à cabeça e procuro uma cadeira para me equilibrar.

— Está tudo bem? — Há preocupação no tom de Hannah. Ela puxa uma banqueta da ilha da cozinha, e eu me sento. — Deixa eu pegar um pouco de água pra você — diz.

Ela volta com a água, e eu a bebo, tentando me lembrar de quando foi a última vez que bebi alguma coisa. Tomei chá no almoço e uma taça de vinho rosé. Devo estar desidratada.

— Hannah, olha, você convidou uma estranha pra entrar na sua casa. Eu podia ser uma assassina em série ou algo do tipo. E agora você está me dando água — digo, balançando a cabeça. — Você não pode fazer essas coisas.

Sua expressão fica maliciosa quando ela sorri, um brilho travesso nos olhos. Ela é significantemente mais jovem que eu, mas há algo suntuoso e antigo nela. Duvido que ela alguma vez tenha bebido muita vodca com suco de limão e passado a noite inteira vomitando no banheiro como eu fazia na adolescência. Não, essa mulher é resolvida, responsável e refinada demais. Consigo ver o que Seth viu: a elegância. A mãe perfeita para o filho perfeito.

— Bem, acho que agora é a hora perfeita para um lanchinho — diz ela, brincando. — Ainda não comi.

Ela vai até a geladeira e depois à despensa, cantarolando enquanto pega coisas. Quando volta, há queijo, biscoitos de água e sal e frutas em uma bandeja de madeira, tudo arrumado de um jeito muito adulto e esteticamente agradável. Sinto uma afinidade com ela, por essa boa vontade de alimentar uma estranha. Eu teria feito o mesmo. Como uns pedaços de queijo e me sinto melhor na mesma hora.

Enquanto comemos, ela me conta que é fotógrafa freelancer. Pergunto se foi ela quem tirou as fotos emolduradas no corredor. Ela responde que sim, toda feliz. E, mais uma vez, me pergunto por que não há nenhuma foto de família por aqui. É de imaginar que uma fotógrafa teria uma série de fotos em casa.

— Você trabalha com o quê? — pergunta ela, e respondo que sou enfermeira.

— No hospital daqui? — pergunta ela, interessada.

— Não, não. Vim passar o fim de semana aqui com meu marido. Moro em Seattle. — Não digo mais nada sobre o assunto. Estou com medo de acabar me entregando. Conversamos mais um pouco sobre hospitais e sobre a reforma da linda casa dela, até que me levanto.

— Já te aluguei muito — digo, sorrindo gentilmente para ela. — Olha, foi muito legal da sua parte. Posso te levar pra almoçar numa próxima?

— Eu adoraria — responde ela, animada. — Não sou do Oregon. Me mudei pra cá para ficar com meu marido, então não fiz muitos amigos.

— Ah, e de onde você é? — Inclino a cabeça, tentando me lembrar se Seth já havia me contado.

— Utah.

Eu me arrepio inteira. Seth é de Utah. Será que ele conheceu Hannah quando morava lá? Não, não é possível. Terça é a primeira esposa; ele estivera com ela em Utah. Há uma diferença de idade entre Seth e Hannah, então é improvável que eles tenham estudado juntos. Hannah puxa o celular do bolso detrás da calça e lhe dou meu número.

Vou para o hall de entrada e calço os sapatos. De repente, estou desesperada para sair daqui. Onde eu estava com a cabeça? Seth podia vir para casa na hora do almoço e me encontrar com Hannah. O que ele diria se encontrasse duas de suas esposas juntas? A caminho da porta, me abaixo para levantar a borda da sapatilha que dobrou embaixo do calcanhar. Então vejo os cacos de vidro no chão perto da janela — pontudos e com mais ou menos uns cinco centímetros. Pego um deles e o seguro na palma da mão. Há um prego na parede onde antes havia uma foto. Me viro para mostrar o vidro a Hannah.

— Estava no chão — digo. — Não quero que você corte o pé.

Ela pega o caco e me agradece, mas percebo o rubor que surgiu em seu pescoço.

— Deve ser da foto que ficava pendurada ali. Rolou um acidente, e ela caiu da parede.

Assinto. Essas coisas acontecem. Mas então, quando ela recolhe a mão, segurando o caco de vidro com cuidado entre os dedos, noto uma quantidade considerável de hematomas em seu antebraço. Estão arroxeados agora. Desvio rapidamente o olhar, para ela não perceber que eu estava olhando, e abro a porta.

— Tchau — digo.

Ela acena antes de fechar a porta.

Penso nos hematomas no caminho de volta até o carro. Será que pareciam com marcas de dedo? *Não*, digo a mim mesma. *Você está vendo coisas.*

CINCO

Só tenho tempo de voltar para o hotel e tomar um banho antes do nosso jantar. Distraída, quase bato o carro na traseira de um caminhão parado no sinal vermelho. *Hannah, Hannah, Hannah.* O rosto dela paira diante de meus olhos. Estou usando o vestido preto do qual ele gosta, justo nos lugares certos, e com o cabelo solto. Por baixo do vestido, estou com a lingerie que comprei à tarde. A renda dá coceira, e fiquei fazendo comparações, mentalmente, de como Hannah ficaria com a mesma peça. Vai ser uma ótima noite, digo a mim mesma. Estou animada para passar esse tempo roubado com ele. Parece que estamos trapaceando, e isso me excita. Hannah pode ser tudo o que eu não sou, mas foi comigo que ele escolheu passar esta noite. Ligo para confirmar o horário da reserva, e, quando ele atende, sua voz aquece meu coração.

— Quanto você gastou? — pergunta ele.

É brincadeira, é claro. Ele gosta de bancar o regrado quando gasto dinheiro, mas sempre pede para ver as coisas que compro e dá sua opinião. Ele é um marido interessado, e homens assim são raros.

— Muito — respondo.

Ele dá uma risada.

— Não vejo a hora de te ver. Passei o dia inteiro distraído pensando em hoje à noite.

— Você vem aqui ou eu te encontro? — pergunto.

— Te encontro lá. Você trouxe aquele vestido preto que eu gosto?

— Trouxe, sim — respondo, com um sorrisinho. Na maior parte dos dias, ainda sinto um frio na barriga quando escuto sua voz no telefone. Às vezes, isso faz com que eu me sinta fácil, como se tudo que ele precisasse fazer fosse usar aquele tom grave, e pronto, ele me tem na palma da mão. Mas hoje há uma ausência de emoção quando a escuto. Sinto bem lá no fundo uma leve desconexão. Estamos flertando normalmente, mas meu coração parece distante. Talvez ter visto Hannah, a outra esposa, com meus próprios olhos, tenha mudado as coisas para mim. Transformado essa situação em algo real, em vez de algo do qual eu havia me distanciado emocionalmente. *O bebê deles. A viagem deles ao México. A casa deles. Queria ter conseguido beber alguma coisa*, lamento enquanto pego meu casaco na cadeira.

Seth está me esperando do lado de fora quando entrego o carro ao manobrista. O restaurante é charmoso e romântico — um lugar aonde casais novos vão para se conectar, e casais antigos, para se reconectar. Fico feliz por esse ter sido o lugar que ele escolheu para nossa noite juntos e noto os guardanapos impecáveis de linho branco e os aventais até os tornozelos que os garçons usam. A *hostess* nos leva até uma mesa no canto;

escolho o lugar de frente para a janela. Em vez de se sentar na minha frente, Seth desliza para o meu lado.

Olho ao redor para ver se há alguém prestando atenção em nós, como se fossem se importar. Quando me dou conta de que não há ninguém apontando o dedo e rindo, relaxo.

— Nunca pensei que eu fosse ser uma dessas mulheres — digo, tomando um gole de água.

— A gente ficava rindo deles, lembra? — diz Seth, rindo. — Desses casais grudentos...

Dou um sorriso.

— Lembro. Mas agora a sensação é de que não te tenho o suficiente. Deve ser porque tenho que te dividir.

— Eu sou seu — diz ele. — Te amo muito.

A voz dele soa impassível para mim. Será que sempre foi assim? *Você é que está sendo paranoica e se apegando a qualquer detalhezinho*, digo a mim mesma. *Ele não mudou, foi você.*

É difícil não pensar na frequência com que ele fala isso para as outras. O rosto de Hannah preenche minha mente e sinto uma onda de insegurança. É por isso que Seth nos mantém separadas, para que não fiquemos com ciúme nem obcecadas uma com a outra, e sim concentradas em nosso relacionamento com ele. Tento afastar esses sentimentos. É isso que faço: compartimentalizar, organizar e priorizar.

Seth pede um bife, e eu escolho o salmão. Conversamos sobre o hospital e sobre a casa de uma atriz aposentada que ele está construindo em Lake Oswego. É tudo bem trivial e normal, um casal comum discutindo os pequenos detalhes da vida. Com o vinho suavizando minha ansiedade cortante, já estou quase melhor em relação a tudo, até que vejo uma mulher jovem e loira caminhar até a *hostess* com um bebê recém-nascido no colo. A única coisa visível é a coroa da cabeça do bebê, de onde sai uma mecha de cabelo escuro que aparece por fora da cobertinha. Uma onda quente e pesada de inveja me atinge. É como se eu não conseguisse respirar e, ao mesmo tempo, fosse incapaz de desviar o olhar. Todo preocupado, o parceiro da mulher toca-a com delicadeza, então passa um braço protetor ao seu redor enquanto os dois abaixam o olhar e encaram a pequena criatura que fizeram juntos. Paralisada, observo os dois atentamente e sinto uma maré familiar de dor tomando conta de mim. Eles compartilham uma intimidade porque fizeram um filho juntos. Não, não é uma certeza para todo mundo. Várias pessoas têm filhos juntas e nada além disso. Mas não consigo não pensar em Hannah e Seth, no fato de que eles terão algo que eu não terei.

Seth vê que estou olhando para eles e segura minha mão.

— Eu te amo — diz ele, me olhando com preocupação.

Às vezes, tenho a impressão de que ele consegue perceber quando estou pensando nelas, nas outras, e se apressa em dizer essas coisas para mim. Uma salva de palavras para sua segunda esposa, a estéril. *Você não pôde me dar o que eu mais queria, mas veja só! Mesmo assim, eu te amo muito.*

— Eu sei. — Dou um sorriso triste e, enfim, desvio o olhar da família feliz.

— Você é suficiente pra mim — diz ele. — Sabe disso, né?

Quero atacá-lo, perguntar se, já que sou suficiente, por que ele precisa ter um filho com outra pessoa? Por que existe outra pessoa? Mas não pergunto. Não quero bancar a sentimental, a resmungona. Minha mãe era resmungona. Cresci vendo a expressão de dor do meu pai quando ela enchia o saco dele e sempre senti pena dele. E os comentários irônicos dela pareciam se intensificar conforme ficava mais velha, assim como as rugas na testa envelhecida do meu pai. O rosto dele era como um couro gasto enquanto o dela era uma camada de Botox e preenchimento.

— Você parece chateado — digo.

— Desculpa — diz ele. — Tive uma semana difícil no trabalho.

Assinto, empática.

— Algo que eu possa fazer para ajudar?

Quando Seth olha para mim, há certa suavidade em seus olhos. Ele pega minha mão e dá um sorriso sexy de canto de boca.

— Eu escolhi esta vida e tudo o que vem com ela. Consigo dar conta. Mas estou preocupado com você. Depois de...

— Não precisa se preocupar comigo. Eu estou bem. — Assinto de forma tranquilizadora. É uma mentira deslavada, e talvez, se ele não estivesse tão distraído, tão no limite, percebesse. Não estou bem, mas posso ficar. Pensei que, em momentos de fraqueza, eu poderia falar com ele sobre minhas angústias, mas ele já tem os próprios problemas. Além disso, se Hannah consegue, eu também consigo. Ela está esperando o bebê de um homem com múltiplas esposas, e, mesmo assim, durante o tempo que passei com ela, não notei nenhum traço de insegurança. Ela aparentou ser uma mulher feliz. Então, me lembro dos hematomas no braço dela, aquelas manchas roxas, escuras como ameixas, que lembravam dedos, e estreito os olhos.

— O que foi? — pergunta Seth. — Você fez aquela coisa com as sobrancelhas... — Sua mão se fecha em minha coxa por baixo da mesa, apertando-a gentilmente, e sinto um formigamento entre as pernas. É meu corpo traindo meu cérebro, como sempre. Não tenho disciplina. Não quando se trata de Seth.

— Que coisa? — pergunto, mas sei o que é. É que gosto de ouvi-lo dizer.

— Você as franze e contrai os lábios como se quisesse ser beijada.

— Talvez eu queira — digo. — Já pensou nisso?

— Já. — Seth se inclina para me beijar e sinto a maciez de seus lábios pressionados nos meus. Ele tem cheiro de vinho e um aroma só dele, e, de repente, quero que ele veja a lingerie. Quero ver a luxúria tomar conta de seus olhos antes de ele me jogar na cama. *É bom desejar seu marido e querer que ele te deseje*, penso.

Estamos nos pegando com tudo, como dois adolescentes, quando escuto uma mulher falando alto — sua voz é insolente e meio descontrolada. Seth se afasta para olhar sobre o ombro, mas permaneço com os olhos enevoados, pensando na cama do hotel.

— Briga de casal — diz ele, se virando para mim. Sobre seu ombro, vejo um casal discutindo no bar.

Passo o dedo na borda da minha taça de vinho enquanto observo seu rosto. Consigo perceber que ele está tentando ouvir o que estão dizendo ao encarar seu copo de água, concentrado. Ele parece gostar do som daquelas vozes, que estão carregadas de tensão. Observo os lábios dele, tentando descobrir se ele tomou algum lado, mas não, está só escutando. Seth e eu raramente brigamos, provavelmente porque sempre me forço a concordar com tudo. Será que já o tinha visto perder a cabeça? Vasculho rapidamente minha memória, tentando conjurar uma imagem do meu marido bravo o bastante para bater... agarrar... empurrar.

— Seth — chamo. — Você costuma brigar com elas?

O vinho afrouxou minha língua, e minha máscara de indiferença se desfaz enquanto estudo o rosto dele.

Ele não me olha nos olhos.

— Todo mundo briga.

— É verdade — digo, já entediada com a resposta. — Por que motivo vocês brigam?

Seth parece desconfortável ao estender a mão para pegar a taça. Está vazia, é claro, e ele vira a cabeça procurando o garçom para que possa amortecer minha pergunta com álcool. Meus olhos permanecem colados a seu rosto. Quero saber.

— Coisas normais.

— Por que você está sendo evasivo? — Tamborilo os dedos na mesa. Estou irritada. Raramente faço perguntas e, quando faço, espero respostas. Espero respostas para minha conformidade. Meu papel não é fácil.

— Olha, eu tive uma semana muito difícil. Estar com você é uma pausa nisso tudo. Prefiro aproveitar sua companhia em vez de ficar remoendo cada briga que já tive com elas.

Sinto meus nervos se acalmarem. Enfio as mãos debaixo da mesa e sorrio para ele, me desculpando. Seth parece aliviado. Eu estava sendo injusta. Para que passar nosso tempo juntos falando sobre os outros relacionamentos dele quando podemos aproveitar para fortalecer a nossa ligação? Afasto Hannah e seus hematomas dos meus pensamentos.

— Desculpa — digo. — Quer beber mais alguma coisa antes de a gente ir?

Seth pede mais dois drinques e, depois que chegam, ele olha para mim com um olhar que só pode ser descrito como culpa.

— O que foi? Conheço esse olhar. Desembucha.

Ele ri um pouco e se inclina para beijar minha boca.

— Você me conhece tão bem... — Ele sorri.

Me inclino no couro firme do sofá e espero pelas más notícias.

— Na verdade, preciso mesmo falar com você sobre uma coisa.

— Tá bem...

Eu o observo tomar outro gole do bourbon, tentando ganhar tempo, organizando as palavras na mente. Imagino que, se ele já tinha algo para me falar, deve ter ensaiado o que vai dizer. Fico irritada em pensar que ele pode ter me convidado para vir até aqui apenas com a intenção de me preparar para receber as más notícias.

— É sobre Segunda — diz ele.

Algo embrulha meu estômago, e sinto uma onda de pânico. Ele descobriu que fui ver Hannah. Minha boca seca. Umedeço os lábios, já compondo as palavras, as desculpas que vou dar.

— Segunda?

— Está tudo bem com o bebê. Por enquanto. Mas eu estava pensando que não é uma boa ideia a gente tirar férias este ano porque o bebê está para nascer.

As palavras caem entre nós, e tudo que consigo fazer é ficar olhando para ele, estupefata. Não é tão ruim quanto eu imaginava, mas ainda é muito ruim.

— Por quê? — pergunto abruptamente. — Que diferença faz? A gente pode ir antes de ela ter o bebê.

— Justamente — diz ele. O garçom volta, e Seth lhe entrega o cartão de crédito sem nem olhar a conta. — Vou precisar tirar esse tempo quando o bebê chegar. Não posso sair de férias agora. E, além disso, as coisas estão tão loucas no trabalho... Preciso estar lá.

Cruzo os braços e encaro a janela. De repente, não me sinto mais tão especial e amada como tinha me sentido horas antes. Eu me sinto dispensada, abandonada. Não sou eu que vou ter o bebê dele — é ela —, então minhas necessidades têm menos importância. Ai, meu Deus, ele só me convidou para vir a Portland com o objetivo de suavizar o baque. Essa não foi uma escapada romântica, foi uma manipulação: as palavras suaves, o flerte, o jantar bacana. Perceber isso dói.

— Já me sacrifiquei tanto, Seth... — Quero me encolher quando escuto a amargura na minha voz. Não quero agir como uma criança, mas ter meu tempo com ele roubado é demais pra mim.

— Eu sei. Não é fácil te pedir isso — diz ele.

Seu tom de voz me deixa frustrada. É como se ele estivesse disciplinando uma criança.

Alarmada, olho para ele e pondero sobre a vontade que sinto de atacá-lo e dizer algo que possa magoá-lo.

— Pedir? Está mais pra avisar.

Começa a chover, e um casal corre do restaurante até a garagem do outro lado da rua. Observo o progresso dos dois e fico pensativa. Como será que é estar com um homem que não quer ninguém além de mim? Não namorei muito antes de Seth. Eu era uma daquelas estudantes que evitavam relacionamentos para focar nos estudos. Quem sabe, se eu tivesse mais experiência, talvez não tivesse aceitado tão facilmente a vida que Seth me ofereceu.

— Você sabe que não tem nada a ver.

Ele estica o braço para tocar minha mão, mas a afasto e coloco-a embaixo da mesa, em meu colo. Lágrimas ardem em meus olhos.

— Quero ir embora — digo.

Seth tem a audácia de franzir o cenho para mim.

— Você não pode fugir disso. Temos que conversar. É assim que um relacionamento funciona. Quando me casei com ela, você sabia o que isso acarretaria. Você concordou.

Estou com tanta raiva que me levanto e derrubo meu copo vazio de água quando saio às pressas do sofá em meia-lua, indo em direção à porta. Ouço-o chamando meu nome, mas nada que ele diga vai me fazer parar. Preciso ficar sozinha, para pensar sobre tudo isso. Como ele ousa me dar uma palestra sobre casamento? O papel que ele cumpre não é difícil como o meu.

SEIS

Na manhã seguinte, sou acordada pelo som da porta se abrindo. Na pressa de ir para a cama, havia me esquecido de pendurar a placa de "não perturbe". Ouço alguém dizer "faxina...", que estava mais para uma pergunta, e respondo com um "depois!" abafado. Espero até fecharem a porta antes de rolar na cama e ver que há sete mensagens e cinco ligações perdidas de Seth. Se fosse eu ligando tantas vezes assim quando ficasse sem notícias dele, pareceria carente e insegura. Desligo o celular sem ler as mensagens e me levanto da cama para guardar as poucas coisas que trouxe. Quero ir para casa. Foi um erro vir até aqui. Preciso da familiaridade do meu apartamento, da Coca gelada que me espera na geladeira. Meu plano é ir para baixo das cobertas e ficar lá até ter de voltar ao trabalho. Quero ligar para minha mãe ou para Anna e contar o que aconteceu, mas para isso eu teria que contar toda a verdade, e não estou pronta. Estou descendo para o lobby quando penso em Hannah e sinto uma súbita necessidade de vê-la de novo. Ela é a única que entende o que estou passando, que sabe como é a tortura de compartilhar o marido. Mando uma mensagem para ela enquanto ando até a garagem, as alças da mala fazendo peso em meu braço. Eu estava tão distraída na noite passada que não me lembro de onde estacionei o carro. Ando de um lado para o outro, olhando as fileiras de carros e passando a mala de lá para cá quando a sinto ficar pesada demais. Quando finalmente o encontro e destranco a porta, vejo um buquê de rosas cor de lavanda no banco do motorista e um cartão apoiado no volante. Coloco-os no banco do passageiro sem nem ler o cartão, entro no carro e dou a partida. Eu não queria flores nem um cartão de desculpas qualquer comprado na Hallmark. Eu o queria: sua atenção, seu tempo, sua proteção. Estou quase pegando a estrada, tendo momentaneamente esquecido a mensagem que mandei para Hannah, quando meu celular apita com uma notificação. Eu havia perguntado se ela estava livre para tomar um café da manhã atrasado antes de eu ir embora. A resposta faz meu coração palpitar descontroladamente.

Eu adoraria! A gente se encontra no Orson's em dez minutos? Aí vai o endereço.

Digito o endereço no telefone e pego um retorno. Mal me olhei no espelho antes de sair hoje de manhã. Enquanto espero o sinal abrir, puxo o quebra-sol, abro o espelho e analiso meu rosto. Estou pálida, com cara de acabada, meus olhos estão inchados de tanto chorar. Vasculho minha bolsa à procura de um batom e o aplico rapidamente nos lábios.

O Orson's é um lugarzinho discreto com o nome em letras maiúsculas acima da porta. Há um buraco do tamanho de uma bola de golfe na letra "o" com várias teias de aranha. Entro, sinto o cheiro de ovos e café tomando conta do ar e olho em volta, tentando encontrar uma mesa vazia.

O lugar está lotado de pessoas de quem não consigo imaginar Hannah e suas belas maçãs do rosto sendo amigas. Moicanos, cabelo rosa, tatuagens — há uma mulher com sete piercings só no rosto.

Avisto uma mesa perto da janela, de onde consigo ver a porta, e jogo a bolsa na cadeira vazia à minha frente. Já aconteceu várias vezes de eu estar em alguma cafeteria e uma pessoa desesperada tentar surrupiar minha cadeira. Hannah chega dez minutos depois, com um vestido vermelho e sapatilhas pretas brilhantes. Ela está com o cabelo preso, mas algumas mechas caem sobre seu rosto, como se ela tivesse sido surpreendida por uma brisa forte.

Ela parece exausta ao se sentar na cadeira e colocar as mechas de cabelo atrás das orelhas.

— Desculpa o atraso. Eu tinha acabado de sair do banho quando vi sua mensagem. — Ela tira os óculos de sol e os coloca na mesa enquanto pressiona os dedos na ponte do nariz.

— Dor de cabeça? — pergunto.

Ela assente.

— É por causa da cafeína. Estou tentando dar uma diminuída, mas acho que vou tomar um cafezinho hoje.

— Me fala o que você quer, que eu vou lá pedir pra gente — ofereço, me levantando. De repente, sinto uma necessidade de protegê-la. Ela concorda com a cabeça e olha em volta.

— É, acho que não podemos correr o risco de perder nossa mesa.

Ela me diz o que quer, e eu entro na fila em frente ao caixa. É então que começo a suar. Tipo, o que estou fazendo? Será que tudo isso é para me vingar de Seth? *Não*, digo para mim mesma quando chega minha vez. Estou tentando encontrar um senso de comunidade. Preciso me entender, e a única forma de fazer isso é conhecendo a outra mulher que fez escolhas parecidas com as minhas. Além disso, não é como se eu fosse conseguir encontrar um grupo de apoio à poligamia on-line, ou algo como esses grupos para mães que existem por aí.

Faço nosso pedido e levo o número em um potinho para a mesa. Hannah está roendo as unhas e encarando uma mancha de café na mesa.

Olho para o braço dela, para o lugar onde vi o hematoma. A marca foi de roxa para um azul-escuro.

Ela percebe que estou olhando e cobre o braço com a mão. Seus dedos com unhas perfeitamente pintadas envolvem o braço.

— Foi um acidente — diz ela.

— Parecem marcas de dedo. — Meu comentário é bem direto, mas ela fica chocada, como se eu tivesse lhe dado um tapa. Estudo seus olhos. São de um azul tão lindo que parecem ter sido pintados, e os cílios estão cobertos com um rímel perfeitamente aplicado. *É tudo perfeito demais*, penso. Quando as coisas são tão perfeitas assim, há algo errado.

Enquanto aguardamos, ela fala sobre outra reforma que quer fazer na casa e conta que o marido não está muito a fim de fazê-la. Fico oscilando entre gostar dela e odiá-la enquanto sorrio e concordo com a cabeça. Que ingrata; imagina morar em um lugar tão lindo e nunca estar satisfeita. Será que Seth não fica cansado das exigências dela? Imagino que ele vá me contar sobre isso em breve, que vá perguntar o que acho da reforma que ela quer. Seth sempre conversa comigo sobre essas coisas, quase como se estivesse pedindo permissão. Eu diria, é claro, dê o que ela quiser. Isso me faria parecer boa. Do nada, Hannah muda de assunto e faz perguntas sobre meu apartamento e sobre a decoração dele. O interesse me deixa lisonjeada e confusa. Eu me sinto grata quando nossa comida e nossas bebidas chegam. Olho para o meu prato, para a omelete mais saudável que a refeição que eu teria pedido se estivesse sozinha, e sinto uma necessidade louca de contar algo pessoal a ela.

— Ontem à noite, descobri que meu marido está me traindo.

Hannah deixa o garfo cair, e ele faz um barulho ao bater no prato, girando antes de cair no chão. Nós duas olhamos para o talher caído.

— Como é que é? — A pergunta demora tanto que chega a ser engraçado.

Dou de ombros.

— Não sei como processar isso. Brigamos ontem à noite, e eu fui embora com muita raiva.

Hannah balança a cabeça e se abaixa para pegar o garfo. Em vez de pedir outro, ela tira um lenço antibactericida da bolsa e o limpa.

— Sinto muito — diz ela. — Pelo amor de Deus, e eu aqui falando sem parar sobre... Me desculpa mesmo.

Ela põe o garfo na mesa e olha para mim.

— Mas, sério, que coisa terrível. Eu ficaria completamente arrasada. Como você não desmoronou?

— Não sei — digo, sendo sincera. — Eu amo ele.

Hannah concorda, como se minha resposta fosse o suficiente.

Ela me observa sobre o prato de omelete de claras. Mal tocou na comida. Quero mandá-la comer, dizer que ela tem um bebê para alimentar.

— Estou grávida — diz Hannah.

Finjo surpresa. Não preciso fingir muito porque estou genuinamente surpresa por ela ter contado isso para mim, uma completa estranha.

Meus olhos vão até sua barriga, reta e firme.

— Está bem no comecinho — admite ela. — Ainda não contei pra ninguém.

— Seu... marido? — pergunto. Embora eu queira dizer "nosso marido".

— Sim — diz ela, com um suspiro. — Ele sabe.

— E ele... está... feliz? — É óbvio que já sei a resposta: Seth está feliz para caralho. Mas quero ouvir isso da boca de Hannah. Como será que ela vê a animação do meu marido?

— Está.

— Você não está dizendo o que realmente quer dizer. — Limpo a boca e a encaro incisivamente. Minha mãe não suporta esse meu lado. Ela diz que sou muito direta, mas Hannah não parece se importar com o que falei. Ela limpa a boca com o guardanapo de papel e suspira.

— É, acho que não. — Ela olha para mim com gratidão. — Gosto de quão direta você é.

Mordo o interior das bochechas para segurar um sorriso.

— Então o que é? Você tem que conversar com alguém sobre isso, não tem? — Estou tentando parecer descontraída, mas meus dedos dos pés estão contraídos dentro dos sapatos e minha perna fica balançando de tempos em tempos debaixo da mesa. Pareço uma viciada. Preciso de mais, preciso ouvir tudo, para entender.

Ela me olha sob os cílios pretos e pontudos e franze os lábios.

— Ele esconde meu anticoncepcional.

Cubro a boca com as costas da mão quando engasgo com o gole de café que acabei de tomar. Ela só pode estar brincando. Seth, escondendo anticoncepcional? Seth é o tipo de cara que consegue o que quer sem precisar enganar ninguém. Ou talvez ele seja assim só comigo.

— Como você sabe que ele esconde? — pergunto, colocando o café na mesa.

Hannah se mexe na cadeira e olha ao redor, como se esperasse que Seth fosse brotar das paredes.

— Ele já fez piada sobre isso, e, lógico, meus comprimidos sumiram.

— É tipo quando mulheres furam a camisinha pra segurar o homem com uma gravidez — digo, meneando a cabeça. — Mas por que ele ia querer te segurar com uma gravidez?

Hannah estreita os lábios e desvia o olhar. Sinto o ar preso na garganta quando meus olhos passam pelos hematomas no braço dela.

— Você queria terminar com ele...

Ela olha para mim, mas não diz nada. Dá quase para ver a verdade em seus olhos, presa atrás das piscadas rápidas. Fico meio aérea com o choque. É inconcebível para mim que Seth possa machucar uma mulher, que esconda anticoncepcional. Quero perguntar se ela o ama, mas minha língua está grudada no céu da boca.

— Hannah, você pode me contar...

Uma mulher de dreads e com um bebê amarrado no peito em um daqueles cangurus hippies passa pela nossa mesa. Hannah a observa, interessada, em êxtase, e me pergunto se ela está se imaginando com um bebê. Eu já me imaginei como mãe um milhão de vezes, ficava pensando no peso de um pequeno ser humano em meus braços, imaginando como deve ser a sensação de saber que você fez algo tão minúsculo e perfeito. Encaro o rosto lindo dela. Hannah não é quem parece ser: a casa perfeita, o rosto perfeito, a roupa perfeita... e aqueles hematomas. Eu queria conhecê-la, entendê-la, mas, a cada segundo que passo com ela, fico mais confusa. Algumas horas atrás, eu estava furiosa com Seth, e, agora, sentada em frente à outra esposa do meu marido, minha raiva se transfere para ela. Eu me sinto absolutamente bipolar em relação às minhas emoções — uma hora desconfio de fulano, na outra, de sicrano. Por que ela teria concordado com tudo isso se não fosse para ter um filho com ele? Foi por isso... Foi por isso que outra esposa entrou em jogo. Porque não pude dar um filho a ele.

— Foi ele que deixou esse hematoma no seu braço? — Eu me inclino e observo o rosto dela, procurando por sinais de mentira antes mesmo de obter uma resposta.

— É complicado — diz ela. — Não foi de propósito. A gente estava brigando, e eu saí andando. Ele agarrou meu braço. Eu fico roxa fácil — explica ela sem muita convicção.

— Isso não é normal.

Hannah parece abatida, como se preferisse estar em qualquer outro lugar que não fosse aqui. Ela olha ansiosamente para a porta; ponho a mão em seu braço e a olho no fundo dos olhos.

— Ele já te bateu outras vezes? — Há um peso na minha pergunta. Não estou simplesmente perguntando a Hannah Ovark se seu marido bate nela, estou perguntando se *meu* marido bate nela.

— Não! Quer dizer, ele não me bate. Olha, você entendeu tudo errado.

Estou prestes a perguntar *o que* exatamente eu não entendi quando alguém esbarra em nossa mesa. Eu me inclino para sair do caminho, mas é tarde demais e um copo vira em minha direção, derramando todo seu conteúdo em mim. A garota que segurava o copo arregala os olhos e escancara a boca.

— Merda — diz ela, dando um pulo para trás. — Me desculpa. É café gelado, graças a Deus, é gelado.

Pego minha bolsa e a tiro do caminho antes que a poça marrom se alastre pela mesa toda. Hannah está me estendendo guardanapos, tirando-os um por um do porta-guardanapos. Sem saber o que fazer, olho para ela enquanto enxugo minha calça.

— Tenho que ir — digo.

— Eu sei. — Ela concorda como se entendesse. — Obrigada pelo café da manhã. Foi legal conversar com alguém. Não é algo que consigo fazer sempre.

Dou um sorriso sem graça e penso na mulher de dreads com o bebê. Ela está mentindo. Há algo de errado com Hannah Ovark, e eu vou descobrir o que é.

SETE

Quando Seth liga alguns dias depois, estou em casa, aconchegada debaixo do cobertor no sofá. Faz dias que o ando evitando e mandando as ligações para a caixa postal no primeiro toque. Depois de duas taças de vinho, fico mais relaxada e decido atender. Não consigo parar de pensar no que Hannah disse e fico repassando suas palavras em minha mente, então, de repente, sinto vontade de chorar de tanta frustração. Ele diz "oi" primeiro, e sua voz soa cansada, mas esperançosa.

— Oi — sussurro ao telefone. Seguro o aparelho na orelha com uma das mãos enquanto fico traçando os desenhos da almofada que está em meu colo com a outra.

— Desculpa — diz ele imediatamente. — Desculpa mesmo.

Ele parece estar sendo sincero.

— Tudo bem... — Sinto minha raiva se dissolver e estico o braço para pegar o controle remoto e colocar no mudo o programa idiota que eu estava vendo. Reality shows são a melhor distração que existe para um coração partido.

— Falei com Hannah — diz ele. — Esse é o nome da Segunda.

Prendo a respiração, me sento rápido e jogo a almofada no chão. Ele realmente acabou de me dizer o nome dela? Seth confiar a mim algo que nunca havia compartilhado me traz uma sensação de vitória. Tenho quase certeza de que nenhuma das outras esposas sabe meu nome. É então que me dou conta: Hannah é a mais poderosa. É a esposa grávida. De repente, fico claustrofóbica, a calma de antes é substituída pelo nervosismo. Se Hannah decidisse que é importante Seth ficar com ela em vez de sair de férias comigo, seria exatamente isso que ele faria. Legalmente, posso até ser a esposa de Seth, mas esse bebê me levou a ocupar a posição de filha do meio, e todo mundo sabe que o filho do meio é o esquecido. Pigarreio, determinada a agir com normalidade, apesar do que estou sentindo.

— O que ela disse?

Meu coração está palpitando, e minhas unhas encontram o caminho até minha boca, onde meus dentes começam o ataque violento.

Há uma pausa no outro lado da linha.

— Falei pra ela que essa viagem é importante para mim — diz ele. — Você está certa. Não posso tirar esse tempo de você. Não é justo.

Eu deveria ser legal, incorporar a boa esposa, mas as palavras saem fervorosas da minha boca antes que eu consiga contê-las.

— Não quero sua caridade. Quero que você *queira* fazer essa viagem comigo.

— Eu quero. Estou fazendo tudo o que está ao meu alcance, amor.

— Não me vem com essa de amor, Seth.

Há uma longa pausa do outro lado da linha, seguida por um suspiro.

— Beleza, então. O que você quer que eu diga?

Sinto a irritação brotar em meu peito.

O que quero que ele diga? Que ele me escolheu, talvez? Que não quer ninguém além de mim? Nunca vai acontecer. Não foi com isso que concordei.

— Não quero discutir — diz ele. — Só liguei pra dizer que estou tentando dar um jeito. E que te amo.

Será que ele me fez parecer a malvada da história? Será que falou para ela que eu estava tentando arrumar confusão? E por que eu daria a mínima para o que Hannah acha de mim? Mas me importo, sim, com o que Hannah pensa, mesmo que ela não saiba quem eu sou. *Bom, agora ela sabe, não sabe?* Penso. *Ela só não sabe que sabe, sua fodida.*

— Falei pra ela que seria importante eu ir — diz ele.

Isso realmente parece algo que Seth faria. Nunca querer *ser* o vilão da história. Ele precisa agradar e necessita de agrado. É assim que ele faz amor comigo: alternando entre uma reverência gentil e pegadas e metidas selvagens, fazendo com que eu soe como uma estrela pornô.

De repente, a voz dele muda, e pressiono mais ainda o telefone na orelha.

— Não sabia se você ainda ia me querer aí... na quinta-feira.

Afasto a culpa por ter pegado pesado com ele e avalio meus sentimentos. *Será que eu o quero aqui? Será que estou pronta para vê-lo?* Eu poderia simplesmente contar o que fiz e pedir uma explicação. Mas ele poderia negar tudo, e eu nunca mais conseguiria falar com Hannah de novo. Ele contaria para ela quem eu sou, e ela se sentiria traída com o que fiz. Há uma grande chance de que eu esteja fazendo tempestade em copo de água, e, nesse caso, a única pessoa no mundo com quem tenho intimidade me acharia uma babaca.

— Pode vir — digo, com gentileza. Porque, se ele não vier, vai ficar com uma das outras. Posso até estar brava com meu marido, mas ainda sou uma mulher competitiva.

— Tá bem. — É tudo o que ele responde.

Desligamos pouco depois de Seth dizer "eu te amo". Sei que ele me ama de verdade, mas não digo que o amo. Quero fazê-lo sofrer. Ele precisa saber que não pode haver mentiras em um casamento — não importa quantas mulheres estejam envolvidas —, o que faz a verdade ser ainda mais complicada. Mas mesmo assim...

Não sei o que fazer. Fico cada dia mais azeda, como leite coalhado esquecido fora da geladeira. Quando chega quinta-feira, como um ato de desafio, decido não fazer o jantar. Não vou cozinhar para ele, nada de fazer um showzinho para fingir que está tudo bem. Não está. Também não arrumo o cabelo nem coloco um vestido sexy, como normalmente faço. No último minuto, passo um pouco de perfume nos pulsos e no decote da camiseta. *Cheirosa para mim*, digo a mim mesma. *Não para ele.* Quando Seth passa pela porta, estou sentada no sofá com uma calça de moletom e o cabelo amarrado em um coque, comendo macarrão instantâneo e vendo um reality show. Ele para no corredor que leva à sala e analisa meu estado com um olhar de diversão. Estou com um macarrão pendurado na boca.

— Oi — diz Seth.

Ele está usando um cardigã com as mangas arregaçadas e uma camiseta de gola V azul-clara. Suas mãos estão enfiadas nos bolsos do jeans como se ele não soubesse o que fazer com elas. Acanhado. Quanto charme.

Geralmente, eu já estaria de pé a essa altura, correndo para os braços do meu marido, aliviada por finalmente poder tocá-lo. Dessa vez, permaneço sentada, e o único sinal que dou de que reparei na chegada dele é uma leve erguida de sobrancelhas enquanto sugo o solitário macarrão. A massa bate com tudo na minha bochecha e sinto uma borrifada de molho de galinha acertar meu olho.

Eu o observo entrar desconfiado na sala e se sentar na minha frente em uma das poltronas florais que compramos juntos. Tinha um tom verde-esmeralda mais fechado e gardênias cor de creme estampadas no tecido. Assim que as vira na loja, ele dissera: "Parece até que estão voando." Foi só por causa dessa descrição que as comprei.

— Tem macarrão instantâneo na despensa — digo, animada. — Galinha caipira e carne. — Espero por uma reação de choque, mas ele não demonstra espanto. Essa é a primeira quinta-feira do nosso casamento em que não preparei um jantar.

Ele assente, agora com as mãos entrelaçadas entre os joelhos. Fico impressionada com a mudança. De repente, é como se ele não pertencesse a este lugar, e eu, sim. Ele perdeu o poder, e eu meio que gostei. Levo a tigela com o caldo até a boca, bebendo tudo, e estalo os lábios quando termino. Delícia. Esqueci como macarrão instantâneo pode ser bom. *Ai, meu Deus, como eu sou sozinha.*

— Então — digo. Espero conseguir fazer com que Seth desembuche o que quer que ele esteja se segurando para dizer. Pela expressão tensa em seu rosto, ele parece estar se engasgando com todas essas coisas não ditas. Não acredito que cheguei a achar que esse homem poderia ser rude com uma mulher. Examino seu rosto: o queixo sem definição e o nariz delicado demais. É estranho como a amargura pode mudar a forma como vemos as coisas. Nunca percebi que o queixo dele era assim tão para dentro e nunca considerei seu nariz delicado demais. O homem cujo rosto sempre amei e aninhei nas mãos, de repente, me parece fraco e patético, transformado pela minha opinião oscilante a seu respeito.

Navego pelos canais, sem prestar atenção no que está passando na tela. Não quero encará-lo porque tenho medo de que ele consiga ver as coisas feias que estou sentindo.

— Pensei que eu fosse tirar isso de letra — diz Seth. Olho para ele antes de continuar passando os canais.

— Isso o quê?

— Amar mais de uma mulher.

A risada que escapa num rompante da minha boca é incisiva e grotesca.

Seth olha para mim, desgostoso, e sinto uma pontada de culpa.

— E quem é que consegue tirar isso de letra? — pergunto, meneando a cabeça. — Pelo amor de Deus, Seth. Se casar com uma pessoa só já é difícil. Numa coisa você tem razão — digo, soltando o controle remoto e focando toda a minha atenção nele. — Estou decepcionada. Me sinto traída. Estou com... ciúme. Alguém que não sou eu vai ter um filho seu.

É o máximo que já falei sobre nossa situação. Imediatamente, quero puxar as palavras de volta, engoli-las. Pareço tão cansada. Não é um lado de mim que costumo deixar Seth ver. Homens preferem a manha de mulheres confiantes e seguras — pelo menos é o que dizem os livros. Era isso que Seth dizia sobre mim em nossos primeiros meses de namoro: "Gosto de você porque não se sente ameaçada por nada. Você é você, não importa quem esteja no mesmo ambiente..." Não sou mais assim, sou? Há mais duas mulheres no jogo, e sinto a presença delas todos os dias, a todo instante. Olho ao redor da minha pequena sala e, com o olhar, toco os penduricalhos e os quadros que Seth e eu escolhemos juntos: a pintura de uma costa inglesa, uma tigela de madeira que encontramos em Port Townsend em nosso primeiro ano de casados, uma pilha de livros na mesinha de centro que, na época, jurei que precisava, mas que nunca nem sequer folheei. São todas as coisas que constituem nossa vida, e, mesmo assim, nenhuma delas carrega tantas lembranças nem representa tanto assim uma junção de vidas como um bebê. Ele compartilha essa conexão com outra pessoa. De repente, me sinto deprimida. Nossa existência juntos é vazia. Se não podemos ter filhos, então o que nos resta? Sexo? Companheirismo? Será que há algo mais importante do que trazer uma vida ao mundo? Sem nem perceber, pouso a mão no lugar onde ficaria meu útero. Vazio para sempre.

OITO

Nos últimos três dias, milagrosamente fez sol em Washington, e agora o céu noturno se deleita com as borrifadas de estrelas. Abri as cortinas antes de nos deitarmos para parecer que estávamos dormindo sob as estrelas, mas, agora, deitada ao lado do meu marido roncando, elas parecem quase brilhantes demais. Dou uma olhada no relógio e vejo que passa pouco da meia-noite quando a tela do celular de Seth se acende. O aparelho está em sua mesa de cabeceira, e me levanto um pouquinho para ver quem está mandando mensagens para meu marido. *Regina*. Pisco diversas vezes ao ler o nome. Será que essa é... Terça? Um cliente não entraria em contato a essa hora da noite, e sei o nome de todo mundo do escritório. Só podia ser ela. Deito e encaro o teto enquanto repito o nome mentalmente: Regina... Regina... Regina...

Terça é a primeira esposa de Seth. Não sei se fui eu ou Seth quem deu esse apelido a ela, mas, antes de Hannah, éramos apenas Seth e nós duas. Três dias para Terça, três dias para mim e um dia reservado para as viagens. As coisas pareciam mais seguras naquela época; eu tinha mais controle sobre meu coração e o dele. Eu era a esposa *nova*, brilhante e amada — minha boceta era mais uma novidade, e não uma amiga de longa data. Claro, havia a promessa de filhos e de uma família, e isso seria fornecido por mim — não por ela. Aquilo alavancava minha posição, me dava poder.

Terça e Seth se conheceram no segundo ano da faculdade em uma comemoração de Natal organizada por um de seus professores. Antes de Seth fazer administração, ele fez direito. Quando Seth chegou à festa, Terça, uma aluna que também estava no segundo ano da faculdade, estava sozinha perto da janela tomando sua Coca Zero, as luzes de Natal refletindo em seu rosto. Ele a avistou assim que entrou, embora não tenha conseguido falar com ela até o fim da noite. De acordo com a versão de Seth, ela estava com uma saia vermelha e um salto de dez centímetros, o que destoava do traje desleixado dos outros estudantes de direito. Ele não se lembra do que ela usava na parte de cima, mas duvido que fosse algo escandaloso. Os pais de Terça faziam parte do corpo docente da faculdade e eram mórmons praticantes. Seu look era sóbrio, exceto pelos sapatos. Seth disse que ela estava com saltos de piriguete e que, ao longo dos anos, o gosto dela por sapatos se intensificou. Tento fazer uma imagem dela em minha mente: cabelos castanhos sem graça, uma blusa abotoada até o pescoço e sapatos de prostituta. Uma vez, perguntei a Seth qual era a marca favorita dela, mas ele não sabia. Ela tem um closet cheio deles. Fiquei com vontade de dizer: "Mas olha se as solas são vermelhas."

Mais para o fim da noite, quando as pessoas estavam começando a voltar para os dormitórios, Seth foi até ela.

— Seus sapatos são os mais sexies que eu já vi.

Essa foi sua cantada. Depois, ele disse:

— Eu os chamaria pra sair, mas acho que me rejeitariam.

E Terça respondeu:

— Então, em vez disso, você deveria me chamar pra sair.

Eles se casaram dois meses depois da formatura. Seth alegava que eles não brigaram nem uma vez sequer durante os dois anos e meio de namoro. Ele dizia isso com orgulho, muito embora eu sentisse minhas sobrancelhas franzindo diante de uma afirmação tão ridícula. Brigar é a lixa que tira a aspereza dos primeiros anos de relacionamento. Claro, sempre há pontas soltas que duram a vida inteira, mas brigar ajuda a pôr as cartas na mesa, faz com que você saiba o que é importante para seu parceiro. Os dois se mudaram para Seattle quando o pai de um amigo ofereceu um emprego a Seth, só que Terça não se acostumou com os dias nublados e a névoa de chuva de lá. Primeiro, ela ficou desolada, depois, passou a fazer acusações hostis sobre ele tê-la arrastado para longe da família, dos amigos, deixando-a mofar na úmida e lúgubre Seattle. Então, depois de um ano casados, ele a pegou tomando anticoncepcional, e ela confessou que não queria ter filhos. Seth ficou perturbado. Ele passou o ano seguinte tentando convencê-la a mudar de ideia, mas Terça era o tipo de mulher que preferia focar na carreira, e meu amado Seth era um homem de família.

Ela foi aceita na faculdade de direito que sempre sonhou, no Oregon. Eles se comprometeram a manter o relacionamento à distância durante os dois anos que ela levaria para se formar. Depois disso, iam reavaliar, e Seth procuraria um emprego em algum lugar mais perto dela. Só que o trabalho de Seth estava indo bem, e ele passou a se dedicar ainda mais à carreira. Quando o dono da empresa teve um AVC, ele concordou em vender o negócio a Seth, em quem havia confiado a gestão nos últimos dois anos. Os planos de Seth de se mudar para o Oregon foram frustrados. Ele nunca largaria Terça, eles se amavam muito, então deram um jeito de se virar com o que tinham, e dirigiam, dirigiam e dirigiam. Às vezes, Terça ia até Seattle, mas era quase sempre Seth quem se sacrificava. Terça ainda não me desce por causa disso, por ter sido a primeira esposa, a egoísta. Seth abriu uma filial em Portland, em parte, para ficar mais perto dela e, em parte, porque era uma boa oportunidade para os negócios. Quando nos conhecemos, perguntei por que ele não se divorciava e seguia em frente. Ele me lançou um olhar que parecia de pena e perguntou se alguém já tinha me abandonado. Já, é claro — que mulher nunca passou por essa experiência? Por um pai ou uma mãe, por um namorado ou namorada, por um amigo. Talvez ele estivesse tentando desviar minha atenção da pergunta, e havia funcionado. Lágrimas surgiram, memórias ingratas vieram à tona e acreditei que Seth era meu salvador. Ele não me abandonaria, não importava o que acontecesse. Foi então que o ciúme entrou em cena, quando alguém ou alguma coisa ameaçou minha felicidade. Eu entendi o lado de Seth, até o admirei. Abandonar não era de seu feitio, mas a parte ruim era que ele não abandonava *ninguém*. Simplesmente se adaptava. Em vez de se divorciar, arranjou outra esposa — uma que pudesse lhe dar filhos. Fui a segunda esposa. Terça, decidida a continuar sem filhos, concordou em se separar legalmente de Seth para que eu me casasse com ele. Era para eu ser a mãe dos filhos dele. Até... Hannah aparecer.

— Seth...? — repito, mais alto dessa vez. — Seth...

A lua reluz do outro lado da janela, e seu brilho ilumina o rosto do meu marido enquanto ele abre os olhos lentamente. Interrompi seu sono, mas ele não parece bravo. Mais cedo, Seth veio por trás de mim, envolveu minha cintura com os braços e beijou meu pescoço devagar enquanto olhávamos a cidade lá embaixo. Devo tê-lo perdoado em algum momento entre sua tigela de macarrão instantâneo e nossa transa, porque a única coisa que sinto por ele agora é um amor intenso.

— Oi? — Sua voz está arrastada de sono, e estico a mão para tocar sua bochecha.

— Você tem raiva de mim pelo que aconteceu com nosso bebê?

Ele se ajeita e fica deitado de costas. Não consigo mais ver todos os detalhes de seu rosto, só o contorno do nariz e um olho azul-esverdeado.

— É meia-noite — diz ele, como se eu já não soubesse.

— Eu sei — respondo com gentileza. Para complementar, digo: — Não consigo dormir.

Ele suspira e passa uma das mãos pelo rosto.

— Fiquei com raiva — admite. — Não de você... da vida... do universo... de Deus.

— Foi por isso que você foi atrás da Segunda? — Preciso reunir toda a coragem em meu corpo para transformar essas palavras em uma frase. A sensação é de que abri meu próprio peito e deixei meu coração à mostra.

— A Segunda não substituiu você — diz ele, depois de algum tempo. — Quero que você acredite que estou realmente comprometido com você. — Ele estica a mão e faz carinho no meu rosto. O calor que vem dela é reconfortante. — As coisas não saíram do jeito que planejamos, mas ainda estamos aqui, e o que temos é real.

Ele não respondeu direito à minha pergunta. Passo a língua pelos lábios e penso em um jeito de refazer a frase. Meu lugar no nosso casamento é instável, e meu novo propósito não está claro.

— A gente podia ter adotado — digo. Seth vira o rosto.

— Você sabe que não era isso que eu queria. — Sua reação é abrupta. Fim de papo. Eu já havia falado sobre adoção antes, e ele havia imediatamente rejeitado a ideia.

— E se acontecesse com Segunda... a mesma coisa que aconteceu comigo?

Ele vira a cabeça, o que o faz olhar para mim de novo. Mas, dessa vez, não há gentileza em seus olhos. Fico surpresa com isso.

— Pra que falar uma coisa dessas? Que coisa horrível de se imaginar! — Ele se levanta mais, quase se sentando. Faço o mesmo, me apoiando nos cotovelos, e ficamos os dois admirando as estrelas pela janela de sacada.

— Não... Não foi isso que eu quis dizer — digo rapidamente, mas Seth parece afobado.

— Ela é minha esposa. O que você acha que eu faria?

Mordo o lábio e agarro os lençóis; que coisa mais idiota eu fui falar, ainda mais depois de uma noite em que tudo estava indo bem.

— É só que... você me deixou. Achou ela depois...

Ele olha para a frente, para o nada, na verdade. Vejo os músculos de sua mandíbula tensionarem.

— Você sabia que eu queria ter filhos. E aqui estou eu. Bem aqui com você.

— Será que está mesmo? — pergunto. — Você precisa de mais duas mulheres...

— Chega. — Ele me corta, sai da cama e pega a calça. — Pensei que a gente já tivesse colocado um ponto-final nessa história.

Eu o observo se vestir, sem se importar em abotoar a calça depois de colocar a camisa.

— Aonde você vai, Seth? Olha, me desculpa. Eu só...

Ele segue em direção à porta, e eu jogo as pernas para fora da cama, determinada a não deixá-lo ir. Não assim.

Eu me jogo nele, agarro seu braço e tento puxá-lo de volta. Acontece num instante: sua mão me empurra para longe.

Pega de surpresa, caio para trás. Bato a orelha na mesa de cabeceira antes de cair de bunda no chão de madeira. Dou um grito, mas Seth já saiu do quarto. Levo a mão à orelha e sinto o calor do sangue na ponta dos dedos ao mesmo tempo que ouço a porta do apartamento batendo com força. Eu me encolho com o barulho, não por causa do som alto, mas por conta da raiva por trás desse gesto. Eu não devia ter feito aquilo, acordá-lo no meio da noite e fazê-lo pensar em bebês mortos. O que aconteceu não foi difícil só para mim; Seth também perdeu um filho. Eu me levanto e troco o passo. Fechando os olhos com força, ponho a mão na orelha que sangra e espero a tontura passar. Depois, vou sem pressa até o banheiro e acendo a luz para avaliar o estrago. Há um corte de um centímetro na minha orelha, paralelo à cartilagem. Está ardendo. Limpo o machucado com um lenço umedecido com álcool e ponho um pouco de antisséptico na ferida. Já parou de sangrar, mas não de doer. Quando volto para o quarto, encaro por um bom tempo a cama vazia e os lençóis bagunçados. O travesseiro de Seth ainda está com a marca da cabeça dele.

— Ele está muito estressado — digo em voz alta quando volto para a cama. Acho que meus problemas e minhas inseguranças são o fim do mundo, mas só tenho um homem para fazer feliz. Seth tem três mulheres: três conjuntos de problemas, três conjuntos de reclamações. Tenho certeza de que todas nós o pressionamos de forma diferente: Segunda com o bebê, Terça com a carreira... eu com meu complexo de inferioridade. Sem conseguir pregar o olho, puxo os joelhos até o peito. Eu me pergunto se ele foi para a casa de Hannah. Ou talvez para a de Regina dessa vez.

***

Digo a mim mesma que não vou stalkeá-las nas redes sociais, que vou respeitar a privacidade de Seth, mas sei que não é verdade. Já passei dos limites, fiz amizade com outra esposa. Amanhã, vou jogar o nome delas no Google e ver quem elas dizem que são. Então, vou poder estudar seus olhos, procurar por arrependimentos, mágoas... ou algo similar com o que há em meus olhos.

NOVE

Regina Coele é baixinha, deve ter um metro e cinquenta no máximo. Eu me afasto do notebook, que está na bancada da cozinha, e abro o freezer. São só dez da manhã, mas preciso de algo mais forte que a Coca que servi para beber com a comida. Pego uma garrafa de vodca, que fica escondida entre um saco de ervilhas e hambúrgueres. Estudo a foto dela no site da Markel & Abel: uma empresa familiar de advocacia com dois escritórios; um no centro de Portland e outro em Eugene. Na foto, ela está com uma armação de óculos grossa e escura, apoiada em um nariz levemente arrebitado. Se não fosse pelo batom vermelho e o penteado sofisticado, ela poderia muito bem ser confundida com uma menina no fim da adolescência. Completo a vodca com suco e adiciono alguns cubos de gelo ao copo. A maioria das mulheres ficaria feliz de ter uma aparência assim tão jovem. Contudo, imagino que, na área dela, Regina precise que os clientes a respeitem, e não que fiquem se perguntando se ela tem idade para beber. O suco de laranja não tira quase nada do gosto forte da generosa dose de vodca. Passo a língua nos dentes, pensando no que fazer agora. Disse a mim mesma que eu só precisava vê-la, dar só uma olhadinha. Eu havia feito essa promessa em silêncio enquanto digitava o nome dela na barra de busca, mas, agora que estou olhando para ela, simplesmente quero saber mais. Tomo o restante do suco e da vodca numa golada só e sirvo mais um copo antes de pegar o notebook e ir para a sala.

Destampo a caneta e apoio meu caderno no braço do sofá, pronta para começar o trabalho. Em letras caprichadas, escrevo "Regina Coele" no topo de uma página e depois o nome do escritório de advocacia em que ela trabalha. Em seguida, escrevo seu e-mail, seu endereço e o telefone da empresa. Tampo novamente a caneta e a coloco de lado. Saio do site do escritório de advocacia e vou para o lugar mais óbvio para achar alguém. O Facebook nunca ouviu falar de Regina Coele — pelo menos não dessa que estou procurando. Há dezenas de perfis de Reginas erradas e nenhum deles bate com as informações que descobri com minhas habilidades de detetive. Mas, não, penso cabisbaixa, ela não usaria o nome de batismo nas redes sociais, não se houvesse a mínima possibilidade de os clientes a acharem.

Digito "Gigi Coele", "R. Coele" e "Gina Coele", e não encontro nada. Eu me recosto no sofá, junto as mãos e levo os braços acima da cabeça para me alongar. Talvez ela não esteja no Facebook; há muita gente que quer distância dos dedos acusadores e intrusivos das redes sociais. Mas então visualizo as sardas em minha mente, o nariz arrebitado — e me lembro da garotinha que morava na minha rua quando eu era criança. Georgiana Baker — ou Barker, algo assim. Ela era bem moleca e gostava de ser chamada de Georgie, e eu era toda menininha.

Algo em minhas memórias da infância faz com que eu ache Georgie parecida com Regina. Talvez seja o nariz sardento.

Digito "Reggie Coele" na barra de busca do Facebook e encontro o ouro. Uma versão diferente de Regina Coele aparece, essa tem cabelo ondulado, delineador carregado nos olhos e lábios com gloss. As configurações de privacidade me impedem de ver qualquer coisa além da foto de perfil, mas a forma casual com que ela abraça um amigo e exibe uma blusa de alcinha me diz que esse é seu verdadeiro eu — muito diferente de seu visual sério de advogada. Assim que a encontro, tenho acesso a um poço sem fundo de informações. Não consigo parar, meu dedo se move no cursor do MacBook de um site para outro. Estou pesquisando como uma maníaca, odiando-a em um segundo e gostando dela no outro. Meus olhos estão arregalados com as informações pelas quais estive sedenta nos últimos dois anos, e a ansiedade e a animação embrulham meu estômago. Essa é a *outra* esposa do meu marido. Uma delas, na verdade. Olhei o Instagram (fechado) e a conta no Twitter, que não é fechada, mas seu último tuíte foi há um ano. Apostando que ela podia estar fazendo algo que não deveria, escrevo seu nome em um site que ligaria Regina (ou Reggie) a qualquer site de namoro popular. Minha busca gera dois resultados: Choose, um site que permite ao usuário arrastar para a esquerda ou para a direita para dar match ou não com pessoas perto de você; e GoSmart, um site de namoro mais elaborado que dá match entre pessoas de acordo com o resultado do teste de personalidade de Myers-Briggs.

Por que Regina estaria num site de namoro? Ela está com Seth desde a faculdade, quando ele não tinha nenhum fio de barba no queixo, então não há nenhum momento no relacionamento em que ela tenha ficado solteira. Eu me ajeito no sofá, enfio os pés com meias debaixo de mim e olho para a tela com uma determinação implacável. Tenho de descobrir, não tenho? Seth não poderia saber disso, e esse é o tipo de informação que muda a vida das pessoas. Penso na mágoa profunda que ele sentiria ao saber que sua amada Regina está sendo infiel e quase fecho o notebook.

Talvez seja melhor deixar isso para lá. Eu finalmente poderia dar um tempo no meu ciúme, sabendo que a outra esposa de Seth é uma bruxa infiel. Levo o copo para a cozinha e depois ando em círculos pela sala com a mão na testa, pensando. É quando me dou conta: *não tem como* eu não saber. Preciso desvendar os segredos da primeira esposa do meu marido, ou vou ficar louca.

Para acessar o perfil completo de Regina, tenho de criar uma conta. Decido ser Will Moffit, criador de um site e que recentemente se mudou da Califórnia para Portland. Na hora de escolher as fotos, uso imagens do meu primo Andrew, que atualmente está preso por falsidade ideológica. Que ironia... Eu me sinto culpada, mas não o suficiente para parar. Não faz diferença, de qualquer maneira. Assim que conseguir a informação de que preciso, vou excluir a conta. E aí ninguém se machuca. Só preciso dar uma olhadinha. Com meus dedos planando suavemente sobre o teclado do MacBook, escrevendo linhas e mais linhas de uma mentira perfeita. O filme favorito de Will é *Gladiador*. Ele corre em maratonas e tem uma horda de sobrinhas e sobrinhos que ama muito, mas não tem filhos. Digito cada vez mais rápido e me perco nas informações que estou criando. E, de repente, parece que esse homem, Will Moffit, realmente existe. Isso é bom. É perfeito, na verdade. Regina também vai achar que ele existe. Quero as informações que vão condenar a primeira esposa do meu marido. Que me façam parecer confiável e fiel. *Olha o que achei, amor! Ela não te ama como eu!*

Então, a informação está ali, bem na minha frente. Compilada num site com um banner verde esperançoso com as seguintes palavras: "Sua alma gêmea está a apenas alguns cliques de distância!" Clico no perfil de Regina com uma das mãos enquanto bato com a outra em meu joelho. Tenho sorte de não ter mais ninguém aqui para ver meu nervosismo exposto desse jeito. Seth sempre diz que minha linguagem corporal entrega o que estou sentindo.

Ela está cadastrada como uma mulher divorciada de trinta e três anos que mora em Utah. Seus interesses incluem fazer trilhas, comer sushi, ler autobiografias e assistir a documentários. *Que mulherzinha mais chata*, penso, estalando os dedos. Nunca vi Seth assistir a um documentário nos anos em que passamos juntos. Visualizo os dois juntos num sofá, de mãos dadas debaixo do cobertor, e ela com a perna em cima da dele. Não parece certo. Mas talvez eu conheça um Seth que Regina não conhece. Nunca pensei nisso antes. Será que um homem poderia ter uma personalidade com cada esposa? Será que ele poderia gostar de coisas diferentes? Será que ele é gentil quando transa com elas ou bruto? Talvez seja por isso que Regina está num site de namoro, para começo de conversa. Porque os dois não têm nada em comum, e ela está procurando alguém com quem compartilhar a vida, alguém com os mesmos interesses.

Passo pelas fotos e reconheço alguns dos lugares: o Arlene Schnitzer Concert Hall — estive lá com Seth em um show da banda Pixies há dois anos. Com as mãos na cintura e um sorriso largo, Regina posa na frente de um pôster de Tom Petty. Em outra foto, ela está num caiaque, com um boné da Marinha fazendo sombra na maior parte de seu rosto e segurando um remo no alto em um gesto de triunfo. Chego à última foto e é então que a vejo. Preciso piscar algumas vezes para enxergar direito. Há quanto tempo estou olhando para a tela deste computador? Será que meu cérebro está pregando peças em mim?

Eu me levanto, ponho o MacBook na mesa de centro e vou até a cozinha para preparar uma bebida de verdade. Nada de suco de laranja para mascarar o gosto da bebida dessa vez. Sirvo dois dedos de bourbon e volto com o copo para o sofá. Não tenho certeza do que vi, e talvez não tenha sido nada, mas a única maneira de ter certeza é voltando à foto e olhando para o que tanto me assustou. Eu me curvo e clico na tecla de espaço. A tela se acende, e a foto de Regina ainda está ali. Olho para ela por um instante e a fuzilo com o olhar antes de desviar o rosto. Não tenho como ter certeza, não tenho provas suficientes para ter certeza. A foto é de Regina em frente a um restaurante, com o braço casualmente ao redor dos ombros de uma amiga. Ela cortou a foto para ficar sozinha na imagem, mas, a seu lado, dá para ver a metade do rosto de uma mulher muito mais alta e muito mais loira. Uma mulher que, chocantemente, se parece com Hannah Ovark. Clico no ícone de enviar mensagem e começo a digitar.

DEZ

Quando dirijo até o trabalho na tarde seguinte, estou tão distraída pensando nas esposas que perco a entrada para o hospital e levo vinte minutos para conseguir fazer o retorno por conta do trânsito. Xingando, enfio o carro numa vaga do estacionamento de funcionários e subo dois degraus de cada vez em vez de esperar pelo elevador. Passei a tarde inteira escrevendo uma mensagem para mandar a Regina pela conta de Will. Fui direta: "Oi! Sou novo por aqui. Você é advogada. Que máximo! Você apareceu aqui pra mim, então pensei em mandar uma mensagem. Esse sou eu mandando uma mensagem… meio sem jeito. Não sou muito bom nesse negócio de flertar." Terminei a mensagem com um emoji sorrindo e cliquei em "enviar". Usei um charme autodepreciativo na medida certa para atrair a atenção de uma mulher. Will exalava uma energia "sou honesto e não me sinto ameaçado por seu sucesso" — pelo menos eu achei. Se por acaso Regina responder, vou ter uma forma de conhecê-la.

— Você está atrasada. — Lauren, uma das enfermeiras, franze o cenho para mim assim que passo pelas portas. Por que as pessoas têm mania de falar isso quando os outros estão atrasados? Como se eles já não soubessem... Tensiono a mandíbula. Odeio Lauren. Odeio essa pontualidade perfeita dela e a facilidade com que lida com pacientes difíceis como se fosse o maior prazer do mundo tratá-los. Ela ama estar no comando: uma general perfeitamente loira e linda.

Relaxo o rosto numa tentativa de parecer que sinto muito e murmuro alguma coisa sobre o trânsito enquanto tento passar por ela, que, por sua vez, empurra a cadeira para longe do computador, bloqueia meu caminho e me olha de cima a baixo.

— Nossa, que cara de acabada... — diz ela. — O que houve?

A última coisa que quero é ficar dando satisfação para essa sabe-tudo da Lauren Haller. Eu a encaro enquanto penso no que dizer.

— Não dormi bem. Esse horário às vezes me desregula, sabe... — Olho ansiosa para a sala dos funcionários, desejando que Lauren me deixe passar.

Lauren me estuda por um instante como se estivesse decidindo se acredita em mim ou não, até que, por fim, assente.

— Você vai se acostumar. Eu era assim no meu primeiro ano, não falava lé com cré, vivia podre de cansada.

Eu me seguro para não revirar os olhos e dou um sorriso. Este não é meu primeiro ano. E, tecnicamente, ela só tem um ano de casa a mais que eu, mas vive ostentando a superexperiência por aí, como uma líder de torcida. *Rá-rá, sou melhor que você!*

— Ah, é mesmo? Obrigada, Lo, tenho certeza de que vai melhorar. — De cabeça baixa, dirijo-me à sala dos funcionários para deixar minhas coisas no armário.

— Toma uma taça de vinho — diz ela atrás de mim. — Antes de dormir. É o que eu faço.

Ergo a mão para mostrar que ouvi e sumo de vista. A última coisa que quero fazer é seguir algum conselho de Lauren. Eu preferiria ficar sóbria pelo resto da vida a imitar seus hábitos noturnos.

A sala dos funcionários, graças a Deus, está vazia quando entro. Respiro, aliviada, e olho para os armários, como faço todo dia. A rotina de sempre. As pessoas decoraram as portas de seus armários com fotos dos maridos, filhos e netos em vários graus de felicidade. Há cartões de aniversário, ímãs trazidos de viagens de férias e algumas flores secas aqui e ali — tudo colado com muito orgulho. Chuto para o lado um balão verde meio frouxo que está pendurado na frente do meu armário, deve ter sobrado do aniversário de alguém. Feliz quarenta anos! Está escrito em cores primárias. Há um borrão de cobertura de bolo branca e uma mancha de dedo engordurado. A porta do meu armário não tem nada, exceto por um adesivo da gravadora Sub Pop que seu último dono deixou. Quando o pessoal da limpeza tentou removê-lo, a cola cinza não desgrudou e, teimoso, continua ali, independentemente da quantidade de vezes que já tentei tirá-lo. Eu realmente deveria decorar o armário com alguma coisa, talvez uma foto minha e de Seth.

Pensar nisso me deixa deprimida. Acho que é por esse motivo que ainda não o fiz. Sinto como se Seth não fosse todo meu, e saber que, em algum lugar, outras duas mulheres podem ter uma foto dele em suas mesas ou coladas em armários me deixa enjoada. Sem perceber, toco o machucado na minha orelha e penso nos hematomas de Hannah. Um acidente, dissera ela. Igual ao que aconteceu ontem à noite. Um acidente.

Meus olhos vagueiam até o armário de Lauren, que fica a quatro portas do meu. Na maioria dos dias, tento não olhar e mantenho meus olhos treinados no meu espaço vazio, numa tentativa de afirmar para mim mesma que não importa — hoje, porém, encaro as fotos dela e sinto algo estranho borbulhando no meu estômago. São selfies lindas, quatro por seis, com um cartão entre elas nos quais se veem mensagens cafonas como "você é o amor da minha vida", escritas em letra cor-de-rosa cursiva. Os cartões parecem desafiar você. Qualquer um pode abri-los para ler o que está escrito, e parte de mim acredita que é bem isso que Lauren quer. Com um passo, chego mais perto para estudar as fotos: Lauren e John posando em frente à Torre Eiffel, Lauren e John se beijando na frente das pirâmides egípcias, Lauren e John se abraçando ao lado de um bondinho em São Francisco. Quantas vezes já a ouvi falando que eles eram um "casal aventureiro"...

Já suspeitei de que o único motivo pelo qual Lauren e John viajam tanto é porque não podem ter filhos, e minhas suspeitas se confirmaram quando, depois que engravidei, ela de repente parou de falar comigo. Perguntei para outra enfermeira, e ela havia respondido em um sussurro que era difícil para Lauren ficar perto de mulheres grávidas depois de tantos abortos. Eu resolvi deixar para lá, decidi lhe dar espaço e fiz questão de nunca mencionar minha gravidez perto dela. Alguns meses depois, quando perdi o bebê, Lauren imediatamente demonstrou interesse por mim de novo, agindo como se fôssemos melhores amigas que haviam se reencontrado. Ela chegara a ponto de me mandar um buquê de flores enorme quando tirei uma semana de folga para viver o luto. Isso me confortava, ter algo tão terrível e devastador em comum com alguém. Quem sabe se tivéssemos livros favoritos em comum, ou interesse por maquiagem ou até um programa de TV preferido — úteros vazios não são um bom assunto para fortalecer relações. Ignorei os convites para que Seth e eu fôssemos jantar com eles, até que eles finalmente cessaram. As mensagens acabaram parando também, e hoje em dia mal fazemos contato visual, a não ser que ela queira encher meu saco com alguma coisa.

A verdade é que tenho inveja das férias felizes e do marido atencioso de Lauren. Ela não precisa compartilhar o marido com mais ninguém, e isso é algo que eu queria, muito embora tente dizer a mim mesma que não é verdade. Tudo seria muito mais fácil se não houvesse aquelas outras duas. Tirar férias quando quiséssemos, jantares em público para que todo mundo visse que somos um casal lindo, um marido que estivesse em casa toda noite, e não apenas duas vezes por semana. Até a briga de ontem à noite teria sido evitada, já que, no fim das contas, havia sido instigada pela situação.

Assim que pego o estetoscópio e a tesoura de ponta romba, recebo uma mensagem de Seth. Fico animada assim que leio o nome dele. Fecho o armário com força e me preparo para o que só pode ser um pedido de desculpas. Eu aceitaria o pedido de desculpas, lógico. Na verdade, eu até pediria desculpas por ter causado a briga. É inútil ficar guardando rancor. Mas, quando desbloqueio o celular, não é a mensagem que eu esperava ler. Minha boca fica seca enquanto encaro a tela.

Pedi comida para levar. Vou inventar uma desculpa e vazar. Te amo.

Encaro as palavras e tento encontrar algum sentido nelas. É quando me dou conta: não era para mim. Seth se enganou e mandou a mensagem para o contato errado. É doloroso perceber que recebi uma mensagem que meu marido queria enviar para outra mulher. E é mais doloroso ainda porque dei permissão para que isso acontecesse. *Para quem será que era?* Penso, com amargura, se era para Regina ou Hannah? Fecho os olhos com força, guardo o celular no bolso e respiro fundo algumas vezes antes de passar pela porta. Eu consigo fazer isso. Eu aceitei isso. Está tudo bem.

***

Entre um paciente e outro, fico lendo a mensagem enviada por engano de Seth, imaginando do que ele estava tentando escapar e olhando as fotos de Regina. Decido falar com Hannah. Vai que ela solta alguma coisa...

Oi! Espero que esteja tudo bem por aí. Passando aqui pra ver como andam as coisas.

Envio a mensagem e guardo o celular, até que, cinco minutos depois, quando estou trocando o intravenoso de um paciente, ouço uma notificação vindo da altura da minha perna.

— Droga, esqueci de colocar no silencioso.

Dou uma piscadela para um homem de meia-idade que deu entrada com dores no peito.

— Fica tranquila. Pode olhar, querida — diz ele. — Sei como vocês, jovens, são com seus telefones.

A mensagem é de Hannah.

Obrigada pela preocupação. Tá tudo ótimo! Quando você vem pra cá?

É quase uma felicidade exagerada. Da última vez que a vi, ela dissera que Seth escondia os anticoncepcionais para engravidá-la.

Tudo bem com você e o maridão?

Digito e, depois, pensando melhor, adiciono:

Acho que mais pro fim do mês. Vamos sair!
Tudo resolvido entre nós. ☺ E seria ótimo.

Guardo novamente o celular no bolso e franzo o cenho. Hannah é uma mulher feliz no momento.

— Quem te viu e quem te vê, Seth — murmuro.

Quatro horas depois, Seth ainda não percebeu que mandou mensagem para a pessoa errada. Não consigo imaginar como exatamente ele vai lidar com a situação quando o assunto surgir. Como alguém lida com uma coisa dessas? *Desculpa, amor, era com outra esposa que eu estava falando.*

Quanto a Regina, é impossível manter distância agora que sei que todas as informações estão por aí, pairando na internet. É meio assustador, na verdade, uma pessoa poder descobrir tudo da sua vida sem que você saiba. Estudei as fotos e visitei os perfis dos amigos dela, procurando por comentários que ela poderia ter deixado. Quero saber mais — tudo —, até o jeito com que ela interage com as pessoas.

— Você ficou a noite inteira nesse celular... — Debbie, uma enfermeira de meia-idade, fica andando para lá e para cá no posto de enfermagem, carregando várias pranchetas. O cabelo na trança embutida é amarelo igual aos sóis em seu uniforme. Esperando que ela entenda a indireta, volto a olhar para o meu celular sem responder. A última coisa que quero no momento é ficar dando satisfações, ainda mais depois do interrogatório de Lauren.

Debbie deixa as pastas na bancada, se aproxima de mim e fica na ponta dos pés para dar uma olhada em meu celular. Sua cintura larga e seus seios fartos encostam em meu braço, e olho para ela com uma cara que espero que esteja dizendo: "Vaza daqui!" Eu e outras enfermeiras temos uma piada interna sobre isso: se alguém dá uma de enxerido, chamamos essa pessoa de Debbie e a mandamos vazar.

— O que você está vendo aí? — pergunta ela enquanto levanto os cotovelos para impedi-la de olhar a tela.

Algumas pessoas não têm noção nenhuma de privacidade. Seguro o celular com a tela virada para o meu peito e franzo o cenho para Debbie.

— Uma ex-namorada — diz ela, sem rodeios, cruzando os braços sobre os seios fartos. — Vivo olhando o celular do Bill.

Debbie e Bill têm de casados o tempo que eu tenho de vida. Que ex-namoradas ainda poderiam existir e representar uma ameaça para um casamento tão sólido assim? Quero perguntar, mas qualquer pergunta a Debbie leva a conversas que duram horas. Mas minha curiosidade leva a melhor e acabo questionando:

— Como assim?

— Ah, querida. Quando se chega na minha idade...

O tom dela me deixa mais tranquila. Claramente não sou a única mulher que sofre com inseguranças, que se deixa levar até começar a agir irracionalmente. Formo uma pergunta na cabeça, algo que não revele nada sobre minha situação.

— Como você lida com essas coisas? Com a dúvida de pensar se ele te ama ou não?

Debbie hesita por um instante, surpresa.

— Não é com o amor dele que me preocupo — diz ela. — É com o delas.

Alguém passa por nós levando um copo de isopor com café. Debbie espera até que a pessoa desapareça para continuar.

— Mulheres podem ser bem coniventes, se é que você me entende. — Ela me olha de um jeito que indica que eu *deveria* entender. Mas nunca tive muitas amigas, só Anna, na verdade, e minha mãe e irmã. Mas, se você prestar atenção nas séries de TV e nos filmes, as mulheres sempre são caracterizadas como indignas de confiança.

— Acho que entendo — digo.

— Bom, eu não duvidaria de nada. Nem em relação a mim mesma. Sei muito bem do que sou capaz.

Inclinamos a cabeça ao mesmo tempo, e tento visualizar essa Debbie animada e rechonchuda como a figura conivente da qual ela está falando e não consigo.

Debbie olha em volta para se certificar de que não há ninguém nos ouvindo e se inclina para mim, tão perto que consigo sentir o cheiro do seu gel de banho de flor de cerejeira.

— Roubei ele da minha melhor amiga.

— Bill? — pergunto, confusa.

Bill tem um barrigão sustentado por duas pernas finas e uns fiapos de cabelo em forma de ferradura na cabeça. É difícil acreditar que ele algum dia precisou ser roubado.

— E você ainda... Hum... olha o perfil dela?

— Claro. — Debbie puxa um chiclete do bolso e me oferece metade. Balanço a cabeça, e ela põe tudo na boca.

— Por quê?

— Porque as mulheres nunca deixam de querer o que querem. Elas veem um homem que é gentil e bonito, e isso as lembra do que elas não têm na vida.

Sinto um gosto amargo na boca. Queria ter pegado a metade do chiclete que ela ofereceu. Se Debbie se preocupa com as ex-namoradas de vinte anos atrás de Bill, quanto eu devia me preocupar com as mulheres que meu marido come regularmente?

O pager dela vibra, e ela me lança um olhar sarcástico enquanto pega o aparelho na cintura e olha para a tela.

— Tenho que ir, minha flor. A gente se fala mais tarde.

Eu a observo andar a passos largos e ouço o rangido agudo que seu tênis Reebok branco faz pelo chão do corredor. Antes de chegar ao cruzamento perto dos elevadores, ela se vira e olha para mim. Seus braços balançam ao lado do corpo enquanto ela caminha de costas.

— É melhor ainda espionar pessoalmente, sabe. — Ela dá uma piscadela e vai embora.

A intrometida, irritante e sem noção de privacidade da Debbie talvez seja minha nova melhor amiga. Ouço um "plim" vindo do meu celular. Quando olho, há uma notificação no topo da tela. É do aplicativo de namoro que baixei. "Regina enviou uma mensagem para você."

ONZE

A porta do apartamento se abre, e Seth entra carregando duas embalagens de comida para viagem. Ah, é quinta-feira. Eu tinha esquecido. Ultimamente, só tenho pensado nas esposas do meu marido. Em algum momento, Seth foi substituído. Dou um sorriso forçado para ele. Nós dois sabemos que não é sincero. Um buquê de rosas brancas descansa na dobra de seu braço. Rosas sem motivo ou rosas compradas porque recebi uma mensagem que era para outra? Geralmente, eu correria para aliviá-lo do peso que estivesse carregando, mas dessa vez nem me levanto. Ele nunca nem tentou explicar a mensagem enviada por engano. E esperei a semana inteira por alguma coisa... qualquer coisa. Não estou para conversa, nem um pouco a fim de fingir estar de bom humor para lhe agradar.

Pedi comida para levar. Vou inventar uma desculpa e vazar. Te amo.

As linhas de expressão em seu rosto estão relaxadas, e os olhos, em alerta. Dobro uma toalha e a coloco na pilha para ser guardada enquanto o vejo chutar a porta para fechá-la e vir sem pressa em minha direção. Tudo nesse comportamento dele me incomoda. Ele não está agindo de acordo com o papel de marido arrependido.

— Pra você — diz ele, me entregando as flores.

Fico sem jeito com elas nas mãos por alguns segundos e depois as coloco de lado, para lidar com elas mais tarde. Estou toda desarrumada de novo, com o cabelo solto e ondulado por ter secado sozinho. Estou usando minha calça legging favorita, a que tem um furo na perna direita. Tiro o cabelo da frente dos olhos enquanto ele segura as embalagens com comida e as balança na minha frente.

— Jantar — declara.

O sorriso dele é quase contagioso, só que não estou com a mínima vontade de sorrir. Fico imaginando se ele está se achando o máximo por ter trazido o jantar ou se tem boas notícias. É um risco comprar comida sem saber se cozinhei, mas acho que ele deve suspeitar que estou em greve.

— Pra que essa felicidade toda? — Dobro a última toalha e pego a pilha para levar até o armário. Seth dá um tapinha na minha bunda quando passo por ele. Penso em dar uma encarada raivosa, mas mantenho a cabeça erguida e sigo olhando para a frente. Por que esse esforço dele está me irritando agora? Há algumas semanas, eu me deleitaria com toda essa atenção.

— Será que um homem não pode ficar feliz por chegar em casa e ver sua mulher? — *Será que um homem não pode ficar feliz por chegar em uma casa e ver apenas uma mulher?*

Pressiono os lábios para segurar essas palavras e me ocupo organizando as toalhas no armário.

Quando termino, vamos para a bancada da cozinha comer. Embora não pareça que Seth tenha percebido, não falei mais do que algumas palavras desde que ele chegou. Ou talvez meu marido esteja ignorando meu silêncio como uma forma de fingir que está tudo bem. Eu o observo abrir as embalagens engorduradas na bancada enquanto olha para mim o tempo todo para conferir minha reação.

O cheiro de alho e gengibre exala da comida, e sinto minha barriga roncar. Ele se levanta para pegar os pratos, mas faço um gesto para que não o faça.

— Não precisa — digo, me inclinando para a frente e puxando uma embalagem de frango com alho para mim.

Ao abrir a tampa, pego um pedaço de frango com os *hashis* e o observo por cima da borda da caixa enquanto mastigo. Ele olha para minhas botas da UGG, que estão apoiadas na bancada perto da comida, com uma expressão divertida de confusão no rosto.

— Primeiro macarrão instantâneo, agora comida chinesa — digo. — Daqui a pouco é pizza... — É para ser uma piada, mas minha voz está esvaziada de emoção. Acho que pareceu mais como uma ameaça.

Seth dá uma risada, puxa sua banqueta para mais perto da minha e pega o *lo mein*.

— E sapatos dentro de casa — diz ele, falando das minhas botas. — Gostei.

— Em minha defesa, essas botas são praticamente pantufas. — Estou flertando e me odeio por isso.

— Não sabia que você era capaz de se permitir dar uma respirada — diz Seth.

Encolho os dedos dos pés em protesto. Sinto uma urgência de tirar os sapatos de onde estão e pegar pratos decentes no armário, mas, teimosa, fico onde estou e encaro meu marido. Talvez eu queira me dedicar a conhecê-lo em vez de impressioná-lo. Provavelmente é algo que eu devia ter feito desde o começo.

Mas, em vez disso, fui uma tonta cheia de sonhos e esperança de que tinha algo diferente nele.

Abaixo a embalagem de frango, pousando-a na bancada, e limpo a boca com um dos guardanapos frágeis que Seth me dá. Pela primeira vez, percebo que ele está com uma camiseta que nunca vi por baixo de um moletom. Quando foi a última vez que vi meu marido assim tão casual, usando uma camiseta? Durante o último ano, o guarda-roupa de Seth consistiu em camisas e gravatas, mocassins e ternos — Seth profissional, Seth casado. Ele parece outra pessoa com um par de All Star velho e uma camiseta gasta. Sinto algo se atiçando em meu ventre... Será que é desejo? *É alguém com quem eu gostaria de sair*, penso.

— Você está diferente hoje — digo.

— Você também.

— O quê? — Estou tão perdida em pensamentos que a voz dele me assusta.

— Você está diferente também — repete Seth.

Dou de ombros; parece um gesto infantil, mas o que vou dizer? *Achei suas esposas, e agora que elas têm nomes e rostos tudo ficou diferente? Não sei mais quem você é? Não sei quem eu sou?*

É difícil colocar em palavras tudo o que ando sentindo, então digo a única coisa em que consegui pensar.

— As pessoas mudam...

Estou com um leve medo do jeito casual com que ele está olhando para mim, mas então me lembro de que estou tentando me importar menos com o que ele acha e focar no que eu acho.

— Tem razão. — Ele pega a cerveja e a estende na minha direção. — Um brinde às mudanças.

Hesito por um instante antes de levantar minha garrafa de água e incliná-la em direção à cerveja dele. Seus olhos encaram os meus enquanto brindamos e tomamos nossas bebidas.

— Vamos dar uma volta — diz ele, antes de se levantar e alongar os braços sobre a cabeça.

Sua camiseta se levanta e revela uma barriga bronzeada de sol e torneada.

Não quero me distrair, então desvio o olhar na mesma hora. Sou uma criatura sexual — ele me controla com sexo, e eu o controlo com sexo. É um carrossel de prazer e servidão de que sempre gostei. Contudo, essas surras de pau e boceta são capazes de saciar as pessoas a ponto de deixá-las cegas. Uma vez, minha mãe me disse que um relacionamento pode superar praticamente qualquer coisa se o sexo for bom. Na época, me pareceu um pensamento raso e ridículo, mas agora percebo que é exatamente isso que aconteceu com Seth e comigo. Muita coisa acontece num relacionamento, há provavelmente vários detalhes que merecem atenção, mas as pessoas estão ocupadas demais fodendo para perceber.

À porta, visto um gorro e um casaco, então me viro para sair e vejo Seth me encarando, com uma expressão estranha no rosto.

— O que foi? — pergunto. — Está me olhando assim por quê?

— Nada — diz ele, meio tímido depois de ter sido pego no flagra. — Só estou apreciando a vista.

Ele se inclina e me dá um beijinho delicado na ponta do nariz antes de abrir a porta. Com o nariz formigando, eu o sigo até o elevador. Chegamos ao hall do prédio em silêncio, e, quando saímos, ele pega minha mão. O que será que deu nele? Flerte, demonstrações públicas de afeto... Parece até outro homem. Quando botamos o pé na calçada, um sentimento invade minha mente, algo que eu havia esquecido. Afasto o pensamento. *Aqui e agora*, digo a mim mesma. *Foque no agora e pare de pensar no restante.*

Geralmente, Seth e eu não nos aventuramos fora do apartamento nos dias em que ele me visita, e parte do motivo é porque preferimos simplesmente ficar juntos, em casa. A outra parte, é claro, é o medo de ser visto por alguém que o conheça como marido de Regina. No começo, isso me incomodava; eu ficava tentando levá-lo a restaurantes ou ao cinema, mas ele insistia em ficar em casa. Não parecera justo na época — afinal, a esposa no papel era eu. Com o tempo, acabei desistindo e me resignei a aceitar nossa relação como algo que acontece entre quatro paredes. E agora aqui estamos nós, de mãos dadas nas ruas molhadas de Seattle. *Parabéns pra mim!*

Seth me olha e sorri, como se esse passeio fosse tão prazeroso para ele quanto é para mim. Minhas botas abrem caminho pelas poças enquanto nos dirigimos até um estande de sidra na feira Pike. Seth puxa as notas presas em seu clipe de dinheiro, uma atrás da outra. Ele deixa uma gorjeta generosa e me entrega um copo descartável com ouro líquido. O clipe de prender dinheiro foi um presente que dei a ele de Natal há alguns anos. Nunca o tinha visto usando até agora; ele sempre usa uma carteira de couro surrada no bolso detrás.

Nos aconchegamos debaixo de um toldo com nossas bebidas e ouvimos um músico de rua tocar Lionel Richie no violino. Enquanto bebemos, olhamos com timidez um para o outro, e a sensação é a mesma do nosso primeiro encontro — muitas emoções e pouca familiaridade. Há algo diferente entre a gente hoje, uma nova química que nunca exploramos. Fico pensando que sempre poderíamos ter tido isso se não houvesse quatro pessoas em vez de duas no casamento. Nosso laço teria se fortalecido, e não esmaecido.

Seth me puxa para mais perto, e eu me apoio nele, descanso minha cabeça em seu ombro e cantarolo a música. Nossos corpos estão tão colados que, quando seu celular toca, sinto-o vibrar na minha perna. Seth, que costuma desligar o celular quando está comigo, mexe no bolso com a mão livre. Afasto o corpo para que ele possa pegar o aparelho e tomo um gole calculado da sidra. A bebida me escalda o céu da boca. Pressiono a ponta da língua no ponto quente enquanto espero para ver se ele vai atender.

Quando puxa o celular do bolso, ele não tenta esconder a tela de mim. O nome de Regina brilha sobre o papel de parede — uma foto de seus sobrinhos fantasiados no Dia das Bruxas. Mordo o lábio e desvio o olhar, como se tivesse feito algo de errado.

— Você se importa? — pergunta ele, me mostrando o aparelho.

O nome Regina me encara. Olho para ele e hesito, confusa. Ele está me pedindo permissão para atender à ligação de outra esposa?

Balanço a cabeça e volto a observar o violinista, que agora toca uma música de Miley Cyrus com entusiasmo.

— Oi. — Ouço-o dizer. — É... Você colocou na pasta de amendoim? Assim ela aceita... Está bem, me diz se deu certo.

Ele está falando com Regina na minha frente. É como se um objeto de metal afiado me acertasse em cheio. *Ai, ai, ai.*

Ele devolve o celular ao bolso, meio constrangido.

— Nossa cachorra — diz ele, enquanto observa o violinista com um interesse renovado. — Ela está velhinha e doente. Só toma o remédio com pasta de amendoim.

Seth tem uma cachorra.

— Ah — digo. Estou me sentindo uma idiota, alguém emocionalmente atrapalhada. Será que nunca percebi pelo de cachorro nas roupas dele? — Qual é a raça?

Ele dá um de seus sorrisos tortos.

— É uma pastora-de-shetland. Ela é uma senhorinha agora... Está com um problema nas patas traseiras. Foi submetida a uma cirurgia há uns dias e não quer tomar o remédio.

Escuto, fascinada. Sua outra vida, um detalhe que a maioria consideraria mundano, mas ao qual me agarro, querendo mais. Uma cachorra. Chegamos a cogitar ter um cachorro, mas morar em um apartamento pareceu injusto com o animal — isso e meus horários de trabalho.

— Qual é o nome dela? — pergunto cautelosamente.

Tenho medo de fazer perguntas demais e Seth se fechar ou ficar bravo por eu estar especulando. Mas nada disso acontece.

Ele joga o copo vazio em uma lixeira entulhada e diz:

— Smidge. Foi Regina que escolheu. Eu queria algo mais genérico, tipo Lassie.

Ele ri com a lembrança e acena para uma criancinha que exclama um "Oi!" enquanto é empurrada em seu carrinho. Desvio o olhar rapidamente. Não consigo olhar crianças nos olhos.

— Você nunca tinha dito o nome dela — digo.

Seth enfia as mãos nos bolsos e me encara.

— Nunca?

— Não — digo. — E na semana passada você me mandou uma mensagem que era pra alguma delas...

Ele joga a cabeça para trás, e consigo ver incerteza em seus olhos.

— E o que dizia a mensagem?

Sem acreditar naquele teatrinho, estudo seu rosto.

— Você sabe o que dizia, Seth.

— Desculpa, amor. Não lembro. Se mandei mesmo, foi erro meu e maldade com você. Me perdoa?

Aperto os lábios. Não tem outro jeito, tem? Eu poderia muito bem cismar com isso e prolongar o assunto por mais uns dias, mas de que adiantaria? Assinto e forço meus lábios a sorrir.

— Vem — diz ele, estendendo a mão. — Vamos voltar. Está congelante aqui fora.

Deixo Seth entrelaçar os dedos nos meus, e de repente estamos correndo pela rua enquanto seguro meu gorro ao pular o meio-fio. Escuto minha risada enquanto desviamos de corpos em câmera lenta na calçada. Ele olha para trás e dou um sorriso tímido, sentindo as asas da paixão debatendo-se em minha barriga.

Nos beijamos no elevador, mesmo com outra pessoa presente — uma mulher de meia-idade com um yorkie que não para de tremer. Ela se afasta o mais longe possível de nós e se encolhe no canto do elevador, como se tivéssemos algo contagioso.

— Por onde você andou? — sussurro nos lábios de Seth.

— Aqui, o tempo todo. — Ele está tão sem fôlego quanto eu e suas mãos tateiam o tecido do meu casaco. Ele puxa o zíper para baixo, e o som é inusitado dentro do elevador.

Pelo espelho atrás de mim, vejo o rosto da mulher ficar pálido. Ela aperta a bolsa ainda mais no peito e encara os números sobre a porta, ansiosa por se afastar da gente. O yorkie solta um ganido. Rio na boca de Seth enquanto ele tira o casaco dos meus ombros e alcança meus seios. As portas se abrem e ela sai correndo. As portas se fecham e continuamos subindo. As mãos dele estão entre minhas pernas, e seu dedão faz movimentos circulares. Quando as portas se abrem em nosso andar, andamos juntos, não queremos nos desgrudar.

Mais tarde, estamos deitados emaranhados na cama e com a pele úmida de exaustão. Seth traça uma linha com a ponta do dedo de cima a baixo em meu braço. Eu me aconchego nele, curtindo o momento, me esquecendo de tudo que não seja nós dois. Só por esta noite. Esta noite vou esquecer. Amanhã é outra história. É então que me lembro do que estava me incomodando, pairando no meu inconsciente, longe do meu alcance: a mensagem de Regina.

Oi, Will!
Não me importo com os elogios, não! Ralei muito para terminar a faculdade de direito — então pode elogiar à vontade. ☺
Estou lotada de trabalho agora, mas posso tirar uma horinha para me divertir. Você disse que gosta de fazer trilhas. Quem sabe a gente não faz uma juntos. Topo sair para tomar uma cerveja também, se você preferir. Seus sobrinhos são muito fofos! Você parece levar jeito com criança.
Até mais,
Regina

Com Seth roncando ao meu lado, leio a mensagem dela para Will três vezes antes de clicar em "responder". Há mais coisas que quero saber, confirmar, e Will é a única forma de conseguir essas respostas.

Oi, Regina!
Já que você me deu permissão para não economizar nos elogios, acho que devo dizer que você é linda. Eu adoraria fazer uma trilha com você! E, sim, meus sobrinhos são muito fofos. Você pensa em ter filhos? Acho que é uma pergunta bem pessoal, mas importante de saber quando se está namorando.
Will

Poucos minutos se passaram desde que enviei a mensagem de Will quando meu celular se acende na mesa de cabeceira. Por cima do ombro, olho para Seth e percebo que ele está roncando de costas para mim. Levanto o celular com cuidado e fico surpresa de ver uma notificação informando que Regina mandou uma mensagem para mim/Will. Já está tarde. Por que será que ela ainda está acordada? É então que me lembro de Seth contando que ela fica acordada até tarde depois que ele vai se deitar, trabalhando — sempre trabalhando.

Will, o que você está fazendo acordado a uma hora dessas? Pelo visto, você é uma coruja que nem eu. Nunca consigo dormir. Tem uma trilha muito legal aqui perto de casa. Leva mais ou menos umas quatro horas. Bora?

E, sim, quero ter filhos. Vamos nos falar por telefone qualquer dia desses?

Até mais,

Regina

DOZE

É sábado, e vim almoçar nos meus pais. Minha mãe não está. Acabei de ler a última mensagem de Regina para Will pela décima vez e bato o celular com tudo na bancada da cozinha. Com medo de ter quebrado a tela, viro o aparelho para ver se houve algum dano. Para meu alívio, não aconteceu nada. Ainda estou com tanta raiva que bateria o celular na bancada de novo, então vou até a janela e olho para a névoa encobrindo a Elliott Bay enquanto tento entender o que estou sentindo. Regina está traindo Seth; o tom de flerte que ela usa nas mensagens com o homem que pensa ser Will está aumentando. E, além disso, não sei por que está mentindo para ele sobre querer ter filhos. Essa manhã ela mandou uma foto sugestiva de biquíni (provavelmente porque gostou dos elogios sobre sua aparência). Fiquei enojada de verdade quando me dei conta de que aquela foto era das férias que ela havia tirado com *nosso* marido. Não sei se estou mais brava com o fato de que ela vai magoar Seth ou por ter de compartilhá-lo com uma mulher que não consegue nem ser fiel, e que pede pizza, pelo amor de Deus. Tenho que contar. Ele precisa saber.

Depois de um instante, meu pai entra na cozinha com um engradado de Coca Zero debaixo do braço.

— Achei um engradado de Coca Zero na geladeira da garagem — diz ele. — Pode ser?

— Pode — respondo. Só que não. Não bebo Coca Zero. Ele abre uma lata e despeja o conteúdo em um copo com gelo. Pego o copo dele e tomo um gole. Perfume, tem gosto de perfume. Ou talvez seja só o gosto amargo que se assentou em minha boca desde o café da manhã, quando vi a quarta mensagem de Regina para Will. Ela finalmente contou para Will que era divorciada, mas não deu mais detalhes de quando aconteceu nem falou o motivo. Não é cem por cento mentira. Seth se divorciou legalmente de Regina para se casar comigo, mas o relacionamento entre eles não acabou.

— Cadê minha mãe?

Meu pai pega uma cerveja na geladeira. Ele não me oferece uma porque não é coisa de mulher beber cedo assim, pelo menos é o que ele diz.

— Fazendo compras. Onde mais estaria?

— No grupo de mulheres da igreja? Fazendo compras, na academia, com Sylvie, no spa...?

— Faz sentido. — Ele dá uma piscadela para mim antes de remexer uma gaveta à procura de um abridor.

— Fica ali — digo, apontando para a gaveta mais próxima da porta dos fundos. Meus pais moram nesta casa há vinte anos, e ele ainda não sabe onde ficam as coisas. A culpa é da minha mãe, que nunca permite que ele abra a própria garrafa de cerveja.

Na hora combinada, ela chega toda esbaforida na cozinha, cheia de sacolas nas mãos, e nos olha como se fôssemos lobos prestes a atacá-la.

— O que vocês dois estão aprontando? — pergunta.

Eu a observo soltar as sacolas e erguer as mãos para mexer no cabelo, algo que minha avó sempre fazia quando ficava nervosa. Sinto uma lufada de seu perfume: aquele Estée-Lauder-alguma-coisa.

— Falando de você, mãe. Suas orelhas não estão quentes?

Ela toca as orelhas e franze o cenho.

— Cadê o Seth? — pergunta ela. — Faz semanas que a gente não o vê.

Hoje, meu marido está sendo marido de outra pessoa.

— Vai ficar em Portland até quinta-feira.

Disso ela já sabe, contei ontem quando ela ligou querendo saber o paradeiro dele. Ela gosta de ressaltar o fato de que ele põe o trabalho acima de mim. Tomo um gole da minha bebida e sinto as bolhas borbulharem perto do nariz. Para ela, isso acontece porque não me esforço o suficiente como esposa. Uma vez tive de ouvir que eu ter um trabalho era provavelmente o que o fazia se afastar cada vez mais.

— E como você chegou a essa conclusão? — perguntara.

— Ele sente que precisa competir com você, trabalhar mais. Lugar de mulher é em casa. E seu pai nunca deixa uma reunião de trabalho impedi-lo de chegar em casa a tempo do jantar — dissera ela.

Meu pai não sabe nem onde fica o abridor, é o que sinto vontade de dizer. Penso no último jantar que fiz para Seth — não foi ele quem abriu a garrafa de vinho que estava na mesa? Foi, e não precisei dizer onde estava o saca-rolhas.

— Você bem que devia pensar em entrar numa academia pra se ocupar. — Ah, então a intenção agora é ridicularizar meu corpo. Ela enxágua as mãos na torneira e se vira para olhar minhas coxas. Eu me empurro com a ponta dos pés e ergo as coxas da cadeira para que não fiquem parecendo tão largas.

— Seth está fazendo o que um homem tem que fazer — diz meu pai, repreendendo minha mãe. — Trabalhando arduamente para construir um futuro, para ser um bom provedor. — Olhe só meu pai, me defendendo e promovendo o patriarcado na mesma frase. *Bravo!*

Mesmo assim, sorrio para ele em forma de gratidão. Tenho mais problemas com minha mãe do que com meu pai. Não importa que eu tenha dinheiro guardado e um trabalho estável que pague a prestação do apartamento, Seth é o trabalhador que sustenta a família — três famílias, na verdade.

— Claro — diz minha mãe rapidamente. — É só que seria bom se a gente pudesse ver Seth de vez em quando. Michael veio aqui na semana passada com sua irmã. Ele foi promovido e comprou uma BMW pra ela. Eles vão à Grécia comemorar os três anos de casados. — Minha mãe anuncia tudo isso como se fosse ela quem tivesse ganhado o carro e uma viagem à Grécia. Essa é minha rotina; estou acostumada a viver na sombra da grande e incrível vida da minha irmã. Se eu tivesse tido um filho primeiro, ela é que estaria vivendo na minha, mas, para meu azar, meu destino não foi esse.

— Tenho que voltar para o trabalho. Vou deixar a mulherada aqui fazendo coisa de mulher. — Ele dá um beijo na bochecha da minha mãe antes de ir para o escritório.

— Coisa de mulher — digo alto. — Será que a gente choca esses ovos, ou os cozinha?

Ela ouve o desprezo em minha voz e imediatamente me manda ficar quieta.

— Você sabe o que ele quis dizer.

— Mãe — digo, num suspiro. — Pior que sei... E é isso que me irrita.

Ela me fuzila com o olhar, e sua armação de gatinho reflete a luz que entra pela janela.

— Não sei o que deu em você — diz ela.

Ela tem razão. Normalmente, eu não diria essas coisas. Essa história de Hannah me tirou do sério... E Regina também. Muito, muito, muito do sério. Olho para meu copo de Coca Zero pela metade, sinto os olhos cheios d'água e ergo a mão devagar para tocar minha orelha quase curada. Mesmo dando tudo de si para um homem, até o último pedacinho, ainda assim dá para acabar com uma orelha machucada. Por que fui procurar as outras esposas de Seth? Estraguei tudo. *Mas estraguei tudo para quem?* Reflito. *Para mim ou Seth?* Agora, nada mais parece justo, nem o casamento dos meus pais. Estou desmoronando, cutucando meu relacionamento como se fosse a casquinha de uma ferida. Penso nas mensagens de Regina para Will. Passei os últimos dias repassando as conversas, lendo as mensagens de novo e de novo até memorizar o estilo de escrita dela. Ela vai direto ao ponto, mas sempre flerta e presta atenção aos pequenos detalhes da fala dele. É viciada nos detalhes. Será que isso aconteceu porque Seth se preocupa tanto com três relacionamentos que nem nota as minúcias? Regina, que tem um perfil em um site de namoro e que escreve, cheia de vontade, mensagens para um homem chamado Will só porque ele fala as coisas certas. Será que serei a próxima? Será que vou ficar tão desiludida com o casamento que vou sair por aí procurando outras relações? Ah, se meu bebê não tivesse morrido. Hannah não existiria, Regina seria a esposa distante que pede pizza e eu teria Seth todinho para mim. Falhei com meu marido no quesito mais importante, e ele precisou ir atrás de alguém que pudesse dar o que ele queria e que eu não fui capaz de oferecer.

Minha mãe põe um prato de salada na minha frente. Os tomates-cereja de seu jardim parecem raivosos em meio a todo o verde. Ainda tenho uma chance. Posso mostrar ao mundo quem Regina realmente é. Seth veria que só quero seu bem, que eu sou sua verdadeira merecedora. Ele não percebeu como essa vida está lhe custando caro: os ataques de raiva são só uma das formas pelas quais o estresse está se manifestando. Não importaria eu não poder lhe dar filhos. Deixaria Hannah cuidar dessa parte. E, além disso, ela se dedicaria inteiramente ao bebê. Não dizem que mães de primeira viagem são conhecidas por negligenciarem os maridos, pois precisam cuidar dos novos seres humanos? Eu me aproveitaria das falhas dela.

Já me decidi. Sei o que tenho de fazer. Já que não sou páreo para Hannah, vou derrotar Regina. Deixar duas em vez de três no ninho.

Oi, Regina!
Adoro Tom Waits. Fui num show dele há alguns anos. Acho que foi meu show favorito da vida. Que triste o que aconteceu com seu casamento... Minha irmã se divorciou no ano passado e ainda não se recuperou. Fico feliz que você esteja bem e pronta para voltar à ativa! Ele se deu mal, e eu vou me dar bem. Se você não se importa, posso perguntar o que te levou a terminar? Você tem algum arrependimento do casamento? Por aqui, já faz um tempinho que não tenho nada sério. Me dediquei muito ao trabalho nos últimos anos. Mas estou pronto para sossegar (eu acho). Vou visitar minha irmã em Montana nesse fim de semana. Você tem planos?
Até breve,
Will

TREZE

Patética. Nem brigar direito com meu marido eu consigo.

Fico repassando nossa conversa mentalmente, o papo que tivemos depois que saí da casa de meus pais. Liguei para Seth assim que saí da garagem. Eu queria falar que gostei de ter passado um tempo com ele, do quanto aproveitei a outra noite, mas minha ligação caiu direto na caixa postal. Ele ligou de volta vinte minutos depois, quando eu estava entrando no elevador do nosso prédio.

— Oi — dissera. — Eu estava numa ligação... — A voz dele começara a picotar e, segurando o telefone mais perto da orelha, ouvi a palavra: — ... pais...

Sobre os pais de Seth: nunca os conheci. O estilo de vida que seguiam significava serem discretos durante a maior parte do tempo e raramente saíam de Utah. Quando as portas do elevador se abriram e saí apressada, tive uma ideia. E a sugeri para Seth.

— A gente devia ir para Utah nas nossas férias! Faz quanto tempo que você não vê sua família? — Eu imaginei que ele fosse amar a ideia, que aproveitaria a oportunidade de passarmos um tempo juntos e ir para casa, mas a reação de Seth me deixou chocada, seu tom ficou frio na mesma hora.

— Não — dissera ele, depois de um longo suspiro, como se eu fosse uma criança. Seth vem evitando esse encontro presencial com os pais há dois anos, o tempo que estamos juntos. — Minha família é uma bagunça. — É o que ele vive dizendo. — São ocupados. — Ele diz "ocupados" como se eu não fosse ocupada, como se eu não conseguisse entender de jeito nenhum as demandas de suas vidas.

— Você tem meios-irmãos! — Eu argumentara. — Tenho certeza de que eles podem tirar um tempinho. Eu queria conhecer eles...

Seth recusara a ideia de um jeito meio agressivo, e acabamos brigando, até que dei o braço a torcer. É isso que faço para que ele não perca o interesse — eu cedo. Não vou ser a megera chata. Não vou ser a esposa difícil. Serei a favorita, a que facilita a vida dele. A que se voluntaria para chupar seu pau depois de um dia difícil e geme como se fosse ela recebendo o prazer.

A verdade é que nem sei ao certo se quero conhecer os pais de Seth. Eles são poligâmicos, pelo amor de Deus. E não são como a gente. Vivem todos juntos, usam roupas estranhas e criam os filhos juntos, como se fossem uma colônia de coelhos. Imagine olhar a *outra esposa* nos olhos todo dia, lavar os pratos dela, trocar a fralda de um filho que não é meu e saber que, ontem à noite mesmo, ela estava arranhando as costas do seu marido num momento de prazer. Parece tão errado, mas quem sou eu para julgar? O motivo que me levou a não contar a verdade a amigos e familiares é saber como eles achariam isso errado.

De qualquer jeito, são os pais dele, e, *a priori*, conhecê-los parece a coisa certa. É algo que fiz por merecer. Um pensamento desconfortável me ocorre: e se eles já conheceram Hannah? Será que Seth me contaria se isso tivesse acontecido? Depois do modo como ele reagiu e me magoou, tenho muito medo de perguntar.

Então me sirvo de uma taça de vinho, a segunda no espaço de uma hora, e vou vagando até a sala para assistir a um pouco de TV. A única coisa que encontro para ver são episódios de reality shows podres que já vi. De alguma forma, a vida de merda dessas celebridades faz com que eu me sinta melhor em relação à minha. Tirando a fortuna, que elas podem ter merecido ou não, há algo de maçante e monótono na vida dessas mulheres que parecem de plástico. E isso dá certa esperança ao restante de nós. *Está todo mundo fodido, todo mundo*, penso.

Vinte minutos depois, porém, não estou mais prestando atenção. Desligo a TV e fico encarando a parede enquanto sinto a raiva ainda latente. Vou até o armário no corredor e pego os cartões que os pais dele mandaram no decorrer dos anos, são oito no total, e estudo as assinaturas na parte de baixo. Os cartões são genéricos, com flores e ursinhos estampados. São todos iguais, sempre impessoais, tirando os nomes rabiscados às pressas: Perry e Phyllis. Que estranho... Eles podem até não me conhecer, mas poderiam pelo menos expressar alguma vontade de me encontrar. "Mal vejo a hora de nos conhecermos! Abraços." Ou quem sabe até um "Seth fala tão bem de você". Penso em todos os cartões que já enviei, na boa vontade expressa nas palavras que escrevi, contando a eles sobre nosso apartamento em Seattle e — antes do aborto — os nomes que tínhamos escolhido para o bebê. Agora me sinto uma idiota por compartilhar todos esses detalhes e saber que eles nunca ligaram o suficiente para nem ao menos responder.

Queria poder perguntar a Hannah ou a Regina sobre eles — o que acham deles e se já tiveram alguma interação digna com eles.

Nunca cheguei a falar nem por e-mail com a mãe dele, muito embora eu tenha pedido o endereço diversas vezes. Acho que, se conseguíssemos estabelecer alguma conexão pela internet, teríamos feito progresso. Seth sempre diz que vai me mandar, mas nunca manda.

No dia anterior ao nosso casamento, o pai dele, Perry, teve de se submeter a uma operação de vesícula de emergência, e sua mãe não quis deixar o marido sozinho. Não entendi o problema; afinal de contas, havia outras quatro esposas para cuidar dele, não havia?

— Ela é a mulher dele no papel. Precisa ficar lá caso aconteça algum imprevisto — dissera Seth.

Depois de perderem o casamento, prometeram vir passar o Natal, mas então a mãe dele teve pneumonia. Na Páscoa, foi faringite; no Natal seguinte, uma outra coisa. Quando perdi o bebê, mandaram flores, que joguei direto no lixo. Eu não queria nenhum lembrete do que havia acontecido. Eles sempre mandam um cartão no meu aniversário, com cinquenta dólares dentro.

Termino a taça de vinho e abro o perfil de Regina no Facebook. Talvez ela tenha foto com eles em algum lugar. As chances são remotas, mas vale a pena tentar. Seth não tem nenhuma foto com os pais. Ele me disse que os dois odeiam câmeras e celulares e que, por razões legais, nunca tiram fotos juntos. Como já imaginava, o perfil de Regina não dá nenhuma informação. Nem o de Hannah. Não sei se devia me sentir aliviada ou ainda mais chateada.

Frustrada, fecho o MacBook. Se quero respostas, há apenas uma coisa que posso fazer: continuar procurando sem que

Seth saiba. Uma notificação no e-mail me informa que Regina respondeu a Will. Ansiosa, entro no site. Já faz um tempinho que fico me perguntando quando será que ela vai querer um encontro e o que vou dizer, mas, pelo menos por enquanto, ela parece conformada com as coisas indo devagar. A mensagem é longa. Faço um upgrade do vinho e passo para a vodca, volto para o sofá e mordo o lábio inferior enquanto leio.

Oi, Will.
Acabei de chegar em casa depois de um dia cheio de reuniões. Estou morta. Acho que vou só pedir alguma coisa para comer e ver Netflix. Que bom que você vai visitar a família nesse fim de semana! Aproveita!

Quanto ao meu casamento... Hum, é difícil responder. A gente se esforçou muito por alguns anos, provavelmente até depois de termos percebido que já não tinha mais jeito. Acabou que nos tornamos pessoas bem diferentes, que queriam coisas diferentes. Ele está casado com outra pessoa agora... e feliz, pelo que fiquei sabendo.

Às vezes, fico meio incomodada quando penso que ele conseguiu me superar tão rápido enquanto eu precisei de certo tempo, mas acho que todo mundo lida com as coisas de um jeito diferente. Por que seu último relacionamento acabou? Vocês ficaram juntos por muito tempo?
Regina

Encaro a tela por um longo momento, contemplando as palavras. *Pessoas bem diferentes que queriam coisas diferentes.* Para que mentir? O que ela tem a ganhar desenvolvendo esse relacionamento com um cara na internet? Sei da resposta antes mesmo de completar o raciocínio: ela se sente sozinha. Seth lhe dá pouca atenção, então receber a atenção de um estranho saciaria uma profunda necessidade de ser vista... e ouvida. Só que, independentemente de tudo isso, ela está traindo, *sim*. E Seth não faz ideia disso. Fecho o MacBook e olho pela janela. Penso em dar uma caminhada; é possível sentir claustrofobia quando se mora no alto. As pessoas são capazes de passar dias indo à academia dentro do prédio e comprando bebidas de máquinas automáticas em vez de andar até o mercado da esquina, e ficar olhando o mundo lá embaixo em vez de se aventurar por ele. Percebi que é cada vez mais frequente eu escolher ficar em casa quando não estou no trabalho e ando menos disposta a encarar o chuvisco, a menos que seja por um bom motivo. Antes, na minha antiga vida, ninguém me segurava em casa. Se eu mudei tanto nos últimos anos, quem sabe Regina não tenha mudado também? Talvez ela tenha percebido que não quer mais ficar com Seth, e essa é a forma que encontrou de ver o que a espera nesse mundo do namoro. Nesse caso, as mensagens dela para Will são uma coisa boa. Pelo menos para mim. Se eu contar para Seth o que sei sobre ela, vou ter muita coisa para explicar. Decido não contar nada para ele. Vou esperar para ver o que mais ela vai escrever para Will antes de tomar uma decisão. Dez minutos depois, estou zapeando pelos canais na TV, quando paro em um daqueles programas sobre relacionamentos na internet. A proposta desse programa é fazer com que duas pessoas que interagiam apenas on-line se encontrem, e, na maioria das vezes, acabam descobrindo que ou um ou o outro estavam mentindo o tempo todo. Hesito, pensando em "Will" e nas fotos do meu primo que usei no site. O que as pessoas apresentam na internet quase nunca é a realidade. Se quero saber quem Regina Coele é de verdade, preciso vê-la na vida real, assim como vi Hannah.

Ligo para o escritório de advocacia Markel & Abel e digo à recepcionista que quero marcar um horário com Regina Coele. Fico aguardando na linha e, enquanto isso, sinto meu estômago embrulhar. O que estou fazendo? Não sou assim; passei anos aceitando tudo em silêncio... de forma submissa. Só que agora é tarde demais; abri muitas portas, e a ânsia por saber mais supera a razão. Ela me transfere para a secretária de Regina, que me diz que o próximo horário disponível é daqui a três semanas. Fico meio decepcionada. Três semanas parece uma eternidade.

— Tem certeza de que não tem nenhum horário antes disso? — pergunto.

— Infelizmente, não. A agenda da sra. Coele está lotada. Posso tentar te encaixar em algum dia, mas, sendo bem sincera, é raro alguém cancelar. — A voz é anasalada e direta, praticamente uma Hermione Granger da vida real.

— Então tá bem — digo, com um suspiro. — Acho que não tenho escolha.

— Só preciso de alguns dados para te cadastrar no sistema — diz ela.

Ouço o som de teclas de computador, e ela começa a me fazer algumas perguntas.

Digo que meu nome é Lauren Brian, do Oregon. Quando ela me pergunta o motivo da visita, digo que é divórcio, e, de repente, ela fica diferente e fala com uma voz muito mais gentil. A diferença é tanta que me pergunto se ela já passou por uma separação. Pensar em acabar com meu casamento chega a me deixar enjoada. Não quero me divorciar — eu quero Seth só para mim. Mas, primeiro, preciso saber a natureza do relacionamento dele com Regina. Ela me faz uma série de perguntas: há crianças envolvidas? Assinamos um acordo pré-nupcial? Há quanto tempo estamos casados?

— Fique tranquila — diz ela, antes de desligar. — A sra. Coele é uma das advogadas mais competentes do Oregon.

Regina é competente, então. Será que alguém me descreveria como a enfermeira mais competente de Seattle? Lo com certeza não.

Depois de desligar o telefone, vou direto ao bar e preparo uma vodca com refrigerante. Estou sozinha, percebo enquanto os cubos de gelo racham em contato com a vodca. Sozinha e triste. Não deveria estar; sou jovem, cheia de vida e estou na flor da idade. *É necessário*, digo a mim mesma e mando para longe a culpa por ficar bisbilhotando. *Tenho de descobrir essas coisas.*

CATORZE

Penso em Hannah a manhã inteira. Estou ficando obcecada, o tempo todo me pergunto onde ela está e o que anda fazendo. Não estou dormindo bem; até quando tomo os comprimidos que o médico me prescreveu, acordo no meio da noite com o corpo coberto por uma camada brilhante de suor. Esqueci o que significa ser feliz. Não me lembro mais do que me define como pessoa. Esse fluxo de emoções começou depois da última mensagem de Regina para Will, quando ela perguntou o que o fazia feliz de verdade. Como Will, eu havia respondido: minha família, meu trabalho. Contudo, quando troquei de lugar com ele e contemplei o que *me* fazia feliz, não consegui formular uma boa resposta. Sei o que faz Seth feliz e sei que sinto felicidade quando ele fica contente, mas isso não é uma prova de que abdiquei da minha personalidade por completo para me identificar *com* ele? Acabei me tornando uma daquelas mulheres que ficam felizes com a felicidade dos outros. É decepcionante pensar que perdi minha personalidade. Quando Seth me encontrou naquela cafeteria, eu estava, em certo nível, buscando minha identidade. Eu era metaforicamente uma criança, não tinha muita experiência. Às vezes, me pergunto se ele tinha consciência disso e por isso me escolheu. Seria fácil convencer uma jovem apaixonada de que ela poderia fazer o impossível emocionalmente. E um casamento plural é impossível de todas as formas, tanto para o coração como para a mente. Mas estou determinada. Seth e eu saímos dos trilhos; ele ter me empurrado aquele dia é a prova disso. A gente consegue voltar a ficar bem — só preciso que Regina saia de cena.

Decido dar uma caminhada para espairecer. Deve estar muito frio, mas já passei tempo suficiente enfurnada neste apartamento com meus pensamentos. Se eu tivesse algum amigo morando por perto, as coisas seriam diferentes. Alguém em quem confiar, que pudesse me aconselhar. Só que esse segredo em meu casamento me impede de desenvolver relações significativas. Há muitas perguntas e muitas mentiras que acabam sendo inevitavelmente necessárias. É quase cômico pensar em alguém dando conselho sobre algo tão bizarro quanto um casamento plural: "Apoie as mulheres! Não se esqueça de chupar o pau dele sempre que puder para ser a favorita..."

Coloco meu casaco mais quente, calço minhas galochas e vou ao Westlake Center. As árvores na praça tinham o tronco pintado de azul-cobalto por causa do Seahawks. Durante a caminhada, noto uma barraca vendendo vinho quente e castanhas assadas. Já bebi demais hoje, mas um copo de vinho quente não vai fazer mal. Na fila, me convenço de que todo o álcool deve ter evaporado quando foi ao fogo.

Peço um dos grandes e levo o copo descartável pelando até as lojas do outro lado da rua. Estou prestes a atravessar quando escuto alguém chamar meu nome. Surpresa, me viro e olho os rostos ao meu redor. Não conheço muita gente na cidade. A maioria das pessoas está com a cabeça baixa por causa da chuva, e, quando paro na calçada, elas passam por mim em uma horda e atravessam a pequena interseção.

Então a vejo, aquele cabelo loiro superperfeito por baixo de um gorro que, por sua vez, está abrigado sob o capuz vermelho brilhante de uma capa de chuva. Ela tem uma aparência inocente e animada, como uma versão hipster da Chapeuzinho Vermelho.

— Oi! Achei mesmo que fosse você. — Lauren se aproxima, com o rosto rosado por causa do esforço ou do frio. Ela apoia a mão no meu ombro enquanto se dobra para recuperar o fôlego. — Corri pra te alcançar. Você estava viajando, nem me ouviu chamar.

— Desculpa — digo, olhando para trás. O sinal fechou de novo e perdi a chance de atravessar a rua. Que ótimo... Isso significa que vou ficar presa aqui com Lauren por mais alguns minutos.

— Hum... e o que você está fazendo por aqui? — pergunto. Eu meio que esperava John, o marido dela, aparecer na multidão com aquele sorriso bobo no rosto. John está sempre sorrindo e implorando para que o mundo goste dele. *Sou um cara legal! Olha só pra mim sorrindo aqui!* Ele também usa gorros e sempre deixa três cachos estrategicamente pendurados na testa. Desanimada, olho em volta. A última coisa de que preciso agora é ver um casal feliz.

— Ah, pensei em dar uma voltinha pelo centro — diz ela. — Comer alguma coisa.

— Cadê o...?

— No trabalho — diz ela rapidamente. Alguém esbarra em mim, o que faz o vinho quente transbordar do copo e cair no meu casaco. Tropeço e perco o equilíbrio. Lauren me segura antes que eu caia. Agradeço com um sorriso enquanto me ajeito.

— Opa. Quantos desse você tomou? — Ela quer ser engraçadinha, e é óbvio que não faz a menor ideia de que passei boa parte do dia bebendo, mas algo em sua voz me deixa com raiva.

— Você não precisa me julgar assim — digo, irritada.

Jogo o resto do vinho na calçada e marcho com o copo vazio até uma lixeira. O lixo está transbordando, e não há mais espaço. Deixo o copo no topo da pilha e volto para esperar o sinal abrir. Parece que dei um tapa em Lauren; o sorriso sumiu do rosto dela. Imediatamente, me sinto culpada. Ela estava sendo uma querida, e olha o que fiz, despejei minha frustração em quem não merecia.

— Desculpa — digo, levando uma das mãos à cabeça. — Meu dia foi uma merda. Quer beber alguma coisa?

Ela assente sem dizer nada, e, de repente, tirando o foco dos meus problemas, vejo algo a mais em seu rosto. Ela também não está feliz; há algo errado. Dou um suspiro. A última coisa de que preciso, hoje, é ser psicóloga de outra pessoa.

— Então ótimo — digo, olhando em volta. — Tem um barzinho pra lá, ou quem sabe podemos ir a um lugar mais legal, com coisas mais fortes.

Ela contempla as possibilidades por alguns segundos e então concorda, decidida.

— Coisas mais fortes.

— Boa escolha — digo. — Sei onde ficam os melhores lugares. Vem comigo.

Eu a guio para longe dos pontos turísticos e dos restaurantes bem iluminados de Post Alley, onde viro à direita. Precisamos passar pela Gum Wall, e Lo chega a tapar o nariz por causa do cheiro pegajoso e grudento daqueles chicletes mastigados.

— Que nojo... — ouço-a dizer. — Nem acredito que isso aqui é um ponto turístico. Qual é o problema das pessoas?

— Você está sendo chata de novo — digo, olhando para trás. Uma adolescente à nossa direita finge lamber os montes de chiclete enquanto um amigo tira fotos, e Lauren estremece.

O tráfego de pedestres diminui, e logo somos as únicas andando pela viela. Como se estivesse com medo de ser assaltada, Lauren se aproxima de mim.

— Há quanto tempo você mora aqui? — pergunto. Com a boca enterrada no cachecol, tudo o que vejo dela é a ponta vermelha do nariz.

— Quatro anos.

Assinto. Quatro anos é relativamente pouco tempo. Ainda está tentando entender quais ruas são perigosas e frequentando restaurantes de franquias.

— Você nasceu aqui? — pergunta ela.

— No Oregon, mas meus pais se mudaram pra cá quando eu era pequena. — Passamos por outra rua estreita e paramos em frente a uma parede de grama. — Topa esse aqui? — pergunto. Lo estuda o lugar com cautela e faz que sim.

O interior do bar é iluminado por luzes rosa neon nas paredes e no teto. É o tipo de lugar conhecido como espelunca. Na primeira vez em que viemos até aqui, Seth disse que sentiu uma vibe de pornô dos anos 1980. Foi uma das poucas vezes que saímos juntos em público, e, quando Lauren e eu passamos pela porta, sou atingida pela certeza de que ele provavelmente me trouxe para cá porque não havia quase nenhuma chance de sermos vistos por algum conhecido.

Encontramos uma mesinha num canto e começamos o processo de nos desempacotar dos cachecóis e casacos. Tento não olhar para ela, pois não faço ideia de por que estou aqui, tudo que sei é que há uma tristeza em seus olhos, algo que combina com o que estou sentindo. Prometo a mim mesma que, se essa mulher começar a falar sobre o fato de não termos filhos, vou embora. Peço doses para começar. Precisamos de algo para quebrar o gelo, e rápido.

— O que você costuma beber?

Acho que vai pedir vinho rosé ou champanhe, mas ela diz com toda a naturalidade:

— Uísque. — Então vira uma dose como se estivesse numa festa de faculdade. *Gostei.*

Pedimos batata frita, e, quando a comida chega, já bebemos três doses cada uma e estamos mais para lá do que para cá. Lauren não consegue abrir o ketchup e, rindo, o deixa cair no chão. Ela o pega e abre a tampa com os dentes.

— E você achava que eu era chata — diz Lo, me encarando por cima do ketchup.

— Você está bêbada — digo. Mergulho uma batata no ketchup e a enfio na boca. — Sua vidinha perfeita não te dá espaço para ser qualquer coisa além de chata.

Lo bufa.

— Tão perfeita... — Ela fecha os olhos, e seu rosto é tomado por uma expressão exagerada. — Não é bem o que você imagina.

— Como assim? — pergunto. Sei que ela já bebeu mais do que devia, mas não a impeço de continuar falando. Se for para ela se arrepender de ter me contado alguma coisa, que seja amanhã, quando eu não estiver por perto.

— Quer saber mesmo?

— Se eu não quisesse, não teria perguntado — respondo. Ela brinca com o guardanapo, rasga-o no meio e o amassa. Depois de destruir o papel, joga a bolinha no copo com água. Fico observando o guardanapo flutuar e depois a olho nos olhos.

— Ele me trai. O tempo inteiro. As viagens que a gente faz sempre acontecem depois que descubro alguma coisa. Devem ser para me reconquistar.

Não sei o que dizer, então a encaro com cara de tacho até ela voltar a falar.

— É tudo uma farsa. Eu sou uma farsa. Pensei que, se tivesse um bebê, as coisas melhorariam, que ele pensaria duas vezes antes de destruir nossa família. Só que, no fim das contas, foi difícil engravidar e ainda mais complicado segurar o bebê no corpo. Agora não posso ter filhos, e essa é minha vida.

Estico o braço e, por cima das batatas e dos copos vazios, toco a mão dela — suavemente a princípio, e depois a seguro.

— Sinto muito — digo, embora as palavras soem vazias e incapazes de trazer conforto até para mim. — Você já pensou em se separar?

Lo balança a cabeça. Seu nariz está muito vermelho, e percebo que ela começou a chorar.

— Não, não consigo. Eu o amo.

Isso faz com que eu recolha o braço e encare o prato com metade das batatas. Esse sentimento é familiar demais para mim, não é? Esse dilema se devo me separar ou não, ou de tentar melhorar as coisas — sem nunca conseguir de fato. Estou bêbada e, inspirada pela honestidade de Lauren, digo:

— Meu marido tem mais duas esposas. — Em seguida, sinto um calorão no rosto. Ela é a primeira pessoa a quem conto isso, e é alguém que eu sempre disse odiar. Como a vida é engraçada...

Lauren acha que estou brincando e dá uma risada, mas a expressão séria em meu rosto faz com que ela fique boquiaberta. Esquecendo-se da própria tristeza por conta da minha revelação chocante, ela se atrapalha com as palavras:

— Você está zoando. Ai, meu Deus. Você não está zoando.

Estou meio aliviada e também assustada. Sei que eu não deveria ter contado, que coloquei Seth e as outras mulheres em risco, mas o álcool e a tristeza afrouxaram minha língua e... Bem, agora é tarde demais para voltar atrás.

— Sou poligâmica — digo, só para explicar. — Embora eu nunca tenha conhecido nenhuma delas. Elas nem moram aqui perto.

— Deixa eu ver se entendi. — Lauren respira fundo. — Você deixa, de forma consciente, que seu marido te traia... com outras duas esposas?

Faço que sim. Ela cai na risada. De início, fico chateada. Não era engraçado, mas, depois, como se por meio de uma névoa, enxergo a situação da mesma forma que ela e não consigo me segurar; começo a rir também.

— Somos duas fodidas... — Dito isso, ela se levanta e vai até o bar pegar mais bebida. Por um lado, não precisamos beber mais, mas, por outro, precisamos, sim. Quando ela volta para a mesa com as bebidas, dou um sorriso sem graça. Lauren olha para mim por cima do copo de água, agora sem o papel dentro, e retribui com um sorriso igualmente frouxo.

— Que merda a gente fez com a nossa vida, hein? Mas como ele é? Seu Seth? Ele vale a pena?

— Não tenho certeza — digo, sendo sincera. — Eu achava que sim, senão não teria me casado com ele. Mas ultimamente não tenho me sentido mais do mesmo jeito. Cheguei a ponto de caçar as outras duas na internet só pra poder espiar.

Ela arregala os olhos, que ficam parecendo dois pires transbordando de vulnerabilidade.

— É tipo um filme — diz ela. — Na verdade, acho que, se estivesse sóbria, não acreditaria em nada disso.

— Você vai largar John? — pergunto.

— Você vai largar Seth? — retruca ela.

— Eu só queria que aquelas outras mulheres sumissem.

— Tim-tim — diz ela, erguendo o copo para um brinde. Mas ela não parece nem um pouco convencida; parece preocupada.

Nós nos separamos exatamente onde nos encontramos, só que agora está muito tarde para conseguir ver os troncos azuis. Ela me dá um abraço rápido, mas cheio de significados, depois de prometer que nunca vai contar meu segredo; eu digo o mesmo. É boa a sensação de ter contado para alguém, mesmo que seja alguém de quem nunca gostei. É nisso que fico pensando durante a caminhada de volta ao apartamento. Parece que alguém tirou um peso dos meus ombros, e agora consigo me mover com muito mais facilidade. Será que ela se sente assim também? Será que, de alguma forma, podemos ajudar uma à outra?

QUINZE

Estou deitada no sofá ouvindo música triste: The 1975, The Neighbourhood, Jule Vera. Meus olhos estão fechados; a ressaca se apoderou de minha cabeça e do meu estômago. Eu me viro de lado e mantenho os olhos fechados. Abrir uma brecha para alguma coisa é mesmo um caminho sem volta. Tudo o que dá para fazer agora é aguentar firme enquanto vou cada vez mais fundo nessa história. Regina e Hannah, Regina e Hannah — é só nisso que consigo pensar. Foco no que sei a respeito delas, penso no peso de nossas falhas, vagueio entre nossos erros. Mandei uma mensagem para Hannah hoje de manhã, só para ver se está tudo bem, mas não tive resposta. Ela é minha aliada sem nem saber. Meu destino está atado ao dela. Será que ela já desejou se livrar de Regina?

Regina é mais bem-sucedida do que jamais serei, mais confiante. Hannah é mais nova, mais bonita. Estou no meio delas, um ponto médio para equilibrar os extremos. Seth mandou mais mensagens do que o normal esta semana. Ele está tentando.

Por volta do meio-dia, me forço a me levantar do sofá e vou até o banheiro. Quando saio do chuveiro, olho para meu reflexo nu no espelho e tento imaginar o que Seth vê quando olha para mim. Sou baixinha, mas não tanto quanto Regina, minha cintura é larga e tenho coxas grossas e musculosas. Meus peitos transbordam de qualquer camiseta que eu vista; sem sutiã, ficam soltos e grandes. Nós temos biótipos completamente diferentes e, ainda assim, somos desejadas pelo mesmo homem. A conta não fecha. Homens têm um tipo, não têm? Ainda mais um tão particular quanto Seth. Seth, que gosta da Mary-Kate Olsen, mas não da Ashley. "Ashley com certeza não", diz ele.

Regina é quem deve fazer o tipo dele, já que foi ela com quem Seth se casou primeiro. Mas aos vinte e poucos anos as pessoas ainda não estão se descobrindo? Talvez ele tenha descoberto que o tipo dele sou eu. Mas pensar assim é ser muito positiva, principalmente quando sou uma das três. Uma vez ele me disse que se sentiu atraído por tudo em Regina naquela festa, tanto que foi falar com ela mesmo sabendo que poderia acabar sendo dispensado. Ele se sentiu atraído por mim também — pelo jeito com que flertou comigo, seus olhos cheios do que considero ser desejo. Não sei como ele conheceu Hannah e preciso descobrir. A foto de Regina aparece como um flash em minha mente e me lembro da moça loira e mais alta ao lado dela. Será que é Hannah? Elas se conheciam? Posso esperar minha reunião com Regina em Portland ou posso descobrir agora.

É, é uma boa ideia. Uma investigaçãozinha para me distrair. Mando outra mensagem para Hannah e, antes que ela responda, já estou enfiando coisas em uma malinha, só para passar a noite. Caso esteja ocupada, posso muito bem bisbilhotar por conta própria. Para meu alívio, ela responde, feliz da vida com minha visita. Ela sugere um jantar e uma ida ao cinema. Devo ter ficado louca... sério, para jantar e ir ao cinema com a outra esposa do meu marido. Posso ser chamada de stalker, ou até considerada fora da casinha... Mas e daí? *O amor com certeza deixa as pessoas loucas*, penso, enquanto fecho o zíper da mala. Acho que ela vai escolher uma comédia romântica, algo leve e sexy. Mulheres na idade dela veem a vida de um jeito tão cor-de-rosa. Só que, em vez disso, ela pergunta se gosto de filme de terror. Fico meio surpresa. É óbvio que não gosto, mas digo que sim. Quero ver o que se passa na cabeça dela, as coisas das quais gosta. Aquela casa charmosa com arquitetura histórica e a tábua de frios perfeitamente arranjada não passavam a imagem de alguém fanático por filmes de matança. Ela diz que há um *thriller* psicológico que quer ver, com Jennifer Lawrence. Pergunto se seu filme favorito é *O sexto sentido*, e ela diz que nunca viu. Acabei de sair da garagem. Não estou prestando muita atenção, e alguém buzina para mim. É *O sexto sentido*! Quem nunca viu *O sexto sentido*? Ainda mais uma fã de filme de terror? Ela é nova *nesse* nível.

Com café quentinho no porta-copos e música animada tocando, saio de Seattle logo depois do meio-dia. Ai, ai... Como as coisas mudam de uma hora para outra. Estou animada. A rádio está tocando música dos anos 1980, e eu canto junto. Se dirigir rápido, será o tempo certinho de chegar ao hotel, me arrumar e sair para encontrar Hannah para jantar. Sinto um frio na barriga de tão animada que estou, não apenas porque talvez eu consiga algumas informações sobre nosso marido, mas porque vou fazer algo além de ficar enfurnada em casa esperando por Seth. Esperar e esperar — essa é minha vida.

Felizmente, o trânsito para a cidade vizinha está tranquilo, e faço a viagem num tempo bom. Seth teria me chamado de pé de chumbo; ele sempre pisava num freio imaginário no banco do carona quando eu o deixava nervoso. Quando chego ao hotel, jogo minhas coisas na cama e tomo um banho rápido. Só trouxe duas mudas de roupa: uma para a viagem de volta de amanhã e outra para hoje à noite. Agora, olhando para o cardigã marrom, a blusa creme e a calça jeans, penso que deveria ter escolhido algo mais colorido, que chamasse mais atenção. Vou ficar sem graça e monótona ao lado da elegância de Hannah; meus seios grandes fazem com que eu pareça muito mais gorda do que sou. Passo os dedos pelo tecido e sinto nervoso. Alguns minutos depois, percebo que acabei me atrasando e agora não vai dar tempo de secar o cabelo. O ar o transformou em ondas bagunçadas. Faço o possível para tentar dar um jeitinho, mas preciso ir.

O clima em Portland está melhor do que em Seattle. Não há névoa, apenas o cheiro de fumaça de escapamento de carros e maconha. Hannah abre a porta na primeira batida, com um sorriso brilhante. Brilhante até demais. Dou um abraço rápido nela e então vejo: um hematoma escuro e chocante no olho dela, já num tom meio verde, como sopa de ervilha. Ela tentou esconder com maquiagem, mas, naquela pele clarinha, a cor se destaca, alarmante, vibrante.

— Só preciso pegar meu casaco — diz ela. — Entra rapidinho.

Ponho os pés no hall de entrada, sem saber se devo mencionar o hematoma ou fingir que ela fez um excelente trabalho com a maquiagem, que é o que ela deve estar esperando. Olho ao redor, procurando pela foto que ficava na parede perto da porta — pelo menos foi o que ela disse. No lugar, há um quadro com uma papoula prensada. A imagem me deixa deprimida. Flores prensadas são uma tentativa de se agarrar a algo que já esteve vivo. São desesperadas e solitárias.

— Você gostou? — pergunta ela enquanto desce as escadas. — Achei numa feira. Sempre quis fazer uma em casa, mas nunca tive tempo.

— Gostei — minto. — Você não falou que tinha uma foto de família aqui?

Hannah parece ficar vermelha sob meu olhar.

— Falei — responde ela e se vira abruptamente.

Penso no meu armário vazio lá no trabalho e percebo que ela está fazendo a mesma coisa. Esconda o marido, evite perguntas. Agora, hematomas? Eu nunca tive de esconder hematomas. Eu me lembro da minha orelha e, sem me dar conta, traço com o dedo o caminho da ferida. Por baixo desse exterior calmo, meu coração bate forte no peito. Antes daquela noite em que ele me empurrou, eu nunca teria conseguido imaginar Seth machucando uma mulher. E, mesmo depois do empurrão, eu arranjei desculpas, me culpei. Mas não tem como esse hematoma de Hannah passar despercebido. Engulo minhas perguntas até me sentir engasgada.

— Que tal a gente ir em carros separados pra você não precisar voltar pra cá depois do filme? — sugere ela. Concordo, mas será que há outro motivo pra isso? Hoje é a noite dela com Seth. Ele chegaria tarde depois de sair da casa de Regina. Talvez ela não queira que ele descubra sua nova amiga. Uma amiga perguntaria sobre os hematomas, uma amiga prestaria atenção no marido da outra.

Com os dedos tão apertados no volante que chegam a ficar brancos, sigo o SUV dela. Passamos pelo centro, pela praça com os *food trucks*, pelas lojas e pelas pessoas reunidas, tudo passa zunindo. Mal presto atenção. Estou ocupada demais com meus pensamentos.

Assim que estacionamos no restaurante, recebo uma mensagem de Seth.

Oi. Onde você está?

Encucada, encaro a mensagem.

São seis da tarde. O que significa que Seth ainda deveria estar com Regina. É uma regra não dita, mas, quando está com uma esposa, ele não deve mandar mensagem para as outras.

Saí pra jantar com uma amiga.

Respondo.

Legal. Que amiga?

Sinto os pelos dos meus braços se arrepiarem. Não é muito comum Seth ficar me questionando assim. Na verdade, ele nunca perguntou sobre minhas amigas, a não ser quando pedia que eu não contasse nada a elas.

E você, está onde?

Se ele pode ser enxerido, eu também posso.

Em casa.

É uma resposta interessante, penso. Uma vez que ele tem três casas.

Hannah já estacionou e está vindo até meu carro. Enfio o celular no fundo da bolsa e saio do carro para encontrá-la.

Seth terá de esperar. Vai ser uma boa mudança, já que sou sempre eu que fico em casa esperando. É engraçado o fato de eu me importar menos com ele quando estou com Hannah.

— Pronta? — Hannah sorri. O lugar que ela escolheu me lembra um pouco o restaurante italiano onde Seth me levou quando me contou sobre sua esposa. Assim que entramos, ela é abordada por alguém que deve ser o gerente. Ele se apressa para dar um "oi" e fica paparicando-a enquanto nos conduz até uma mesa. Hannah agradece, e ele vai correndo até a cozinha para pegar uma entrada.

— Como eles te conhecem? — pergunto, depois de um garçom acenar para ela.

— Ah, é que a gente vem muito aqui. — Deduzo que "a gente" deva ser Seth e ela.

Percebo que ela fica com o lado machucado do rosto escondido; assim, quando olha para eles, só o olho bom fica visível. É só depois de pedirmos que finalmente faço a pergunta que vem me incomodando.

— Hannah, como você se machucou?

Ela levanta a mão, como se fosse tocar o hematoma, e a deixa cair no colo.

— E nem vem com essa de que bateu numa porta ou deu de cara na quina de um móvel porque eu não vou acreditar, tá bem? É melhor falar a verdade e contar logo o que aconteceu.

— Então você quer que eu minta? — pergunta ela, com uma sobrancelha erguida.

Mordo o lábio enquanto penso no que responder.

— Não. Mas quero que você confie em mim — digo com cuidado. — Só Deus sabe que fiz escolhas erradas nessa vida, então não vou te julgar.

Ela limpa a boca com o guardanapo e toma um longo gole de água.

— Sério, parece que você quer que eu confesse algo escandaloso — diz ela.

— Na última vez em que te vi, você falou que seu marido escondeu seus anticoncepcionais para que você engravidasse. O que me parece bem controlador e manipulador da parte dele. Só quero saber se você está bem.

Ela olha para as mãos, que agora estão perfeitamente juntas na mesa. Tirando o hematoma em "u" embaixo do olho, Hannah parece totalmente calma e no controle da situação. Olho para ela, mentalmente tentando convencê-la a me contar tudo. Se Seth está batendo nela, eu preciso saber. Meu Deus do céu... seria difícil de acreditar, mas...

— Meu marido... — Ela morde a parte de dentro da bochecha.

Quero estimulá-la, encorajá-la a continuar falando, mas tenho medo de que, se eu disser alguma coisa, possa estragar o momento e levá-la a se calar, então espero.

— Ele tem, sim, um temperamento meio difícil. Às vezes... — A voz dela falha, como se ela não soubesse direito quais palavras escolher. — Acho que o passado dele o afetou mais do que ele admite. Mas posso te garantir que ele não me bate. — Fico cismada com uma parte da explicação, sobretudo a do passado dele. Será que ela sabe de alguma coisa que eu não sei?

— O passado dele? — pergunto. — Como assim?

Consigo manter uma expressão impassível, mas sinto minhas sobrancelhas se franzindo e minha testa quase se enrugar de preocupação.

Hannah pigarreia de um jeito superfeminino. Não aguento mais, quero que ela desembuche. Sinto um ciúme intenso borbulhando no meu estômago pela possibilidade de ela saber algo que eu não sei.

— É que... — diz ela, por fim — ... ele vem de uma família grande...

Ah, jura? É o que tenho vontade de dizer.

— Alguém da família... hum... machucou ele.

Assinto.

— Machucou como?

— Ah, não sei — responde ela, e dá para perceber que se arrependeu de ter falado. — Agrediam ele a troco de nada, faziam bullying. E olha que estou pegando leve...

Olho para ela, confusa. Então quer dizer que os irmãos de Seth o zoavam? Qual é a novidade? Uma vez, minha irmã jogou minha boneca favorita na lareira e ficou olhando, feliz da vida, enquanto eu chorava.

Hannah espera o garçom terminar de encher seu copo de água e se inclina em minha direção.

— Ele tinha um irmão mais velho que era psicopata — sussurra ela. — Fazia coisas terríveis com ele, tipo, segurar a cabeça dele na banheira cheia até ele achar que ia morrer, e entrava no quarto dele à noite e... hum... tocava ele.

Fico sem reação.

— Ele foi *molestado*? — Busco na memória qualquer coisa, qualquer coisa mesmo, que Seth já tenha dito sobre o irmão mais velho. Mas a verdade é que ele mal falava disso; não sei nem o nome do sujeito. Sinto uma onda de angústia. Eu era menos importante. Ele não compartilhou o trauma comigo. Tomo um longo gole de água, na esperança de que ela não repare na minha expressão.

Hannah recua por causa da minha explosão e, em seguida, olha rapidamente em volta para se certificar de que ninguém nos ouviu. Não há ninguém por perto, e seu rosto relaxa.

Estou impaciente com ela. Que se dane o que as pessoas pensam em um momento como esse. Meu coração está a mil, e me sinto enjoada. Caso seja verdade, como ele não me contou? Enquanto olho para Hannah, para suas maçãs do rosto perfeitas e seus lábios grossos, que agora estão franzidos para mim em desaprovação, me sinto traída e magoada. Ela percebe esses sentimentos em meu rosto, pois estica o braço na mesa para pegar meu pulso. Apertando-o com delicadeza, me encara com seus grandes olhos azuis.

— Está tudo bem? — pergunta. — Falei alguma coisa que te chateou?

— Não, não mesmo. É só que... Que coisa terrível... — Tento me desvencilhar dela da forma mais gentil possível, com um sorriso tenso nos lábios. Que ódio que estou sentindo dessa mulher! Hannah parece acreditar, porque me solta e recolhe as mãos ao colo. — Isso durou quanto tempo? — pergunto.

— Durante a maior parte da infância dele, e acontecia de tempos em tempos. Até o irmão dele se mudar para começar a faculdade.

— Então o que você quer dizer é que às vezes... ele faz essas coisas... porque tem raiva do que o irmão fazia?

— Não... Sim. Não sei. A gente briga como todo casal, e às vezes a coisa fica feia. Eu já bati nele — admite ela. — É claro que fiquei me sentindo um lixo. Ele agarrou meu braço logo depois, para me impedir de bater de novo... e então fiquei com os hematomas que você viu da última vez. — Ela desvia o olhar, envergonhada.

Nesse instante, sinto vontade de contar tudo a ela. Quem eu sou, o que sei sobre ela e Regina. Quero contar que ele me empurrou e nunca pediu desculpas, o que me faz pensar que Seth nem percebeu o que fez. As coisas não ficariam bem mais simples se pudéssemos abrir o jogo entre nós? Sem dúvida eu entenderia meu marido melhor. Ou eu poderia simplesmente perguntar a Seth, mas aí ele saberia que andei falando com Hannah.

— E esse hematoma embaixo do olho? — Engulo os sentimentos alojados em minha garganta como um pedaço de pão e olho no fundo dos olhos dela.

— Não é o que você imagina. Eu estava fazendo umas coisas lá em casa e dei de cara com a porta de um armário aberta. Juro. Ele só fica mal-humorado às vezes, na dele... E precisa de um tempo sozinho, sabe? Às vezes, acho que é porque sempre viveu cercado de gente. — Ela franze os lábios.

Tento uma nova tática. Afinal, vim até aqui para conseguir informações, embora não esperasse nada tão sombrio assim.

— Tá bem, então me fala coisas boas dele, coisas que você ama. — Dou um sorriso encorajador quando Hannah morde o lábio. — Você está grávida dele, não está? Tem que ter algo que você goste...

— Claro que tem, claro que sim. — Ela parece aliviada por eu ter mudado de assunto e falado de algo mais tranquilo.

Percebo uma mudança imediata nela. Quando Hannah fala de Seth desse jeito, um brilho surge em seus olhos e seus lábios se abrem em um leve sorriso, típico de uma jovem completamente apaixonada. Reconheço esses sintomas porque já os senti muitas vezes.

— Ele é charmoso e tão querido! Vive me mimando, sempre pergunta se preciso de alguma coisa e se estou bem. Ele comprou um livro de nomes de bebês para mim e gosta de ouvir minhas ideias... Essas coisas, sabe? — Eu me lembro de quando Seth me contou sobre esse livro e falou que Hannah (ou Segunda, como ele a chama) queria um menino. — Ele é divertido — continua ela. — Gosta de brincar e de rir. Amo muito isso nele.

Será que nunca considerei o senso de humor de Seth uma de suas características mais fortes? Eu sou a mais engraçada da relação, sempre o faço rir com alguma piada.

— Ótimo — digo. — Que coisas maravilhosas! — Encorajada, ela assente, e tenho a impressão de ver seus olhos se enchendo de lágrimas, então um garçom vem servir mais água em nossos copos.

— Dá pra gente mudar de assunto? — pede ela, quando ficamos a sós de novo.

— Claro. — Dou um sorriso. — Onde ele está hoje à noite? — Não sei por que perguntei. Na verdade, quando me perguntam onde meu marido está, eu sempre hesito e acabo inventando alguma desculpa idiota.

— Ele... deve estar em casa — diz ela. — Eu falei que ia sair hoje.

— Ele se incomoda de você ter amigas?

— Ele não sabe. Ele me protege muito, sempre quer saber com quem estou.

Não me passa despercebido o jeito com que seus olhos desviam para a esquerda, à procura da resposta certa... da resposta mais fácil.

Faço que sim, mas não consigo deixar de me perguntar se ela tenta resolver essas coisas com ele ou com ela mesma, se fica apenas achando que ela é o problema e se resigna a ser o tipo de mulher que ele quer. Ela é tão mais nova que eu, tem quase a idade que eu tinha quando conheci Seth naquela cafeteria. Se alguém tivesse tentado me avisar naquela época, eu teria rido e deixado para lá. Seth era um homem bom, que se preocupava com a família; não tinha problema nenhum o fato de ele ficar irritado de vez em quando.

Nossa comida chega e interrompe minha linha de raciocínio. Durante o restante do jantar, conversamos sobre coisas banais, e, quando chega a hora da sobremesa, me levanto para ir ao banheiro. Dá para sentir os olhos dela me acompanhando enquanto saio da mesa. Queria saber o que ela está pensando.

DEZESSEIS

Quando volto do banheiro, Hannah não está mais lá. Olho para a mesa vazia e sinto uma onda de desespero. Nosso garçom está recolhendo o último copo quando ergue os olhos e me vê. Ele dá um sorriso tímido, encolhe os ombros e se afasta.

— Achei que você tivesse ido embora — diz ele. — Ela saiu correndo.

Quando me aproximo, vejo que ela pagou a conta em dinheiro e escreveu alguma coisa na parte de trás do guardanapo, que eu estava usando para apoiar a bebida. Com as sobrancelhas franzidas, pego o papel. Por que ela sairia tão de repente? Será que nossa conversa a assustou tanto assim? Talvez Seth tenha ligado e exigido que ela estivesse em casa. As palavras foram rabiscadas às pressas, e a caneta furou o guardanapo em vários lugares. *Tive que ir, fiquei enjoada. A gente remarca o cinema.*

É sério? Viro o papel, esperando que haja uma explicação mais detalhada, mas não há nada além da marca rosa de batom que deixei quando limpei a boca mais cedo.

— Ela parecia enjoada? — pergunto ao garçom. Ele está esperando que eu saia para poder pegar seu dinheiro e arrumar a mesa para os próximos clientes.

— Na verdade, não — responde e dá de ombros.

Pego meu celular e mando uma mensagem:

O que aconteceu? Por que foi embora sem se despedir?

Ela responde:

Passei mal. Precisei ir.

Penso em fazer mais perguntas, mas acho melhor não. Já a assustei o bastante com meus questionamentos. Talvez seja melhor deixar tudo isso para lá. Pode ter sido o bebê, me lembro. Ela ainda está no primeiro trimestre. Eu ficava tão enjoada nos primeiros cinco meses que o chão do banheiro tinha se tornado meu lugar favorito. Essas lembranças são como uma faca gelada que ameaça cortar minha fina sanidade, então as enterro no fundo da minha mente. Pensar demais nisso me deixa...

Considero ir ao cinema sozinha, porém, quanto mais penso nisso, mais percebo como estou cansada. Por fim, me dou conta de que tudo o que quero é voltar para o hotel.

Enquanto espero o manobrista no estacionamento do hotel, tamborilando os dedos impacientemente no volante, algo, lá no fundo, começa a despontar de meus pensamentos. As mensagens que Seth tinha me mandado mais cedo foram estranhas, havia algo errado em seu tom. É possível que ele tenha me visto com Hannah? Decido dar uma passada rápida na casa dela. Só para ver se o carro dela está lá. Que mal há nisso? Dispenso o manobrista com um aceno de mão e acelero, ignorando seu olhar de desaprovação. Vinte minutos. Levaria no máximo vinte minutos para espionar Hannah e meu marido. Sinto uma onda de entusiasmo enquanto passo direto por um sinal amarelo, ansiosa por chegar à casa charmosa deles.

Percebo que ela não está em casa antes mesmo de me aproximar. As janelas estão escuras e sem vida, e o carro não está estacionado no meio-fio, como de praxe. Também não vejo o carro de Seth em lugar nenhum. Considero ir até a entrada de fininho e espiar o lado de dentro, mas ainda está cedo e algum vizinho pode me ver.

Merda. *Merda.*

Será que ela saiu do restaurante e foi direto para o hospital? Não vou descobrir nada hoje à noite. Volto para o hotel, me sentindo derrotada. Tem alguma coisa acontecendo, e sinto que sou a única pessoa nesse casamento que não sabe o que é.

Na manhã seguinte, me levanto sem ter dormido direito. Minha mente não parava quieta, cheia de pensamentos ruins. Se eu continuar dormindo mal, vou precisar procurar um médico. Foi uma tortura ficar acordada praticamente a noite toda, deitada, cansada, mas incapaz de desligar meu cérebro. Caio num sono inquieto lá pelas cinco da manhã, e, quando acordo, às sete, há uma mensagem de voz de Hannah no meu celular. Rolo na cama, me perguntando por que o celular não tocou, então me lembro de que o coloquei no silencioso quando fomos ao restaurante. Minhas duas horas de sono foram perturbadas com sonhos sombrios em que eu era perseguida e pega. Não me lembro de detalhes desses pesadelos, mas a sensação permaneceu em minha mente. Ouço a mensagem com metade do rosto escondida embaixo da coberta e os olhos semicerrados por causa da luz que entra por uma fresta entre as cortinas. A voz de Hannah está trêmula, então pressiono o celular na orelha para entender o que ela está dizendo.

— Estou com muito medo. — Ela parece estar assoando o nariz. — A gente brigou. Não me sinto segura. Acho que... eu... — Então a voz some, como se o sinal tivesse caído.

Afasto o telefone do rosto e vejo que a mensagem ainda está tocando. Volto a pressioná-lo na orelha e faço um esforço para tentar ouvir, caso ela esteja dizendo mais alguma coisa.

— Esquece... isso... ele está... — E acaba. Merda de sinal.

Fico deitada, imóvel, por alguns minutos, enquanto as palavras de Hannah ricocheteiam em minha cabeça. Seth. Ela havia brigado com Seth e agora está com medo. O que ele fez para assustá-la? Jogo um braço sobre os olhos. Eu fiquei com medo também, não fiquei? Desde aquele... acesso de raiva, ele passou a parecer mais imprevisível. Será que, se eu dissesse algo errado, ele me bateria de novo? Se eu ligar para Hannah agora, estarei definitivamente me envolvendo nessa... nessa história. Não terei mais como inventar desculpas para ele. Vou ter de admitir que o que ele fez comigo foi de propósito. Eu é que fui atrás de Hannah, e foi decisão minha esconder dela quem sou. Talvez seja a hora de contar que Seth também é meu marido. Eu me deito de bruços e enterro a cabeça no travesseiro. Ligo para Anna.

— E aí? — diz ela ao atender o telefone. Nem ligo para a aspereza na voz da minha amiga, é o jeitinho dela.

— Oi — digo. — Preciso de um conselho.

— Você está com a cara enfiada no travesseiro?

Anna me conhece também. Viro a cabeça para que ela me escute melhor.

— Não mais.

— Olha, tem certeza de que sou a melhor pessoa para isso?

— Não, mas não tenho mais ninguém, então encarna a moralidade aí e me dá um conselho que Melonie te daria. — Melonie é a mãe de Anna, uma psicóloga que passou boa parte de nossa adolescência nos observando como se fôssemos um projeto de ciências, dissecando tudo o que fazíamos. Como adolescentes, a gente achava aquilo aterrorizante e legal ao mesmo tempo. Naquela idade, a maioria dos adultos não está nem aí para o que pensamos, a não ser que seja para nos dizer que nossos pensamentos estão errados. Mas Melonie era diferente. Ela nos legitimava, dizendo que estávamos vivendo nossa própria aventura, explorando o mundo. Ela fazia nossa autodestruição parecer algo normal, então nos destruíamos sem o menor sentimento de culpa. Hoje em dia, já não sei se uma adulta que nos incitasse a fazer algo ruim seria muito legal. Entretanto, aqui estou eu, uma adulta procurando por esse mesmo tipo de legitimação, pedindo à minha melhor amiga que me legitime como sua mãe fazia.

— Tá bem — disse ela, respirando fundo. — Manda ver, estou no modo Melonie.

— Fiz uma amiga nova que conheci por outra pessoa. — Acrescento a informação porque sei que Anna vai perguntar. — Reparei em uns hematomas nela uma vez, mas não tinha prestado muita atenção nisso. Só que hoje ela deixou uma mensagem de voz na minha caixa postal dizendo que brigou com o marido e que está com medo. Duas coisas que você precisa saber: ela está grávida e eu conheço o marido dela muito bem. Ele não parece o tipo de cara que bateria na esposa, sabe? Ele parece gente boa.

Anna suspira. Consigo imaginá-la sentada à mesa da cozinha com uma xícara do café instantâneo nojento que ela costuma beber esfriando diante dela — ela gosta de café morno. Quando fica nervosa, mexe a perna cruzada para um lado e para o outro, e a tornozeleira que ela usa reluz em sua pele olivácea.

— Primeiro de tudo — começa ela —, eu não dou a mínima pra quão inocente um homem parece. Se uma mulher tem coragem de dar a cara a tapa e dizer que está com medo, é porque aconteceu alguma porra que a deixou com medo. Você não precisa se envolver muito, só precisa dar um empurrãozinho pra que ela o largue. Todos nós só estamos esperando alguém que apoie a gente, né? Mesmo se for só uma pessoa, já ajuda.

Mordo o lábio. Anna está certa. Eu me sento na cama e abraço os joelhos. Que merda... Eu estava separando uma coisa da outra sem perceber.

— Mas e se ela estiver fazendo tempestade em copo d'água? É que eu conheço o cara. Ele é um cara legal...

— Deixa de ser burra. As carolas acham que conhecem seus padres, as tias acham que conhecem os maridos, e enquanto isso eles estão lá, molestando menininhos na surdina. Será que dá mesmo pra dizer que a gente conhece alguém de verdade?

Penso em mim mesma e em todas as coisas que minha melhor amiga não sabe sobre mim e baixo a cabeça. Anna acertou na mosca, né? Talvez todos nós estejamos fingindo que está tudo bem, quando não está. *Ele me empurrou*, penso. Posso até tentar reescrever essa história, puxar a culpa para mim, arranjar desculpas para meu marido, mas ele me empurrou.

Anna e eu conversamos por mais alguns minutos, e, quando surge uma brecha na conversa, eu lhe agradeço e digo que preciso desligar. Ela hesita ao dar tchau, como se suspeitasse que não estou contando a história inteira e estivesse me dando uma chance de confessar. Ela me deu muito no que pensar. Desligo rapidamente e vou ao banheiro tomar um banho.

Vou ligar para Hannah de novo e contar tudo para ela. Juntas a gente pode... O quê? Largar Seth? Procurar Regina e perguntar se Seth já foi agressivo com ela? Não importa. Podemos avaliar as opções juntas. Como um time. Planejo o que vou dizer enquanto lavo o cabelo e deixo a água quente aliviar um pouco da tensão em meus ombros.

Assim que me enrolo na toalha e me sento na beirada da cama, ligo para Hannah. Estou nervosa. Mordo o lábio. Chama meia dúzia de vezes, e então ouço sua voz: "Oi, é a Hannah. Deixe seu recado!"

— Oi, Hannah. Sou eu. Fiquei preocupada com você, então me liga assim que ouvir essa mensagem. Vou voltar dirigindo para Seattle, então posso atender a qualquer momento nas próximas duas horas. É isso. Tchau.

Eu me visto e junto minhas coisas enquanto olho o celular a todo instante para conferir se não há nenhuma ligação perdida, mas o aparelho continua escuro e silencioso. Ligo de novo e dessa vez caio direto na caixa postal.

— Caramba, Hannah! Me liga! — Solto um gemido frustrado ao afastar o celular da orelha, e só depois percebo que ainda não desliguei. Que beleza. Enfio o celular no bolso, pego minha mala e vou até o lobby.

Passo pela casa deles mais uma vez, mas nenhum dos carros está lá. Sem saber o que fazer, decido ir para casa. Posso pegar um retorno e voltar, se ela precisar de mim. Mas, quatro horas depois, estou estacionando no prédio em que moro e ainda não tive nenhuma notícia dela. Peguei um engarrafamento de quilômetros. Mesmo morrendo de fome e apertada para ir ao banheiro, esperei parada para não perder meu lugar na interminável fila de luzes de freio. Arrasto minhas coisas até o elevador e, em casa, chuto a porta para fechá-la. Deixo a bolsa cair perto da porta e corro para o lavabo.

Volto faminta e com sede e, quando estou prestes a assaltar a geladeira, vejo um movimento perto da porta do quarto. Meu coração acelera, em pânico, e fico paralisada. Cadê meu celular? Será que ficou na bolsa que deixei no hall de entrada?

Olho em volta, procurando sinais de que seja minha mãe, que geralmente deixa suas coisas, uma pilha de itens de couro de marca, na bancada da cozinha quando vem me ver. Mas está tudo do jeito que deixei, até as migalhas de pão perto da torradeira. Ouço algo se mexendo, pés se arrastando no carpete, e, de repente, Seth aparece na entrada da cozinha. Levo as mãos ao peito. Meu coração está acelerado. Começo a rir de mim mesma, me curvando ao fazer isso.

— Pensei que alguém tinha invadido minha casa — digo. — Você me assustou.

Levo um instante para me dar conta de algumas coisas: a primeira é que hoje não é quinta-feira, a segunda é que Seth não está sorrindo, e a terceira é que há um curativo nos nós dos dedos de sua mão direita. Passo a língua pelos lábios enquanto meu cérebro raciocina freneticamente. *Ele sabe!* É o que penso. Deve ser por isso que está aqui, para me desmascarar. Não sou do tipo que mente. Omitir, sim, mas, se ele me perguntar na lata sobre Hannah, vou contar a verdade.

Meus olhos vão até o rosto de Seth, e, por um instante, ninguém diz nada. É uma competição para ver quem desvia o olhar primeiro, e eu preferia não estar competindo.

— O que você está fazendo aqui? — pergunto, por fim.

Seus olhos parecem cansados e entediados, sem o brilho sacana que meu Seth normalmente tem. *Meu Seth!* Quase dou uma risada. Não sei mais quem é esse cara. De repente, fico com medo.

Ele responde a minha pergunta com outra.

— Por onde você andou?

Ah, temos um impasse. *Quem quer ser o primeiro a responder?*, penso.

Lembro-me de que estou com sede, me viro para a geladeira e pego uma garrafa de água em uma das prateleiras. Ofereço outra garrafa a Seth antes de fechar a porta. Ele assente, ainda com aquele olhar inflexível. Jogo a garrafa para ele e me recosto na bancada enquanto tiro a tampa e tomo um gole.

— Fui ver uma amiga. Eu te falei.

— Eu sei bem qual é a sua — diz ele.

Noto suas roupas pela primeira vez: um par de jeans e um moletom de gola redonda que eu tinha lavado na semana passada. Peças que são daqui do apartamento.

— Você passou a noite aqui? — Eu não tinha pensado nisso até ver as roupas. Será que ele tinha vindo para cá depois da briga com Hannah e descobriu que eu não estava em casa?

— Passei — responde.

— Desculpa. Não sabia que você estava aqui, senão teria vindo pra casa. Por que não me ligou?

Seth me encara, e sinto meu estômago embrulhar. Ele tem ombros fortes e largos, como um Lego. A mulherada normalmente fica doida por esses ombros, mas agora eles só me dão medo. Quanta dor eu sentiria se ele me batesse? Será que ele tinha batido em Hannah com muita força? Visualizo o corpo macio e a pele leitosa dela; um golpe, e ela já ficaria toda ensanguentada, cheia de hematomas. *O bebê!*, penso, em pânico. Seus olhos procuram meu rosto, mas não de um jeito suplicante; há uma aspereza que faz com que eu me arrepie. Ele é assim: especula sem precisar perguntar nada. Fazer perguntas é algo que está abaixo dele. Estamos aqui pelo prazer dele.

Ergo o queixo e me dou conta de que estou amargurada. Algo em mim mudou. Será que aconteceu em questão de dias...? Semanas...? Não consigo definir exatamente quando ou como, mas, se essa mudança é perceptível para mim, com certeza é perceptível para meu marido, que agora me olha como se eu tivesse hieróglifos tatuados em todo o meu rosto. Essa loucura é coisa de homem, achar que vamos sempre continuar sendo o mesmo gado previsível. Acontece que as mulheres passam a vida numa metamorfose constante. Nossas mudanças variam de acordo com o modo como somos tratadas. Tento me ater a essa ideia, muito embora o tamanho do meu amor por ele continue tentando me conter. *Ele é um bom homem. Tem de ter uma explicação para isso tudo...*

— O que você fez? — pergunta ele. Percebo que ambas as escleras dos olhos dele não estão brancas, mas com o tom rosado e enevoado de quem passou a noite toda bebendo.

Minha voz está trêmula, e tento disfarçá-la.

— Não sei do que você está falando — digo.

— Sabe, sim.

Agora estou respirando pela boca. Não quero que ele veja que estou assustada. Não quero que tenha essa vantagem.

A torneira pinga — é o único som no ambiente. Eu me ouço engolir em seco enquanto os segundos passam; meus olhos continuam cravados em seu rosto.

— O que aconteceu com sua mão? — pergunto.

Nós dois olhamos para a mão dele. Seth nota o curativo como se o estivesse vendo pela primeira vez. Ele abre os dedos e gira o pulso de um lado para outro enquanto olha para ele. Uma mecha cai em sua testa, e só agora percebo que seu cabelo está molhado. *O que você está tentando lavar com a água?*

Se os nós dos dedos dele está nesse estado, como será que Hannah está?

— Bati numa coisa. — É tudo o que ele diz, como se fosse uma explicação decente.

— Fazendo o quê? — Minha pergunta parece tirá-lo do eixo. Ele abre e fecha a boca. — Seth — digo. — O que você fez?

DEZESSETE

Ele avança em minha direção. Tudo acontece em câmera lenta enquanto meu cérebro tenta, desesperado, acompanhar a realidade. Meu. Marido. Está. Me. Atacando. Não estou preparada e, quando suas mãos se fecham em meu braço, dou um grito. Um som curto e frágil — e patético, sendo bem sincera.

Meu berro cessa quando Seth começa a me chacoalhar e cravar os dedos em mim com agressividade. Minha cabeça balança para a frente e para trás, para a frente e para trás, até que ele para a centímetros do meu rosto. Sinto sua respiração pesada em minha pele. Em seu hálito, dá para sentir o cheiro de álcool e do enxaguante bucal que ele usou para tentar disfarçar. Tento me soltar, mas estou presa entre ele e o tampo de mármore da bancada. Seus dedos apertam a pele dos meus braços a ponto de me machucar, e solto um grunhido. Ele nunca agiu assim, é como se eu estivesse olhando para um estranho.

— Sua puta — diz Seth em um suspiro. — Nunca está satisfeita com nada. Eu arrisquei tudo...

Uma gota de saliva atinge meu lábio. Tento puxar meus ombros para me soltar e empurro seu peito com os antebraços, mas, em vez de me soltar, ele agarra meus pulsos. Sou uma prisioneira. Não acredito no que ele está dizendo. Fui eu que arrisquei tudo. Eu que me sacrifiquei.

Sem ousar me mover, ofego no rosto dele. Agora não dá mais para negar nada, os hematomas dela e o empurrão que ele me deu. *Acordei pra vida*, penso. Não tem mais como voltar atrás. A sensação é de que ele vai quebrar meus pulsos; meus ossos são pequenos, e as mãos dele, fortes. Sempre gostei do fato de Seth ser tão maior que eu, mas agora estou me encolhendo diante de seu tamanho e me xingo por isso. Estou em choque, tremendo como um animal encurralado.

Ele fala de novo e agora pronuncia as palavras mais alto e com mais cuidado, como se eu fosse burra demais para tê-las entendido na primeira vez.

— Com. Quem. Você. Estava?

— Hannah — digo calmamente. — Eu estava com Hannah.

Nossos olhos fazem um movimento coreografado até sua mão enfaixada.

Por um segundo, seu aperto em mim vacila e seus dedos se afrouxam. Acho que ele está considerando a possibilidade de ter me entendido errado. Percebo que confirmei seu medo e preciso me afastar dele.

Com um puxão, consigo libertar um dos braços e empurro o peito de Seth para que ele se afaste. Se eu conseguisse pegar meu celular, poderia ligar para alguém vir me ajudar. Mas quem? Quem acreditaria em mim? O que eu diria à polícia? Meu marido está gritando comigo porque acha que eu o traí? Seth mal se mexeu, e agora seus olhos estão semicerrados, perfurando-me com intensidade. Nunca o vi com esse olhar. É como se eu estivesse vendo um homem diferente.

— Por quê? — Seus olhos vão para lá e para cá. — Como? A gente tinha um acordo. Por que você faria uma coisa dessas?

— A gente tinha um acordo, é? — Estou borbulhando de ódio. — Ou você tinha um acordo? Cansei. Eu queria ver quem ela era. Como era a cara dela. Você tem tudo o que quer, três esposas, e a gente fica aqui, correndo atrás de você.

— A gente tinha um acordo — diz ele. — Você aceitou isso.

— Eu aceitei porque era o único jeito de te ter. Você está batendo nela. Eu vi os hematomas.

Ele balança a cabeça.

— Você está louca. — Ele parece horrorizado por eu tê-lo acusado de algo tão terrível.

Seth me solta, e toda a pressão que me mantinha encurralada há um segundo se foi. Desabo em cima da bancada e massageio os pulsos enquanto Seth anda pela cozinha pequena.

Seu rosto está pálido, o que faz as olheiras se destacarem ainda mais. Ele parece doente. Mas acho que é normal alguém ficar com cara de doente depois de bater na esposa grávida, beber a noite inteira e ainda ser confrontado pela esposa estéril. Sinto minha raiva ficar mais intensa enquanto o observo, o homem que sempre considerei tão lindo, um deus esculpido. Ele parece meio derretido e, sendo bem sincera, me lembra uma estátua descartada e sem brilho. Quero olhar meu celular, ver se Hannah ligou. E se ele a machucou feio? Eu me movo ligeiramente em direção à porta; se eu der uma corrida, consigo pegar minha bolsa no hall de entrada. Meu telefone está em um dos compartimentos, com um pacote de balas pela metade e meu porta-comprimidos.

— Escuta aqui. Você está doente. Está acontecendo de novo...

Olho para ele, chocada.

— Doente...? Você é que está doente — disparo. — Como você tem coragem de me dizer uma coisa dessas depois de pedir que eu vivesse assim? Você pode ter quantas mulheres quiser, e nós ficamos aqui, suas prisioneiras emocionais. — No momento em que as palavras saem da minha boca, percebo o quanto são verdadeiras. Nunca me permiti pensar essas coisas. Fui soterrada pelo amor, que foi esmagando, esmagando e esmagando meus sentimentos para acomodar Seth. Não é isso o que fazemos como mulheres?

— Você está tomando seus remédios?

— Meus remédios? — repito. — E pra que eu precisaria de remédios? — Eu me lembro do porta-comprimidos, que comprei em uma loja de lembrancinhas no Pike, aquele com uma flor cor-de-rosa na tampa. O que tem lá dentro? Aspirina... uns comprimidos velhos de Xanax de Anna. O ping, ping, ping da torneira começa a me irritar. Não tenho nenhum remédio para tomar. Isso ficou para trás já faz bastante tempo.

Seth abre a boca enquanto pisca rapidamente. Cada piscada é como um tiro. Ele olha em volta, como se procurasse ajuda na cozinha, todos os itens brancos e prateados que escolhemos cuidadosamente são ofuscantes agora. Quero fechar os olhos e estar em um lugar mais aconchegante. Quase sugiro levarmos essa festinha de acusações para a sala, quando ele me fuzila com o olhar.

— Fui à sua casa — digo, cheia de coragem. — Por que você não me contou que comprou uma casa e a reformou para ela? Achou que eu sentiria ciúme e não saberia lidar com isso, é?

— Você está me zoando, né?

Com os olhos arregalados, ele levanta as mãos com as palmas viradas para mim. Eu me encolho mesmo que Seth claramente não esteja me ameaçando. Seu peito se mexe com movimentos bruscos, o que me leva a olhar para o meu. Devo estar prendendo a respiração, porque meu peito não se mexe nada.

— Pra mim, deu — diz ele, de olhos fechados. — Achei que você fosse dar conta. A gente tinha um acordo... Não acredito nisso. — Ele diz essa última parte para si mesmo.

Há raiva e dor em meu peito. Um soluço escapa da minha boca. Estou muito confusa. Ergo as mãos e toco meu rosto, sinto meus traços; não é um sonho, é real.

O rosto de Seth se suaviza.

— Olha só. Eu tentei de verdade. O que a gente tinha era real, mas as coisas mudam. Depois que perdeu o bebê, você mudou.

— Não! — grito. — Vou contar pra todo mundo quem você é e o que você fez. Chega de manter essa sua vidinha em segredo. Até Regina está te traindo.

Um silêncio cortante segue minhas palavras. Ele arregala os olhos, e consigo ver as veias vermelhas no branco de seu olho quando ele diz:

— Para.

Jogo a cabeça para trás e deixo minha garganta libertar uma risada rouca.

— Você está de sacanagem, né? — Meu medo se transformou em raiva. Decido que é melhor sentir raiva do que medo. — Vou te expor e mostrar quem você é de verdade.

— Vou ligar para o seu médico — diz. Ele saca o celular do bolso detrás, sem tirar os olhos de mim enquanto pressiona o dedão na tela para desbloquear o aparelho. Uma linha profunda aparece entre as sobrancelhas dele enquanto seus dedos se mexem rapidamente pela tela.

— Achei o recibo do médico no seu bolso. O médico de Hannah. Fui vê-la — digo tudo isso com muita calma enquanto estudo seu rosto em busca de algum reconhecimento. Ele está fingindo que é tudo coisa da minha cabeça. Por quê?

— Que recibo? — Ele balança a cabeça, então eu vejo. Uma fagulha de reconhecimento. Ele põe o telefone na bancada ao lado da cafeteira, esquecido. — Pelo amor de Deus — diz ele. — Pelo amor de Deus. — Ele balança a cabeça. — Quando fui ao médico, uma mulher pagou antes de mim. Ela se distraiu com o celular e saiu do consultório sem o recibo. Eu corri atrás dela, mas não a achei. Ela deve ter ido embora de carro. Enfiei o papel no bolso. Eu devia ter devolvido para a recepcionista, mas nem pensei na hora. Foi isso que você encontrou.

Não acredito nele nem por um segundo. Isso é loucura. Ele está mentindo.

— Você precisa de ajuda. Está delirando de novo.

De novo? Estou com tanta raiva que dessa vez sou eu quem avança em direção a ele, com as mãos estendidas, como se eu pudesse arrancar seus olhos com minhas unhas roídas.

— Mentiroso — grito.

Eu me choco contra o peito dele, o que foi um erro. Assim que estou ao alcance, ele usa sua força contra mim e me segura com os braços esticados. Não consigo alcançá-lo, mas meus braços se debatem mesmo assim enquanto tento atingir alguma coisa. Sua garrafa de água aberta cai da bancada e faz um barulho seco no chão de madeira. A água forma uma poça sob nossos pés, e, ao tentar me soltar, sinto que estou escorregando. Seth tenta me segurar, mas, quando meus pés perdem a tração e deslizam, os dele deslizam também. Caímos num emaranhado. Atinjo o chão. Com o peso de Seth em cima de mim, bato os ombros com toda a força, então não vejo mais nada além da escuridão.

DEZOITO

— Oi, Quinta. Está me ouvindo?

Uma voz desconhecida desperta minha consciência. O som me puxa como se eu estivesse em meio ao nevoeiro. Uma dor intensa martela minha cabeça por trás dos olhos, e sei que, quando eu os abrir, vai ficar dez vezes pior. Passo a língua pelo céu da boca e acordo em uma sala iluminada — não uma iluminação natural, pois escuto o zumbido de lâmpadas fluorescentes no teto.

Uma mulher se inclina sobre mim, e registro o uniforme azul e o estetoscópio, que está pendurado como uma joia em seu pescoço.

— Até que enfim — diz ela, animada. Talvez até animada demais. — Você vai ficar com dor de cabeça. Já te demos uma coisinha pra isso. Daqui a pouco melhora.

Deixo minha cabeça pender para a direita, e vejo um suporte para soro, como uma sentinela, ao lado da cama. Estou morrendo de sede.

— Você estava bem desidratada — diz ela. — Estamos dando um jeito em você. Quer água?

Faço que sim e sinto uma onda de dor se instalar em minha cabeça, o que faz com que eu me encolha.

— Tenta não se mexer muito. — Ela desaparece e volta com um largo copo de plástico de cor não identificável e um canudo dentro. A água tem gosto de plástico, mas está gelada, então fecho os olhos para beber tudo.

— Em que hospital estou? Cadê meu marido?

Ouço o barulho de seus sapatos no chão quando ela atravessa o quarto, o som é familiar e tranquilizador. Anos antes, uma paciente me contou que o som do sapato de uma enfermeira no chão do hospital a fez ter um ataque de pânico. *É porque a gente sabe que elas estão vindo injetar mais alguma merda no nosso braço ou trazer uma notícia ruim*, dissera ela.

— Você está no Queen County. Não vi seu marido, mas o horário de visitas já acabou, e tenho certeza de que ele vai voltar amanhã.

Queen County! Tento me sentar na cama, mas solto um ganido quando sinto uma dor tomar minha cabeça inteira.

— Calma aí — diz ela, correndo até mim. — Você teve uma concussão. Nada muito sério, mas...

— Por que eu estou no Queen County? Cadê o médico? Preciso falar com ele.

Ela pega meu prontuário e me olha com desaprovação por cima da prancheta. Suas sobrancelhas são como duas lagartas cor de areia — elas bem que precisavam de uma pinça. Não sei por que estou sendo tão grossa, afinal, é ela quem tem as respostas, não eu.

— Aqui diz que você chegou de ambulância. Isso é tudo o que eu posso dizer até você falar com seu médico. — Ela fecha o prontuário com um ar de que terminou, e sei que não vai adiantar nada ficar importunando-a. Conheço bem esse tipinho; ela está fazendo a linha enfermeira malvadona. Temos umas três ou quatro dessas lá no hospital em que trabalho. Elas sempre são designadas para os pacientes mais difíceis, é meio que uma bênção para o restante de nós.

Momentaneamente derrotada, permito que minhas costas se recostem no travesseiro fino do hospital e fecho os olhos com força. O que aconteceu exatamente? Por que não me levaram para o Seattle General? Meus amigos e colegas trabalham lá. Eu receberia o melhor tratamento do mundo. O Queen County tem fama de atrair um tipo de público mais barra-pesada. Eu sei disso porque essa não é minha primeira vez aqui. O Queen County é aquele tio criminoso que só vemos nas festas de fim de ano: sujo, decadente e com péssima fama. É aquele tipo de casa que tem latas de refrigerante e garrafas de cerveja espalhadas pelo quintal como ervas daninhas, com um carrinho de supermercado abandonado na esquina. É um lugar onde os sonhos nunca têm solo fértil para crescer, onde tudo se perde nas rachaduras.

Tenho uma lembrança: uma cadeira de rodas, sangue — muito sangue — e o rosto tenso do meu marido inclinado sobre mim, me garantindo que tudo ficaria bem. Na hora, eu meio que tinha acreditado nele porque é isso o que o amor faz. Traz uma sensação de bem-estar, de que as coisas ruins vão evaporar sob a força de duas pessoas que se adoram. Mas não tinha ficado tudo bem, e me sinto muito mais solitária no meu casamento do que quando estive aqui naquela primeira vez.

Faço uma careta por causa da lembrança. De repente, percebo que estou com frio, então puxo os lençóis até o pescoço e me viro de lado, tentando ficar bem paradinha. Sinto minha cabeça sensível, como se o menor movimento pudesse gerar uma explosão insuportável de dor. Quero ver Seth. Quero minha mãe. Quero que alguém me diga que vai ficar tudo bem, mesmo que isso não seja verdade. Por que ele me deixaria aqui sozinha sem um bilhete, sem nenhuma explicação?

Abro os olhos rapidamente e, com muito cuidado, olho em volta, à procura da minha bolsa ou do meu celular. Não, a enfermeira disse que cheguei de ambulância; meu celular deve ter ficado em casa. Tenho uma leve recordação da minha bolsa perto da porta, no hall de entrada. De repente, me sinto muito cansada. *As medicações*, penso comigo mesma. Eles me deram alguma coisa para a dor, e vou apagar. Deixo meus olhos se fecharem e sou levada como uma folha boiando na água.

Quando acordo, há outra enfermeira no quarto. Ela está virada para o outro lado, e uma trança apertada pende no meio de suas costas, quase até a cintura. Ela é nova, chuto que deve ter saído da faculdade de enfermagem há menos de um ano. Sentindo meu olhar, ela se vira e nota que estou acordada.

— Olha quem acordou. — Com movimentos delicados como os de um gato, ela projeta os ombros para a frente conforme anda. Ela olha para o monitor enquanto eu a observo, ainda desorientada demais para falar. — Eu me chamo Sarah — diz ela. — Você dormiu por um tempinho. Como está se sentindo?

— Melhor — resmungo. — Grogue. Tive uma concussão? — Minha garganta dói. Dou uma olhada para a jarra de plástico à minha direita. Quando vê meu olhar ansioso, ela me serve um copo de água fresca e eu lhe agradeço com os olhos. Já gosto mais dela do que daquela enfermeira insuportável de ontem.

— Deixa eu chamar o médico pra vir falar com você agora que está acordada.

— Seth...? — pergunto enquanto ela se dirige até a porta.

— Você estava dormindo quando ele apareceu aqui. Mas tenho certeza de que logo, logo ele volta...

Meus lábios soltam o canudo, e um fiapo de água escorre pelo meu queixo. Limpo a água com as costas da mão.

— Que dia é hoje?

— Sexta-feira. — Depois, com uma risada quase que envergonhada, ela continua: — Finalmente.

Eu me seguro para não revirar os olhos — na verdade, acho que *nem consigo* revirar os olhos. A sensação é de que estou debaixo de água, de que meu corpo se mexe como um filete de alga sendo arrastado no fundo do mar.

— Sarah? — chamo. Metade do corpo dela já passou pela porta, ela quase conseguiu escapar, mas vira a cabeça para mim. — Que medicação me deram? — É impressão minha ou minha voz está saindo arrastada?

Ela pisca, e dá para perceber que não quer responder antes que o médico fale comigo.

— Haldol.

Faço um esforço danado para me sentar e sinto a agulha se enfiando em meu braço enquanto jogo os lençóis para longe. *Haldol, Haldol, Haldol!* Meu cérebro está aos gritos. Cadê Seth? O que aconteceu? Tento me lembrar das coisas que me trouxeram até aqui, mas não consigo. É como tentar atravessar uma parede de tijolos.

Com o rosto enrugado de preocupação, Sarah volta correndo para o quarto. Sou a paciente para a qual ela recebeu treinamento — *faça com que ela se acalme, peça ajuda.* Vejo-a olhar para trás, tentando ver se encontra alguém no corredor. Não quero que ela faça isso; vão me encher de remédios até que eu não me lembre nem do meu nome. Eu me acalmo, relaxo as mãos e minha expressão se suaviza. Sarah parece acreditar em meu teatro, porque para de correr e se aproxima da cama como alguém se aproximaria de um escorpião vivo.

— Por que me deram Haldol? — Já usei essa medicação uma vez. É um antipsicótico que os médicos só usam em casos extremos de comportamento violento.

O rosto de Sarah está pálido, ela está franzindo os lábios, tentando pensar em uma resposta. Coitada, vai pegar o jeito em um ano, por aí. É função dela me contar quais remédios estão me dando, mas ela não é obrigada a me dizer o porquê. Quero me aproveitar de sua falta de experiência antes que alguém com mais conhecimento chegue, mas então o médico entra, com o semblante fechado, severo e inflexível. Sarah sai apressada do quarto, e ele me fuzila com os olhos, alto e curvado — aquele tipo que pode provocar medo em quem já viu muitos filmes de terror.

— Haldol? — pergunto mais uma vez. — Por quê?

— Oi pra você também, Quinta — diz ele. — Espero que esteja à vontade.

Se à vontade quer dizer drogada, então, sim, com certeza estou. Eu o encaro, me recuso a entrar nesse jogo. Morrendo de medo, sinto meu estômago embrulhar e meu cérebro lutar para assumir o controle, lutando contra o remédio. Quero Seth aqui. Estou desesperada por sua confiança inabalável e, ao mesmo tempo, com nojo dele. Por quê? Por que não consigo me lembrar?

— Sou o dr. Steinbridge. Acompanhei seu caso na última vez em que você esteve aqui conosco.

— Na última vez em que Seth me trancafiou no hospício? — Minha voz está áspera. Ergo a mão para tocar minha garganta, mas mudo de ideia e, em vez disso, deixo-a cair no lençol.

— Você se lembra das circunstâncias que te trouxeram até aqui, Quinta?

Odeio ele não parar de dizer meu nome. Começo a ranger os dentes e sinto a humilhação penetrar meus ossos. Não me lembro, e admitir isso vai me fazer parecer louca.

— Não — digo, sem rodeios. — Lamento dizer que as lembranças desapareceram, assim como meu marido.

O dr. Steinbridge não dá nenhum indício de que ouviu minha piadinha. Com suas pernas longas e desengonçadas, ele se aproxima da cama, e a impressão é de que seus ossos podem se quebrar a qualquer momento e levá-lo direto ao chão.

Também não acho que, se eu perguntasse diretamente onde Seth está, ele me responderia. Esses médicos são assim, escolhem as perguntas que vão responder e normalmente devolvem as perguntas para você. É curioso eu já ter falado com tantos psiquiatras a ponto de saber como eles são.

— Vou te fazer algumas perguntas, só para vermos se dá pra descartar a concussão — diz ele. — Sabe me dizer seu nome?

— Quinta Ellington — respondo, sem dificuldade. *A segunda esposa de Seth Arnold Ellington.*

— E quantos anos você tem, Quinta? — pergunta o médico.

— Vinte e oito.

— Quem é o presidente?

Faço uma careta.

— Trump.

Ele dá uma risadinha dessa vez, o que me tranquiliza.

— Certo, muito bem, muito bem. Você está indo bem.

Ele está falando comigo como se eu fosse uma criança ou tivesse o raciocínio lento. Estou irritada, mas tento não deixar isso transparecer. Sei bem como hospitais lidam com pacientes que não cooperam.

— Enjoo? — continua ele.

Faço que não.

— Não, nada.

Ele parece satisfeito com minha resposta porque assinala alguma coisa na prancheta.

— Por que não me lembro de quando vim pra cá? — pergunto. — Ou do que aconteceu antes disso?

— Pode ser por causa da pancada na sua cabeça, ou até estresse — responde ele. — Quando seu cérebro estiver pronto, vai acessar essas lembranças, mas, por enquanto, tudo o que você pode fazer é descansar e esperar.

— Mas você não pode me dizer o que aconteceu? — imploro. — Quem sabe isso me ajuda a lembrar de alguma coisa...

O doutor entrelaça os dedos e os para na altura da cintura enquanto olha para o teto. Ele parece um avô se preparando para recontar uma lembrança de muito tempo atrás para uma sala cheia de netinhos, e não um médico falando com uma mulher em uma cama de hospital.

— Na terça-feira à noite, você estava na cozinha. Lembra?

— Lembro — respondo. — Com Seth.

Ele consulta o prontuário.

— Isso, certo. Seth.

Mantenho o rosto inexpressivo enquanto espero que ele continue. Não vou cair na armadilha e apressá-lo, embora eu esteja louca para saber.

— Você o atacou. Lembra?

Lembro. A lembrança me vem à mente, como uma onda quebrando sobre minha cabeça. Eu me lembro de sentir raiva, de voar pela cozinha até ele. De querer arranhar Seth até fazê-lo sangrar. O motivo da minha raiva também volta e agarro os lençóis por conta da lembrança — primeiro foi Hannah, depois o jeito como ele negou tudo.

— Por que você o atacou? Você se lembra?

— Lembro. Ele bateu na outra esposa dele. Eu o confrontei por causa disso, e a gente brigou.

O doutor inclina a cabeça para o lado.

— Outra esposa?

— Meu marido é poligâmico. Ele tem três esposas.

Espero que o médico tenha alguma reação, que fique chocado, mas, em vez disso, ele anota algo em seu caderninho e depois olha para mim com expectativa.

— Você o viu bater na esposa?

— Uma das esposas — corrijo-o, frustrada. — E não, mas vi os hematomas no braço e no rosto dela.

— E ela te contou que Seth bateu nela?

Hesito.

— Não...

— E vocês vivem todos juntos, vocês e essas outras esposas?

— Não. A gente nem sabe o nome uma da outra. Ou não deveríamos saber.

O médico abaixa a caneta e olha para mim por cima dos óculos.

— Então vocês são poligâmicos, mas seu marido...

— Seth — digo.

— Isso, Seth, tem esses relacionamentos com essas duas outras mulheres cujos nomes você não sabe.

— Agora eu sei o nome delas — digo. — Eu... as encontrei.

— E você o confrontou por causa desses outros relacionamentos?

— Confrontei! — Deixo minha cabeça pender para trás. Meu Deus, essa história está ficando muito atrapalhada. — Eu sei da existência delas. Eu o confrontei sobre os hematomas no braço... da Segunda. — Parece que estou vazia por dentro, e sinto um alarme soar em meu peito e se acomodar, pesado, em meu estômago. Tento manter a compostura; perder o controle agora só me faria parecer mais louca do que já pareço.

O dr. Steinbridge pega a caneta e escreve algo em meu prontuário. A caneta arranha o papel com movimentos curtos e rápidos. O som desencadeia um eco de memórias, lembranças que fazem meu corpo inteiro estremecer com uma agonia emocional. Imagino que tenha escrito algo como *delirante.* Talvez sublinhado duas ou três vezes. Que legal! Estou aqui sendo chamada de delirante e foi Seth quem achou que daria conta de três casamentos ao mesmo tempo.

Decido confiar em meus instintos. Eu me ergo, olho o dr. Stein-sei-lá-o-quê bem naqueles olhinhos redondos e digo:

— Eu posso provar. Se você me trouxer um celular e me deixar fazer uma ligação, posso provar tudo.

A enfermeira Sarah reaparece no quarto com uma bandeja de comida nas mãos. Com os olhos de gata brilhando de interesse, ela olha para o médico e depois para mim.

— Dr. Steinbridge — diz ela, com uma voz leve e amigável. — Quinta tem uma visita.

DEZENOVE

Com calma, Seth entra como se estivesse saindo para tomar um brunch no domingo, e não indo visitar sua esposa na ala psiquiátrica. Ele está usando uma camisa social, um cardigã e uma calça jeans cinza rasgada. Não reconheço as roupas; deve ser algo que ele mantém na casa de alguma *delas*.

Percebo que ele cortou o cabelo há pouco tempo e me esforço para lembrar se ele já estava assim naquele dia, quando me surpreendeu em nosso apartamento. Não seria incrível? A esposa na ala psiquiátrica, e ele indo cortar o cabelo? Quem estou querendo enganar? Ele tem outras duas esposas — a vida não pode parar quando uma delas tem uma recaída.

Com uma aparência serena e de quem dormiu bem, ele dá um sorriso e vem até mim para beijar minha testa. Quase viro o rosto, mas acho melhor não. Se quero sair daqui, vou ter de bancar a boazinha. Seth é minha chance de liberdade.

O lugar onde ele me beijou arde. É culpa dele eu estar aqui, é culpa dele ninguém acreditar em mim. Não era para ele ficar do meu lado e tentar me manter longe de lugares assim? É então que me lembro da mentira que ele contou, da forma como negou enquanto eu o encarava na cozinha. Ele havia tentado me fazer acreditar que eu tinha inventado Hannah. Alarmada, olho para seu rosto, pensando se devo esperar para confrontá--lo quando estivermos sozinhos ou se devo falar agora. Olho para o dr. Steinbridge, que nos observa. Todo mundo observa o tempo todo neste lugar, com olhos de águia, só esperando algum deslize que entregue seu estado mental.

— Talvez você possa esclarecer uma coisa pra gente — sugere o médico, olhando para Seth. *Isso!*, penso, me acomodando na cama. Finalmente. Direcione a atenção a ele e faça-o responder. Meu marido assente, com o cenho franzido, como se estivesse desesperado para ajudar.

— Quinta mencionou que você tem... — Parecendo estar envergonhado com a situação, o dr. Steinbridge olha para mim. — Outras esposas... — Ele para a frase no meio, e Sarah congela enquanto escreve alguma coisa na lousa branca. Por cima do ombro, ela olha para mim e depois, constrangida por ser pega no flagra, volta ao trabalho.

— Receio que isso não seja verdade — diz Seth.

— Não? — O dr. Steinbridge olha para mim. Seu tom de voz é suave. É como se eles estivessem conversando sobre o tempo.

— Me divorciei da minha primeira esposa há três anos — continua Seth, parecendo envergonhado.

— Mas eles ainda estão juntos — digo.

— Nós nos divorciamos — diz Seth, com firmeza. O médico assente. — Eu a deixei para ficar com Quinta...

Desacreditada, balanço a cabeça. Não é possível.

— Que mentira deslavada, Seth! Você não pode inventar o que bem entende. Conte a verdade. Você é poligâmico!

— Sou casado com uma mulher apenas, Quinta — diz Seth. Seu rosto expressa sinceridade, é bem convincente. Hesito, porque a performance dele é tão boa que fico temporariamente sem palavras.

— Tá bem, então — digo. — Mas com quantas mulheres você mantém relações sexuais?

— Quinta afirma que você tem outras duas esposas a quem você se refere como Segunda e Terça — diz o médico.

Ele fica vermelho com o olhar do doutor. Assisto à cena com avidez. Ele não vai conseguir sair dessa de jeito nenhum.

— É uma brincadeira nossa.

— Uma brincadeira? — repete o dr. Steinbridge. Fico boquiaberta. Estou tremendo.

— É. — Ele olha para mim, à procura de apoio, mas viro o rosto. Não sei por que ele está mentindo. Ele não é legalmente casado com as outras, então nem seria preso por bigamia. Tudo entre nós foi consensual. Fazer parecer que eu inventei tudo, isso é a garantia de que não vão me deixar sair deste lugar; pelo menos não sem muita terapia e medicação. — É uma coisa que Quinta e eu fazemos para tentar amenizar todo o tempo que eu passo longe de casa. Eu sempre vinha pra casa às quintas-feiras, então comecei a chamá-la de Quinta, e a gente diz que tem a Segunda e a Terça também. — Ele olha para mim, nervoso. — Eu não sabia que ela tinha ido tão longe com essa história, mas levando em conta que...

— O quê? Levando em conta o quê? — pergunto, irritada. Sou tomada pela raiva. Não acredito que ele vai trazer *isso* à tona. De repente, estou fervendo de calor, mesmo sabendo que esses quartos estão sempre gelados. Sinto a necessidade de jogar os lençóis para longe e me recostar na janela para que o ar gelado possa me atingir.

— Quinta, você tem um histórico de delírios — interrompe o médico. — Às vezes, quando um trauma... — A voz continua, mas eu bloqueio o som. Não quero ouvir. Sei o que aconteceu, mas não é o que está rolando dessa vez.

Os olhos de Seth estão suplicando; ele quer que eu colabore com sua versão, qualquer que ela seja. Minha dor de cabeça piora do nada, e sinto que preciso ficar sozinha para pensar em tudo isso.

— Saiam — digo aos dois e, quando percebo que não foi o suficiente, grito: — Todo mundo pra fora!

Uma nova enfermeira chega pelo corredor e olha para o dr. Steinbridge, à espera de instruções.

Olho diretamente para ele, ignorando Seth.

— Não preciso ser sedada. Não represento perigo nem pra mim nem pra ninguém. Preciso ficar sozinha.

O médico pensa por um instante, tentando se decidir sobre minhas capacidades mentais. Depois, assente.

— Está bem. Volto mais tarde para ver como você está e depois conversamos mais. — Ele olha para Seth, que parece prestes a desmaiar. — À tarde também tem horário de visita, você pode voltar e ver se ela quer conversar — sugere ele. — Quero falar com você na minha sala.

Percebo a tensão se acumulando nos ombros dele; Seth perdeu o controle da situação, e ele não gosta de perder o controle; não está acostumado com ninguém fazendo o que quer. Como não percebi isso antes? Por que só estou enxergando isso agora?

Seth olha para mim antes de assentir.

— Certo. Volto mais tarde. — Ele anuncia para o quarto, não para mim. E não olha para mim de novo antes de sair, bravo, pela porta.

Quando todos saem, respiro fundo, solto um suspiro trêmulo e me deito de lado olhando para fora através das pequenas janelas. O céu está cinza-escuro, uma chuva fina cai como se fossem lágrimas. Daqui de onde estou, dá para ver só a copa de algumas árvores. Penso na janela do nosso — do *meu* — apartamento, a que tem vista para o parque, e me lembro de quanto briguei por aquela unidade, já que Seth queria a outra, que tinha vista para o Sound. Eu precisava daquela visão da vida de estranhos, era um escape da minha vida.

Caio no sono e acordo com Sarah trazendo meu almoço — ou será que é o jantar? Nem sei que horas são. Assim que sinto o cheiro da comida, meu corpo se lembra de que está com fome. Nem ligo que o bolo de carne esteja com uma cor estranha nem que o purê de batata seja industrializado. Enfio tudo na boca em uma velocidade alarmante. Quando termino, me recosto nos travesseiros com dor de estômago. Estou de olhos fechados e quase dormindo de novo quando ouço a voz de Seth. Penso em não abrir os olhos, fingir que adormeci, na esperança de que ele vá embora.

— Sei que você está acordada, Quinta — diz ele. — Preciso falar com você.

— Fala, então — digo, sem abrir os olhos. Ouço o farfalhar de um saco de papel e o cheiro de comida chega ao meu nariz. Quando abro os olhos, Seth dispôs cinco embalagens entre nós. Apesar de a refeição do hospital pesar no meu estômago, fico com água na boca.

— Sua comida favorita — diz, com um sorrisinho de canto de boca. É seu sorriso mais charmoso, o que ele usou comigo na cafeteria aquele dia. Ele olha para mim, com a cabeça ainda abaixada, e, por um instante, parece um garotinho; vulnerável e fazendo de tudo para agradar.

— Já comi o bolo de carne delicioso do hospital — digo, olhando para o risoto de cogumelo.

Seth dá de ombros, e seu sorriso fica meio envergonhado. Quase sinto pena, mas então me lembro de onde estou e por que vim parar aqui.

— Seth... — Olho para ele, e ele sustenta meu olhar. Nenhum de nós dois sabe bem o que fazer um com o outro, mas estamos preparados para o desgaste emocional. Dá para ver nos olhos dele. — Por que você não fala a verdade? — pergunto, por fim. Este é o ponto, não é? Se ele contasse a verdade, eu poderia sair daqui.

Só que, se ele falar a verdade, as coisas talvez... nunca voltem ao normal. É então que entendo o olhar frio em seus olhos. Tudo faz sentido. Eu não sei apenas quem Hannah é, eu sei que ele partiu para a agressão física com ela — bateu nela —, e nada entre nós vai continuar do mesmo jeito. Em um primeiro momento, minha esperança era de que ele quisesse ficar comigo, só comigo. Mas isso nunca vai acontecer, e, a essa altura, já nem quero mais que aconteça. Eu não sei quem meu marido é de verdade. Não sei de nada. E o que ele diz em seguida não é o que eu esperava.

— A verdade é que você está muito doente, Quinta. Você precisa de ajuda. Tentei fingir que não estava acontecendo nada, entrei na brincadeira... — Ele se levanta, e as embalagens balançam na cama.

Estou com tanta raiva que a vontade é de jogá-las nele. Seth vai até a janela, olha a vista e depois se vira para mim. Sua expressão mudou de um instante para outro; há uma determinação implacável em seu rosto, como se ele tivesse algo terrível para me contar.

— Você mudou — diz ele devagar, com cuidado. — Depois do bebê...

— Não — digo, rápido. — Não venha meter o bebê nessa história.

— Você não quer falar sobre isso, e precisamos conversar. Não dá pra simplesmente ignorar algo assim — diz ele. Nunca vi Seth tão determinado. As mãos dele estão fechadas em punhos ao lado do corpo, e minha mente me transporta para a noite de ontem, na cozinha. Ele parece tão bravo quanto naquele dia, mas triste também.

Ele está certo. Sempre me recusei a falar sobre o que aconteceu. Era doloroso demais. Eu não queria reviver aqueles sentimentos, falar sobre tudo de novo e de novo no consultório de algum psiquiatra. Minha dor ainda vive, uma doença que ainda cresce e inflama sob a superfície da minha calma. É pessoal. Não quero mostrá-la para mais ninguém. Eu a alimento sozinha, mantenho-a viva. Porque, enquanto a dor ainda existir, a memória do meu filho também existe. Elas precisam coexistir.

— Quinta! — diz ele. — Quinta, está me ouvindo?

O cheiro — e até mesmo a visão — da comida me deixa enjoada. Começo a empurrar as embalagens de cima da cama, uma por uma.

As pancadas molhadas dos potes caindo no chão desviam a atenção de Seth. Ele vem correndo até a cama, que está a apenas cinco passos de distância dele, e agarra meus pulsos antes que eu chegue à sopa de ervilha. Ergo o joelho sob o lençol e tento empurrá-la. Essa é a que eu mais queria derrubar, queria ver seu conteúdo se esparramar como lama no piso de ladrilho do hospital.

— Nosso bebê morreu, Quinta. Não foi culpa sua. Não foi culpa de ninguém!

Eu me contorço, me jogo de costas nos travesseiros e depois me ergo novamente. Meus pulsos doem no lugar onde Seth os segura, e mostro os dentes para ele. O que Seth disse não é verdade, e nós dois sabemos disso. Não é verdade.

— Você precisa parar com isso — implora ele. — Parar com essas mentiras que você conta para si mesma. Não vão te deixar sair daqui até você contar a verdade...

Um alarme soa, tão alto que chega a doer os ouvidos. Será que foi por causa do que fiz? Com sua trança voando comicamente atrás do corpo, Sarah entra às pressas no quarto. Há um homem e uma mulher com ela. A visão é um flash de uniformes azuis e rostos determinados.

Percebo que o alarme está vindo daqui, neste quarto. Seth deve tê-lo acionado. Mas não... Não é um alarme... Sou eu. Estou berrando. Sinto minha garganta queimar conforme o grito ecoa e sai pela minha boca.

Uma das enfermeiras escorrega e cai com tudo na bagunça de comida derramada no chão. O enfermeiro a ajuda a se levantar, e, em seguida, já estão em cima de mim, tirando Seth do caminho para que consigam me imobilizar. Ele se afasta, vai até uma das paredes e observa.

Espero ver seus olhos arregalados de medo ou seu rosto contorcido de preocupação, mas ele parece em paz. Sinto algo gelado percorrer minhas veias, e meus olhos se reviram. Eu os forço a permanecer abertos, quero ver Seth. Ele fica meio embaçado por um instante, mas ainda está lá, observando. A medicação fecha minhas pálpebras e me deixa fraca. Que cara foi aquela que ele fez? O que significou aquela expressão?

VINTE

Quando recobro a consciência, sinto frio. Não me lembro de onde estou, e leva alguns minutos até que os acontecimentos dos últimos dias se rearranjem em minha mente. São memórias amargas e desconfortáveis. O cheiro de antisséptico preenche minhas narinas, e tenho de me esforçar para afastar os lençóis e me sentar na cama.

Um hospital... Seth... Comida no chão.

Passo a mão na testa, que lateja de um jeito dolorido, e dou uma olhada ao lado da cama; não há nenhum sinal da colagem colorida que deixei para trás antes de me doparem. Por que fiz aquilo? É burrice me perguntar isso porque sei a resposta. *Porque Seth acha que guerras de comida são idiotas e um desperdício.* Não joguei nada nele, mas tacar tudo no chão parecera dizer muito, uma demonstração infantil da minha raiva.

Seth seco, um tanto severo e agindo com praticidade — não era assim que eu o descreveria há algumas semanas. O que mudou?

Hannah! Esse nome me atinge com mais força do que as outras lembranças. Afinal, faz quantos dias que não ouço falar dela? Três... quatro? Eu me lembro do rosto de Seth antes de os remédios me apagarem... Não deu para entender aquela expressão, era uma mistura de coisas que eu nunca tinha visto nele. Que legal, não é mesmo? Estar casada com um homem há anos e vê-lo se expressar de um jeito que você nunca viu antes.

Preciso entrar em contato com Hannah, me certificar de que ela está bem. Só que, sem meu celular, não tenho acesso ao número. E se Seth já mexeu no meu celular e apagou todas as mensagens que trocamos? Será que ele sabe minha senha? Não é tão difícil assim de adivinhar... a data do parto do nosso bebê morto.

Outro enfermeiro chega, dessa vez um homem mais velho de cabeça rapada, com sobrancelhas brancas e o rosto parecido com o de um buldogue. Eu me encolho na cama. Ele tem os ombros largos demais, e sei bem que não vai engolir meu papinho. Eu estava esperando alguém mais novo e inexperiente, como Sarah, alguém que eu pudesse convencer a me ajudar.

— Olá — diz ele. — Meu nome é Phil.

Quando o turno dele começou? Quando vai terminar?

— Falei com o seu médico. Pelo visto, está tudo bem com a sua cabeça... — Ele bate na própria cabeça com os nós dos dedos enquanto folheia meu prontuário, e acho graça do gesto. Ele é um homem das cavernas em um uniforme de enfermeiro. — Vão transferir você para a ala psiquiátrica.

— Por quê? Se eu estou bem, por que não me dão alta?

— O médico não falou com você sobre isso? — Phil coça o mamilo esquerdo e vira outra página.

Balanço a cabeça.

— Ele vai chegar daqui a pouco, e aí conversa direitinho com você.

— Ótimo — digo, curta e grossa. Estou emburrada. Não gosto de Phil. Está na cara que é um ex-militar e acha que tudo deve ser feito de um jeito específico: com disciplina e ordem. Quero enfermeiros jovens e fáceis de manipular, como Sarah, que sentiriam pena de mim.

Antes que Phil saia, pergunto se posso fazer uma ligação.

— Para quem?

— Meu marido — digo, com doçura. — Ele está trabalhando em Portland, e quero saber como ele está.

— Não tem nenhum marido aqui na sua ficha — diz Phil.

— Está me chamando de mentirosa?

Phil me ignora.

— Por que não deixamos que ele venha ver como você está? Afinal de contas, é você que está no hospital.

Eu o encaro enquanto ele sai do quarto. Eu gostava de caras como Phil — sempre seguravam a barra quando pacientes insuportáveis resolviam bancar o policial ruim, poupando as enfermeiras —, mas é horrível ter um Phil na sua cola. Vou esperar pela próxima pessoa da enfermagem e ver se ela me agrada mais.

O dr. Steinbridge me diz que está tudo bem com minha cabeça, não há nada inchado nem machucado.

— Tudo ótimo, tudo ótimo — diz ele enquanto bate com o dedo dobrado no meu prontuário. Os nós de seus dedos têm aparência empoeirada devido aos pelos brancos. — Vamos transferir você para a ala psiquiátrica, onde será avaliada. Vamos estudar uma nova medicação também.

— Peraí — digo. — Não preciso ir para a ala psiquiátrica. Eu estou bem. Só caí e bati a cabeça.

Ele comprime os lábios como se estivesse decepcionado comigo.

— Você anda tendo delírios extremos, Quinta. Surtos violentos. Não se preocupe. — Ele tenta me tranquilizar. — Vamos te ajudar a ficar bem. Todos nós queremos a mesma coisa.

Duvido muito. Seth me quer aqui. Quero gritar, xingá-lo... forçá-lo a encarar a verdade, mas sei que, caso faça isso, vou apenas confirmar o que ele está pensando... confirmar o que Seth disse. Não estou louca. *Você não está*, digo a mim mesma. *Mesmo quando você sentir que está, lembre-se de que não está.*

Uma hora depois, uma enfermeira empurra uma cadeira de rodas para o quarto e aciona os freios.

— Vim ajudar na sua transferência — diz ela.

— Meu marido...? — Odeio o tom choroso em minha voz, odeio precisar perguntar onde meu marido está por não saber a resposta.

Ela dá de ombros.

— Só vim ajudar a te transferir. É tudo o que eu sei.

Eu me sinto tonta quando caminho até a cadeira. A parte detrás das minhas pernas atinge o couro macio, e, aliviada, me afundo no assento. Não é por causa da pancada na cabeça que estou assim, são os remédios. Mal consigo pensar com clareza. Não me lembro da ida de cadeira de rodas até o oitavo andar nem de me deitar na cama do quarto pequeno. Designam uma enfermeira para mim, mas não tenho nenhuma lembrança de ela vindo me ver. Nada parece real. Passo a questionar minha existência, a questionar a existência de Hannah... Será que inventei tudo na minha cabeça, como falaram? Quero falar com Seth, quero que minha cabeça se livre dessa névoa, mas continuam enfiando comprimidos na minha goela.

Passo os próximos sete dias com a mente brumosa. Nada parece real, e os remédios fazem com que eu me sinta desconectada do meu corpo, como um balão de hélio perambulando pelo quarto, indo a lugar algum. Participo de um grupo, faço as refeições no refeitório e encontro o dr. Steinbridge para terapia. Perdi tanto peso que não me reconheço quando olho para o espelho. Minha mandíbula está marcada e há sulcos sobre minha clavícula, depressões profundas que outrora eram preenchidas por gordura. Como alguém pode chegar a esse estado em uma semana? Fico pensando nisso, mas não sei se me importo. Está tudo reprimido, até o que sinto em relação a mim mesma.

Depois de alguns dias, paro de perguntar sobre Seth; só de pensar nele me sinto desesperada e louca. Os enfermeiros me olham com pena. Tenho uma vaga sensação de que não gosto quando me olham assim. Eles provavelmente acham que nem existe um Seth. E talvez não exista mesmo. E ele que vá para a puta que o pariu por me colocar nessa situação e me fazer questionar a mim mesma.

No nono dia, minha mãe vem me ver. A visita acontece nas áreas comuns, onde todos nós, os loucos, esperamos ansiosamente por nosso povo. Com cabelos ensebados e rostos pálidos e marcados por dormir demais ou de menos, ficamos sentados em sofás cor de mostarda ou às mesas cinzentas com cadeiras dobráveis. Há plantas em vasos e quadros nas paredes para tentar dar ao ambiente um ar de normalidade. Já estudei cada quadro e as placas ao lado deles que falam sobre os artistas da região que os pintaram, os desenharam ou os fotografaram. Seattle gosta de valorizar o que é daqui; artistas locais para acalmar os doentes locais.

Encontro um sofá desocupado perto das máquinas que vendem comida. Não podemos consumir cafeína nem açúcar demais. As máquinas são estocadas com água vitaminada e maçãs machucadas. Eu me sento com as mãos no colo e fico encarando o chão. Minha mãe não me reconhece de primeira quando entra. Os olhos dela passam direto pelo meu rosto e depois voltam, como se estivessem em uma corda elástica.

Vejo-a articular meu nome com os lábios antes de apertar a bolsa que pende ao lado do corpo e se apressar até mim. Eu me levanto quando ela chega perto. Não tenho certeza se minha mãe quer me abraçar ou se está muito decepcionada. Na primeira vez em que fui parar numa ala psiquiátrica, ela se recusou a me visitar, alegando que era difícil demais me ver daquele jeito. Difícil demais para *ela*. Agora, ela se senta no sofá sem desgrudar os olhos do meu rosto.

— Seu pai... — começa a dizer.

— Tá, eu sei, mãe. Não tem problema.

Olhamos uma para a outra como se fosse a primeira vez que nos víssemos de verdade. Meu pai nunca viria a um lugar como este. Ver uma de suas filhas trancada numa ala psiquiátrica significaria que ele havia falhado, e meu pai gosta de manter a ilusão de perfeição. Quanto à minha mãe, sou sua prole louca e desequilibrada — ela me pariu e não sabe nada sobre quem eu sou ou da vida que levo. Nem faz questão de saber. Estamos as duas pensando a mesma coisa. Puxo as mangas do suéter que cobrem minhas mãos enquanto encaro sua testa cheia de Botox. Ela não quer admitir que está velha, assim como não quer admitir que sua filha é uma fodida.

— Não estou aqui porque sou louca — digo.

Ela imediatamente abre a boca para dizer que nunca cogitou isso. Óbvio, é seu papel de mãe.

— E não estou doente. Não estou tendo nenhum surto psicótico porque perdi meu bebê há um ano. — Corto todos os caminhos que a mente dela possa estar tomando, todas as desculpas que está tentando inventar para justificar o fato de eu estar aqui.

Ela fecha os olhos e me encara. Eu me sinto uma criança quando meu lábio inferior treme. Ela não vai acreditar em nada do que eu disser. Seth já fez a cabeça dela.

— Mãe, Seth já tinha outra esposa quando eu o conheci. O nome dela é Regina Coele. Ela não queria ter filhos. Era eu quem devia dar um bebê a ele. Mas aí tive o... — Minha voz falha.

Minha mãe baixa a cabeça como se isso tudo fosse demais. Observo a ponta de seus cílios e a ponte de seu nariz enquanto ela encara os sapatos. Desse ângulo, ela parece uns dez ou vinte anos mais nova. Uma simples garota que baixou a cabeça porque sentiu raiva... frustração... desesperança? Nunca fui boa em reconhecer o que ela realmente está sentindo. Conheço todas suas marcas favoritas e sei suas opiniões sobre assuntos superficiais e fúteis, mas não sei o que ela realmente está sentindo. Não sei nem se ela mesma sabe.

— Regina é a *ex*-mulher de Seth. Sim, ele era casado com ela antes de você. E você tem razão, ela não queria ter filhos, e foi por isso que eles se separaram. — Minha mãe se inclina para a frente, e seus olhos expressam súplica.

O que ela disse é a verdade. Como posso argumentar contra isso? Regina é tecnicamente a ex-esposa dele. Ele se divorciou dela para se casar comigo, no fim das contas. Mas eles continuam juntos, ainda são um casal, mas sem rótulos.

— Mãe — digo. — Por favor, me escuta. Seth está tentando cobrir os rastros dele. Eles ainda estão juntos.

Ela esconde o rosto na palma das mãos. Quando foi que me tornei o tipo de mulher em que nem a própria mãe consegue confiar? *Quando comecei a mentir para mim mesma*, penso.

Quando ela levanta a cabeça, seus olhos estão marejados. Ela me lembra um cocker spaniel com esses olhos úmidos.

— Você tem uma obsessão doentia pelas ex-mulheres dele. Acontece, Quinta, que ele não está com elas. Ele está com você.

Seth está morrendo de preocupação. — Ela tenta pegar minha mão, mas eu me desvencilho dela. Não adianta vir tentar me agradar e falar comigo como se eu fosse uma criança. Ela deixa a mão cair, mole, no colo.

— Por que você acha que ele está sempre em Portland? Ele tem mais duas esposas. — Eu me levanto e começo a andar para lá e para cá.

— Ele trabalha em Portland — sibila ela. — Ele te ama, nós todos te amamos. Queremos que você fique bem.

— Eu estou bem — digo, curta e grossa. Paro e a encaro. — Por que ele não veio? Onde ele está? — É nessa hora que ela assume um tom evasivo, desvia o olhar e fica cruzando e descruzando as pernas. Ela não sabe o que dizer porque não sabe onde Seth está nem por que ele não veio.

— Em Portland... — diz ela. Parece mais uma pergunta do que uma afirmação. — Ele precisa trabalhar, Quinta. A vida continua.

— Não continua, não. Não quando estou no hospital. Ele tem outras esposas para atender às necessidades dele — digo. — Pra que visitar a maluca aqui no hospício?

Ela olha para mim, confusa por um instante, antes de se levantar. Nós nos encaramos, e dá para perceber como ela está decepcionada.

— Tenho que ir — diz ela. Quinze minutos. Ela durou quinze minutos na ala psiquiátrica. Eu a observo recuar em direção à porta, com o peso dos fracassos da filha nos ombros. Pelo menos, dessa vez, ela veio.

VINTE E UM

Estou sozinha. Percebo que sempre foi assim, minha vida inteira, e qualquer coisa que minha mente tenha inventado para me convencer do contrário é mentira. Uma mentira cômoda da qual eu precisava. Meus pais estavam ocupados com minha irmã, Torrence, que estava sempre se metendo em confusão na escola ou com os amigos. Fui a filha boazinha; sempre me virei sozinha porque eles não tinham tempo. Eu sabia as regras, os limites morais que eles tinham construído ao meu redor: nada de beber, nada de transar antes do casamento, nada de drogas, nada de sair escondido e só notas altas. Era fácil seguir o que esperavam; eu não era a rebelde da família. Minha irmã, por sua vez, fazia tudo isso. Meu pai ficou grisalho nas têmporas, minha mãe começou a colocar Botox e eu tentava ao máximo ser perfeita para que os dois tivessem uma filha a menos com quem se preocupar. Então, quando Torrence sossegou e se casou com o homem perfeito, eles ficaram tão aliviados que haviam lhe dado uma atenção diferenciada. Ela andou três anos na linha, e eles se esqueceram da década que minha irmã roubava o dinheiro deles para encher o nariz de cocaína e dava para todos os traficantes da cidade. Talvez passar por isso tenha me enlouquecido. Talvez a falta de atenção por parte dos meus pais tenha me levado a Seth, meu desespero por ser aceita pode ter me prendido em um relacionamento que qualquer pessoa normal acharia bizarro.

Cutuco minha gelatina. O pessoal daqui ama servir gelatina; afinal, é uma sobremesa colorida e instável como nossa mente. A de hoje é alaranjada, e a de ontem foi verde. É como se estivessem tentando fazer os pacientes se lembrar de que são fracos e instáveis. Eu como a gelatina.

Tenho de sair desta porra de lugar. Tenho de encontrar Hannah, preciso ter certeza de que ela está bem. Nos momentos em que antes eu dormia, agora permaneço acordada. Vi o dr. Steinbridge hoje. Percebi que é ele quem me mantém aqui — não as portas elétricas com acesso via cartão nem as enfermeiras corpulentas que brigam conosco como se fôssemos criancinhas malcriadas. *Se acalme, querida, senão vamos trancar você na solitária.*

É o dr. Steinbridge que tem o poder de dizer que estou bem; ele é Deus nesta terra de ladrilhos estéreis e luzes brancas. Uma canetada sua (uma Bic), e fico livre como um passarinho.

Hannah... Hannah. Ela é tudo em que penso. Na minha cabeça, virei sua salvadora. Se algo lhe aconteceu, a culpa terá sido minha. Se ela precisa ser salva, tenho de sair daqui. Eu me casei com esse homem, dei minha bênção a uma terceira esposa. Eu devia ter falado alguma coisa quando vi aquele hematoma pela primeira vez, devia tê-la forçado a me contar o que ele fez. Por um instante, chego a duvidar que ela seja real. Eles são bons nesse nível — conseguem fazer com que a gente duvide da nossa sanidade aqui.

Coma a gelatina!

Percebo que é meu dever convencer o bom doutor de que estou sã de novo, de que minha mente se livrou da névoa delirante. De que *estou saudável e que meu marido é um homem de uma mulher só*! De que Hannah e Regina não são reais, e sim um joguinho sexual que eu e meu marido jogávamos. É isso o que eles querem ouvir, não é? Tudo o que preciso fazer é dizer que estou mentindo sobre Seth ter um fraco por múltiplas bocetas, e pronto! Sou uma mulher curada!

Essa minha mudança não pode acontecer de forma muito brusca, senão o dr. Steinbridge vai desconfiar de que estou mentindo. Durante nossas sessões de terapia diárias, finjo estar confusa. *Seth tem só uma esposa? Essa esposa sou eu?* Aos poucos, começo a me comportar mais como eu mesma, e a cada sessão fico menos confusa e menos insistente.

— O que há de errado comigo? — pergunto ao médico. — Por que não consigo distinguir o que é real do que não é?

Sou diagnosticada! O trauma de perder um filho e de nunca ter lidado com essa perda de um jeito saudável acabou trazendo estresse para minha relação com Seth. Joguei a culpa em outras mulheres em vez de focar em meu processo de cura. Quando o bom doutor perguntou qual eu achava que havia sido o gatilho para o surto que levou ao meu colapso mental, pensei em Debbie: a Debbie fofoqueira, a Debbie metida, a Debbie com o cabelo comprido que sugeriu que eu xeretasse a vida das mulheres que me deixavam insegura. Não culpo Debbie por nenhuma das minhas atitudes; se ela tem culpa de algo, é de ter me feito acordar para a vida. Eu não era a única que sofria com essa insegurança paralisante, qualquer mulher em qualquer idade pode passar por isso. Lauren parecia ter uma vida perfeita. Sempre achei que ela colava aqueles cartões de aniversário no armário para aparecer, para esfregar na nossa cara o fato de que era melhor que a gente. Mas agora enxergo a verdade: as mulheres ficam presas num ciclo de insegurança perpetuado pela forma como os homens as tratam, e estamos a todo tempo lutando para provar a nós mesmas e aos outros que estamos bem. É claro que, de vez em quando, mulheres perdem a cabeça por causa de homens, mas será que isso significa que somos todas instáveis ou que os homens nos deixaram instáveis por causa de suas atitudes não premeditadas? Não conto sobre Debbie nem Lauren ao dr. Steinbridge; ele diria que estou me desviando da responsabilidade. Mas isso não chega nem aos pés do que estou fazendo: estou responsabilizando todo mundo; afinal de contas, é preciso uma galera para mandar alguém para uma instituição psiquiátrica.

De acordo com o dr. Steinbridge, minha inaptidão para lidar com problemas faz parte da minha dissociação. Gosto do jeito que isso soa: *minha dissociação.*

Só que não estou dissociando como eles acham que estou; estou me dissociando da minha paixão pelo meu marido. Interpreto o papel da esposa frágil e dolorosamente alheia ao mundo à sua volta. Foi o estresse que me consumiu, não sei como superar as coisas e a falta de atenção dos meus pais fez com que eu me isolasse em um casulo mínimo, inocente e apertado.

Embarcamos em uma viagem pelos meus traumas relacionados aos meus pais. Minha mãe faz de tudo para me agradar enquanto meu pai não está nem aí. Conforme fui vendo minha mãe se esforçar mais e mais para conquistar a atenção do meu pai... Bem, acabei aprendendo a demonstrar amor da mesma maneira. E, quando me esforço demais, acabo esmagada pelo peso das expectativas. Meu útero vazio fez com que eu me sentisse uma falsa mulher, indigna do amor do meu marido. Eles arrancaram meus órgãos e isolaram meu sistema reprodutivo: *fábrica fechada*. Cenas do aborto que sofri começam a passar em flashes diante dos meus olhos em uma sequência dolorosa. Sei que o certo seria aceitar e encará-las, como o médico falou. Mas são memórias que nunca revivi, nem uma única vez, desde o ocorrido. É mais fácil superar quando não se sabe exatamente o que precisa ser superado.

Seth e eu tínhamos acabado de sair do hotelzinho de beira de estrada e paramos em um posto de gasolina para abastecer e comprar algo para beliscar durante a viagem. Tínhamos comido há pouquíssimo tempo, mas ele insiste que o bebê precisa comer, o que me faz sorrir. Ele é tão atencioso: fica comprando presentinhos e dando beijos na minha barriga enorme. Uma amiga minha lá do hospital me contou que o marido fica revoltado com sua barriga de grávida e nem a toca. Com meu coração cheio de orgulho, observo-o pela janela do carro. Meu marido, meu. E agora fizemos um filho juntos; não tem como minha vida ser mais perfeita. Ele é tão lindo assim, andando até o carro com dois copos descartáveis nas mãos e uma sacola de plástico pendurada no antebraço. Os copos contêm chá; ele conta que pediu água quente na loja de conveniência e usou um saquinho de chá de sua mãe. É amargo, mas já faz uma semana que estou bebendo e o gosto vai ficando menos pior. Vasculho a sacola enquanto ele termina de abastecer. Ele comprou os lanches que mais gosto de comer na gravidez: comidas ultraprocessadas e nada saudáveis que normalmente me deixariam vermelha de vergonha. Contudo, enquanto tomo meu chá e pego as coisas da sacola, tudo o que sinto é gratidão por esse marido tão dedicado e atento. É um gesto muito doce trazer para mim esse biscoito com sabor ranch e os doces de alcaçuz que mais parecem um plástico vermelho retorcido. As cólicas começam uma hora e meia depois. De início, não quero falar nada porque me lembro de que meu médico contou que algumas mulheres sentem contrações de Braxton Hicks no início da gravidez. A dor fantasma é um mero reflexo do que está por vir. Desconfortável, me contorço no banco e deixo o pacote de biscoitos cair no chão do carro, pequenos triângulos salpicados se espalham ao redor dos meus sapatos. É só quando me abaixo para pegar o saco que vejo o sangue acumulado no couro marrom, que acabou manchando minha calça creme de um vermelho escuro e agourento.

— Seth. — É tudo que digo.

Ele olha para mim e, com o rosto pálido ao ver o sangue, afunda o pé no acelerador. O hospital mais próximo é o Queen County. Quando passamos pelas portas da emergência, já sei que meu bebê está morto, sua vida escorrendo entre minhas pernas.

Os fatos depois disso só vêm a mim por meio de uma vertigem colorida e fluorescente. A primeira vez que recobrei a consciência depois da ida de carro ao hospital foi cinco dias depois, quando me contaram que meu útero havia se rompido e que, para controlar o sangramento, foram obrigados a removê-lo em uma cirurgia de emergência. Eu nunca mais poderia engravidar. Deixei Seth me segurar enquanto eu chorava agarrada à sua camisa e, depois, quando ele saiu para atender uma ligação do trabalho, fui ao pequeno banheiro do quarto e tentei cortar meus pulsos com uma lixa de unha de metal. Uma enfermeira me encontrou sangrando no chão, encarando o sangue, perfeitamente calma. Tinha sido bem meia-boca, já que os cortei com algo sem ponta. As cicatrizes são grossas e irregulares. Mantive a calma até o momento em que tentaram me ajudar, foi então que arranhei, mordi e gritei que haviam matado meu bebê e que estavam tentando me matar. E assim se deu o início da minha primeira estadia no Queen County. A estadia que me deixara estéril no útero e no coração.

O dr. Steinbridge diz que, durante o luto, criei esse delírio das três esposas — mulheres que serviriam melhor a Seth, que poderiam dar a ele o que eu não pude dar. Por Deus, é deprimente saber que há tanta coisa errada comigo — mesmo que só metade delas seja verdade.

Saio de nossas sessões de cabeça baixa e com as cicatrizes latejando nos pulsos. Meu jeito patético é convincente. Ele acha que estou melhorando. Acontece que naqueles momentos em que fico com os ombros curvados, quando mais pareço humilde, estou com raiva. Cadê Seth? Por que ele não veio? Ele não era assim quando eu estava grávida do filho dele — ele era superatencioso e fazia todas as minhas vontades. Será que pelo menos ele se sente culpado por ter mentido?

Fui descartada. Borbulhando de raiva, volto para meu quarto, que continua frio demais apesar das diversas reclamações que fiz aos enfermeiros. A moça que divide o quarto comigo deve ter quase cinquenta anos e se chama Susan; ela teve um surto depois de ter flagrado o marido com outra. Você é fraca, Susan, é o que tenho vontade de dizer. Experimenta ter de lidar com outros dois casamentos e ser a esposa do meio, a esquecida.

Susan não tem cílios nem sobrancelhas. Já a vi tateando o rosto com seus dedos finos como pinças à procura deles quando fica ansiosa. Ela também tem uma falha no alto da cabeça e um monte de fios de cabelo castanho espalhados ao seu redor na cama. Pelo visto, quando sair daqui, ela vai estar completamente careca, igual àqueles gatos.

Ela não está no quarto. Eu me deito na cama e ponho um dos braços sobre os olhos para bloquear a luz, já que não podemos apagá-la durante o dia. Estou quase me deixando levar por um semissono — o melhor que dá para se ter aqui — quando uma enfermeira chega e me diz que tenho uma visita.

Abro os olhos depressa, e a primeira coisa em que penso é: vou fingir que *não* estou com raiva dele. É isso mesmo. Vou ser dócil e submissa — a esposa recatada e do lar que ele gosta que eu seja. Não vai ser tão difícil, vai? Há anos finjo que sou assim, e a raiva sempre esteve ali, borbulhando sob a superfície, inexplorada. *Você está lúcida*, penso. *Não perca o controle da sua lucidez.*

Pronta e alerta, me levanto. Não há nenhum espelho em que eu possa checar meu reflexo — espelhos podem levar a pulsos cortados num piscar de olhos —, então aliso o cabelo e limpo a região embaixo dos olhos. Não faço ideia de como estou, mas acredito que, quanto mais patética eu parecer, melhor. Quando passo as mãos em minha barriga, tudo o que sinto é um vazio e as beiradas pontudas dos ossos do quadril, que costumavam ficar escondidas sob o meu mau hábito de beber vinho e comer macarrão com queijo. Expando o peito, que, por sorte, não diminuiu. Preciso trazer meu marido para o meu lado.

Quando chego à área comum, não é Seth que vejo, e sim Lauren. Sinto uma onda de decepção. Não era assim que era para acontecer. Mudo de expressão e escondo o que estou sentindo de verdade para abrir um sorriso para a pé no saco da Lauren. Lauren, com quem saí para beber e contei todos os meus segredos. Será que ainda éramos amigas?

Não sei se estou feliz por vê-la, mas ela sem dúvida está feliz em me ver. Ela se levanta do lugar à mesa onde me esperava, e percebo que está usando uma calça jeans e um moletom do Seahawks. Seu rosto se contorce com preocupação quando ela vem em minha direção e desvia de uma mulher que faz uma dança interpretativa no centro do salão. O ponto entre suas sobrancelhas está franzido.

— Quinta — diz ela com um suspiro e balança a cabeça. — Que porra é essa?

Nesse momento, sinto tanto carinho por ela que meu teatrinho de mulher penitente e humilde preparado para Seth cai por terra e me jogo para um abraço urgente. Meus sentimentos e meus pensamentos estão confusos. Estou igual a um macaco-aranha, aliviada por estar agarrada a alguém que conheço.

Lauren solta um gemido discreto, e percebo que a estou sufocando, então a solto. Ela sorri para mim do jeito que amigos de longa data sorriem quando algo de ruim acontece. Sei que ela acredita em mim, já deu para ver. Tenho, sim, uma amiga.

— Como você me achou? — pergunto, sem fôlego por causa da ansiedade.

— Seu marido... Seth, né? Ele ligou para o hospital e disse que você ia precisar sair de licença médica. Tentei entrar em contato com ele, mas não temos o número. Aí liguei pra sua mãe, que é quem está na lista como seu contato de emergência, e ela me contou onde você estava.

É uma surpresa minha mãe ter admitido a uma estranha que a filha dela estava em um sanatório. Lauren tinha se esforçado mesmo para me encontrar. Será que Anna percebeu que sumi? Será que ligou para minha mãe?

— Como você veio parar aqui? — pergunta ela, por fim, assim que nos sentamos num lugar perto da janela. A água de uma chuva inusitadamente forte cai em direção leste, se choca contra o vidro e faz os galhos das árvores envergarem. O cabelo de uma mulher chicoteia seu rosto enquanto ela corre pelo jardim lá embaixo. Quando me aproximo de Lauren, uma dupla de mãe e filho vem em nossa direção, de olho nas cadeiras vazias perto de nós. Eu os encaro com um olhar mortal, e eles seguem para outro lugar. Isso mesmo. Saiam daqui.

Conto que fui ver Hannah e encontrei Regina pela internet. Quando chego à parte do hematoma de Hannah, Lauren arregala os olhos. Outro detalhe complicado de abordar nessa história. Conto que Seth me empurrou durante nossa discussão.

— Confrontei ele sobre tudo. Ele falou que eu o ataquei, que caí e bati a cabeça. Quando acordei, eu já estava aqui. Lauren... — digo, abaixando a voz. — Ele está dizendo que é tudo coisa da minha cabeça.

Ela está horrorizada. A vida de Lauren é uma bagunça, mas a minha consegue ser ainda pior.

— Tudo coisa da sua cabeça?

— O fato de ele ser poligâmico. Convenceu todo mundo de que fiquei louca, inclusive minha mãe. — Estou esfregando uma mecha de cabelo entre os dedos e paro abruptamente, caso esteja parecendo louca.

Lauren parece não perceber. Ela encara o chão enquanto pensa.

— Se todo mundo próximo de você está dizendo a mesma coisa, ninguém vai acreditar em você — conclui ela. — Você sabe como essas coisas funcionam.

Sei.

— E seus amigos? Tem alguém pra quem eu possa ligar para vir aqui te ajudar? — As mãos dela estão espalmadas nos joelhos, e apenas o indicador direito se mexe para cima e para baixo, sem parar. Dedo nervoso, penso.

— Não — respondo. — Nunca contei pra ninguém além de você. Nem minha irmã sabe.

— Você não é próxima da sua família, então. Sei como é.

— Somos próximos, mas nem tanto, se é que me entende... Nos vemos com frequência, mas ninguém sabe da intimidade de ninguém.

Lauren assente, como se me entendesse perfeitamente. Acho que todas as famílias dos Estados Unidos fazem esse joguinho, fingem ser unidas enquanto conversam sobre esportes, servem pratos gratinados no jantar — aqui, no noroeste do país, seria tudo sem glúten e orgânico —, brigam por causa de política e fazem de conta que têm uma relação profunda, quando na verdade estão morrendo de solidão.

— Não sei se ela está bem — falo de Hannah. — Ela estava meio estranha quando a vi da última vez. Ela me ligou no dia seguinte, mas, quando retornei a ligação, ela não atendeu.

— Talvez eu consiga falar com ela — diz Lauren. — Ela tem Facebook ou algo assim?

Conto tudo o que sei de Hannah. Lembro-me do endereço dela de cor, mas não do número.

— Você sabe onde ele a conheceu? — pergunta ela enquanto a levo até a porta.

Balanço a cabeça. Mesmo com toda a minha investigação, não havia perguntado a Hannah como ela conheceu o marido, mas duvido que ela teria me contado a verdade.

— Tem uma foto — digo, rápido. — No perfil da Regina de um site de relacionamento. Acho que Hannah e Regina se conhecem.

Lauren se mostra chocada. A história fica cada vez pior.

— Calma aí — sussurra ela. — As outras duas esposas de Seth se conhecem?

Assinto.

— Se você achar essa foto, teremos uma prova. Podemos levá-la até Regina, fazê-la falar...

Meu plano não é perfeito. É forçar muito a barra achar que Regina viria me resgatar. O mesmo vale para achar que uma foto poderia provar minhas alegações de que Seth é poligâmico. Mas é tudo o que tenho. Eu poderia chantageá-los.

Lauren promete voltar assim que tiver alguma coisa, e sinto um alívio tão imenso que a abraço mais uma vez.

— Lauren — digo, antes de ela ir. — Você não faz ideia do quanto isso significa pra mim. Nem perguntei como você está...

— Pois é. Olha, levando em conta o que você está vivendo, vou deixar essa passar.

Grata, sorrio enquanto ela mostra o crachá de visitante ao segurança e acena para mim com delicadeza.

— Em breve eu volto — promete ela.

Volto para meu quarto com uma esperança renovada crescendo no peito. Não estou sozinha. Seth quer que eu pense que estou. Ele me afastou de minha mãe... meu pai. Quer que eu dependa exclusivamente dele. Mas não sei por quê. Depois que lhe desobedeci e saí xeretando por aí, acabei me tornando um risco. Sei de coisas que poderiam acabar com a empresa e a reputação dele. É claro que ele quer me calar, me trancafiar.

E se... E se Hannah não sabe de mim? Talvez seja isso. Sempre achei que nós três estivéssemos em conluio, como uma sociedade secreta de mulheres. *Nosso homem é tão amável que conseguiu três mulheres, e nós somos muito felizes por fazer parte disso!* Mas Seth está indo longe demais para me manter presa, afastada do mundo. Talvez para me manter longe de Hannah. Para que ela não descubra. Penso na foto do perfil de Regina no site de namoro, da loira no canto que parecia muito ser Hannah. E se Seth contou para Hannah a mesma história que contou para mim? A mulher estéril, sua necessidade de estar com alguém que pudesse lhe dar filhos... Eu poderia simplesmente ser removida da equação... para que Seth conseguisse, mais uma vez, tudo o que quer.

VINTE E DOIS

Lauren volta dois dias depois, com cara de cansada e usando uma jaqueta puffer em um tom de preto que parecia um saco de lixo por cima do uniforme. Ela evita olhar para mim enquanto gira o copo do Starbucks nas mãos. Suas unhas não estão pintadas, e acho que nunca a vi sem esmalte. Será que é assim que gente rica pede socorro? Será que Lauren está sofrendo? Estou distraída demais para perder tempo sendo educada e puxando conversa fiada.

— Comprei um pra você, mas não me deixaram trazer.

Comprou um o quê? Ah, tá! Um café, ela está falando do café. Dispenso o café com um aceno.

— A gente não pode tomar cafeína.

Ela assente, estufa as bochechas, arregala os olhos e respira fundo antes de começar. Eu me preparo.

— Ela não está no Facebook, não tem nada. Procurei em todas as redes sociais, até no Pinterest e no Shutterfly. Ela não existe. Meu Deus, tentei até um nome parecido porque hoje em dia tem gente que fica inventando moda no user, sabe?

Assinto e me lembro de Regina, de que tive de ser esperta para encontrá-la.

— Ou ela deletou o perfil ou tem uma conta superprivada — diz Lauren. Ela mexe no anel de papelão em volta do copo. — Procurei ela no Google também, e... nada. Tem certeza de que é o nome dela de verdade?

— Não sei. É o nome que vi no papel que achei no bolso de Seth. — Abaixo a cabeça, segurando-a com as mãos. — E a foto de Regina com Hannah? Você achou?

Ela tira um pedaço de papel dobrado de dentro da bolsa. O rosto de Lauren está pálido. Ela desliza o papel por cima da mesa, e eu o pego. Minhas mãos tremem enquanto o desdobro. É uma impressão da foto que eu havia encontrado de Regina com a mulher que suspeito ser Hannah. Só que, quando abaixo o olhar para a imagem granulada, há algo errado. Regina está igual, com o sorriso largo do qual me lembro bem, mas, no canto, onde outrora vi Hannah, há uma mulher com cabelo escuro.

— Não — digo. *Não, não, não...*

— É ela? — pergunta Lauren. Seu dedo toca na foto, bem onde Hannah deveria estar. — É Hannah...?

Faço que não e empurro o papel para longe. Estou toda gelada. Devagar, começo a me inclinar para a frente e para trás enquanto balanço a cabeça. Será que estou louca?

Se acho que estou louca, talvez Lauren também ache. Ergo o olhar subitamente.

— Você acredita em mim?

— Acredito... — Mas há algo suspeito em sua voz. Seus olhos vagam pelo ambiente como se ela estivesse procurando um jeito de fugir da minha pergunta. Sinto meu coração comprimindo, *encolhendo, encolhendo, encolhendo.*

Ficamos ali em silêncio por alguns minutos, olhando pela janela. Percebo que Lauren está sentada de um jeito desleixado — outro sinal de que não está tudo bem. Não sei se é minha situação que a incomoda ou se ela está com algum problema.

— Tem mais uma coisa... — Ela guardou essa informação, deixando-a por último. Por que ela não me olha nos olhos?

Sinto os nós figurativos se formarem em meu estômago, e um dos joelhos começa a se agitar embaixo da mesa. Só quero que ela desembuche de uma vez. *Encolhendo, encolhendo, nós, nós.*

— Me fala...

— Não tem um jeito fácil de dizer isso. Fiz umas ligações e... É que... o endereço que você me deu, da casa... Ai, querida... A casa está registrada no seu nome.

Ela cobre os olhos com a palma das mãos.

De repente, me dá um branco. Não sei o que dizer. Encaro Lauren como se não tivesse ouvido direito, até que ela, por fim, repete.

— O quê?

Ela está me olhando de um jeito diferente. Do jeito que os médicos e enfermeiros me olham, com uma pena cautelosa — *ai, coitadinha dela, essa coisinha frágil.* Eu me levanto e me obrigo a olhá-la nos olhos.

— Aquela casa não é minha. Não sei o que está acontecendo, mas não é minha. E não estou nem aí se você não acredita em mim. Não estou louca.

Ela levanta as duas mãos, como que para me afastar.

— Não falei que você está louca. Só estou te contando o que descobri.

Passo a língua pelos lábios enquanto me afasto. Não nos dão protetor labial aqui; tentam cuidar de nossa mente, mas deixam nosso corpo definhar. Todo mundo aqui ou fica seco ou oleoso, com cabelos colados à cabeça em tufos pegajosos que parecem molhados ou enfeitados com floquinhos de caspa, como se tivessem acabado de pegar neve.

Estou tentando não fazer nada imprudente, como sair correndo para meu quarto sem me despedir ou gritar — gritar seria ruim. Mas tenho de usar todo o meu autocontrole. A forma como os outros nos veem é o que mais nos frustra mentalmente. Quando todo mundo se vira contra nós, começamos a questionar quem somos, como agora.

— Obrigada por ter vindo — digo, forçando as palavras. — Obrigada por ter tentado.

Ouço-a chamar meu nome enquanto sigo para longe a passos rápidos — não saio correndo nem trotando, apenas em uma velocidade que ela não consiga perceber como estou me sentindo.

No quarto, me encolho deitada no colchão fino, puxo os joelhos até o peito e pressiono a bochecha no lençol áspero. Tem cheiro de água sanitária e vômito. Susan me encara do outro lado do quarto. Olhei para ela quando entrei, e seus olhos sem cílios estavam alarmados, como se ela tivesse se esquecido de que também moro aqui.

Dá para sentir seus olhos perfurando minhas costas. Essa é a hora em que geralmente ficamos as duas aqui no quarto, entre a sessão de terapia em grupo e o jantar. "Um tempinho livre", é como chamam. A maioria de nós usa o tempo ocioso para refletir sobre o fato de que realmente estamos no fundo do poço. É paradoxal.

— Há quanto tempo você está aqui, Susan? — Minha voz sai abafada, e preciso repetir a pergunta quando ela responde, tímida.

— Um mês — diz ela.

Sento, me recosto na parede e abraço o travesseiro.

— Você já tinha ficado em um lugar como este?

Ela ergue o olhar e, quando percebe que a estou observando, o desvia de novo.

— Só uma vez... quando eu era bem mais nova. Meu pai morreu, e não consegui lidar com a perda. — Gosto do jeito com que Susan resume a história para que não sejam necessárias mais perguntas. A terapeuta dela deve adorar.

— E quando decidiram que você estava pronta para sair?

Susan parece ficar confusa. Duas manchas vermelhas surgem em suas bochechas, e ela começa a entrelaçar os dedos.

— Quando deixei de ter atitudes suicidas... ou de fingir que não tinha.

Faz sentido. Pelo menos estou no caminho certo. Parei de falar sobre isso, sobre tudo.

— Espero que as coisas melhorem pra você, Susan. Ele não valia a pena. — Falo com sinceridade. Passei os últimos dias pensando em mulheres como eu, Lo e Susan, mulheres que deram tudo a homens que acabaram traindo sua confiança.

Ela ergue o olhar, e, sem a ajuda das sobrancelhas, não sei dizer se está surpresa ou triste. Depois de assimilar minhas palavras, ela parece ficar até meio contente. Como se as estivesse repetindo de novo e de novo na cabeça. *Ele não valia a pena, ele não valia a pena.*

— Obrigada — diz ela suavemente. — Ele não valia a pena mesmo.

Assinto, mas penso: "Seth também não." Ele não vale a pena. Não merece as mulheres que só faltam lamber o chão que ele pisa e fazem de tudo para agradá-lo, não merece a vida que construiu à nossa custa. Ele tem um time à disposição: uma advogada, alguém para gerar seu filho e dinheiro. Eu nunca quis admitir que talvez ele estivesse comigo por causa do meu dinheiro, das minhas economias. É algo em que nunca penso.

Eu sou o dinheiro. Nunca me vi assim, nunca pensei que meu dinheiro fosse importante para nosso relacionamento. Mas sou rica, rica de verdade. Meu pai conseguiu proporcionar a mim e à minha irmã segurança para que nunca precisássemos nos preocupar com dinheiro. Minha irmã cheirou a maior parte das economias dela, mas depois se casou com um ricaço do *country club* chamado Michael Sprouce Jr., e foi isso que a canonizou aos olhos dos meus pais. Dinheiro nunca significou nada para mim, Seth era tudo o que importava. Então sempre fui generosa... até meio descuidada. Deixei que ele cuidasse dessa parte.

Só que agora... Agora tudo parece diferente. Tudo *está* diferente. Ele me trancafiou, e isso não é coisa que se faça com sua esposa, com alguém que você ama. É algo que se faz com alguém que tentamos controlar. Mas, por todo esse tempo, ele tem controlado nós três.

Susan e eu estamos sentadas uma de frente para a outra enquanto encaramos o teto, à espera do jantar.

Elaboro uma lista mental das coisas que preciso fazer quando sair daqui: conferir a conta bancária, falar com as esposas, entrar em contato com os pais de Seth e procurar o sócio dele, Alex, que nem sabe que eu existo. Eles não podem me manter aqui para sempre. Vou sair daqui, vou mostrar a todo mundo quem ele realmente é. Ele não pode fazer isso comigo. Dessa vez, vou revidar.

VINTE E TRÊS

Tenho alta dois dias depois. Eu me despeço de Susan, que está numa sessão em grupo, deixando meu sabonete que já está no fim, uma maçã que havia roubado no café da manhã e os xampus do hospital na cama dela. Vivíamos reclamando que o xampu não era suficiente, como se estivéssemos em um hotel, e não em uma instituição psiquiátrica. Parte dessa reclamação era só para que a gente se sentisse normal; quem pensa muito em xampu não tem tempo para pensar em coisas importantes.

Seth está parado na recepção, conversando com uma das enfermeiras, enquanto o médico me acompanha, levando toda a minha papelada.

— Ele ligou todos os dias para saber do seu progresso — diz o dr. Steinbridge com toda a calma. Seu hálito tem cheiro de homem velho e bagel de cebola. — Cada um tem seu jeito de lidar com as coisas, então vê se pega leve com ele.

Assinto enquanto cerro os dentes. Então isso é um clube do bolinha. O dr. Steinbridge usa uma aliança no dedo peludo, mas passa a maior parte do tempo aqui. Será que a sra. Steinbridge fica sentada em casa, à espera do marido, ou tem uma vida à parte? Será que ela tem alguém que fica falando em seu ouvido "ele trabalha tanto, vê se pega leve com ele..."? Esperar e esperar... é o que as mulheres fazem. Esperamos que o homem volte para casa depois do trabalho, esperamos que preste atenção em nós, esperamos ser tratadas de forma justa — que nosso valor seja visto e reconhecido. A vida é isso para as mulheres, um jogo no qual elas ficam esperando.

Ainda estou bancando a moça frágil e vou continuar assim até sair deste lugar, até estar livre. Assumo uma expressão impassível conforme dou um passo após o outro. Seth parece um modelo de sucesso e compostura. Ele está usando as roupas que usa quando está com Regina: calça cinza-escuro e um suéter verde-floresta por cima de uma camisa social; seu cabelo está perfeitamente penteado e cheio de gel, e no rosto não há nenhum sinal de barba. É um estilo totalmente diferente do que ele tem quando fica comigo. Estou percebendo que ele é diferente com cada uma de nós, que adota estilos diferentes para cada esposa. Para Hannah, são moletons, bonés e camisetas de banda: roupas jovens para combinar com a esposa jovem. O rosto liso e as roupas profissionais são para Regina. Dessa forma, ele pode ser o empresário respeitável para a esposa advogada. Eu fico com o Seth sexy: a barba rala, os paletós, as camisetas justinhas e os sapatos caros. Ele é um camaleão e consegue variar ao brincar de casinha. Quando estamos a alguns metros de distância, Seth ergue o olhar, deixando de lado momentaneamente a conversa que está tendo, e dá um sorriso para mim. Um sorriso! Como se não houvesse nada de errado e estivesse tudo bem. Largue sua esposa em um hospital psiquiátrico e desapareça por todo esse tempo sem dizer nada. Forço minha boca a abrir um sorriso fraco que nem chega aos meus olhos. A enfermeira à mesa olha para mim como quem diz: "Noooooossa, que sortuda! O que um cara desses está fazendo com uma doida varrida como você?" Quero fazer carinho na cabeça dela enquanto digo que ele é o verdadeiro doido varrido do relacionamento, mas a ignoro e presto atenção em Seth, meu adorável marido. Vou diretamente para seus braços como se estivesse tudo bem e fico ali enquanto ele me abraça. Seu perfume é avassalador, forte... diferente do que usa comigo. Tenho certeza de que estou parecendo uma esposa assustada e aliviada, mas, aqui, pressionada contra o peito dele e sentindo o cheiro do perfume que ele usa para Regina, só consigo sentir raiva.

— Vou deixar vocês à vontade — diz o dr. Steinbridge. — Não se esqueça de ligar caso tenha alguma dúvida ou ressalva. Meu número está aí na papelada. — Ele indica um ponto no papel que segura antes de colocá-lo no balcão em frente a Seth. Nós dois lhe agradecemos, e nossas vozes se misturam, como se fôssemos um casal perfeito e conectado. Tenho certeza de que já fomos assim, principalmente por minha causa.

Seth trouxe uma muda de roupas para mim: calça de moletom, uma blusa de manga comprida e meus tênis Nike.

— Sua mãe passou no seu apartamento e pegou umas coisas — diz ele, me entregando os itens.

Seu apartamento, penso. Por que ele diria *seu*, e não *nosso*? Vou ao banheiro me trocar e percebo que, a não ser os tênis, tudo fica grande demais. Saio morrendo de vergonha e puxando a blusa, que parece me engolir.

— Ficou linda — diz Seth ao me ver.

Magra que nem Hannah!, penso. Na saída, Seth pega minha mão e a aperta, e, por um instante, me perco em meio à lembrança de como é ser amada por ele. *Desperte, Quinta!*

Acordo. Aperto a mão dele em resposta e me permito ser levada até o carro, mas estou desperta em todos os sentidos da palavra. O mês que passei trancada em um lugar encardido como o Queen County já me faz olhar maravilhada para o estacionamento. *Livre!* Posso correr em qualquer direção e estarei livre. Eu me ajeito no banco do carona e ajusto o ar-condicionado, como sempre faço. Seth repara nisso e sorri. Para ele, tudo voltou ao normal; sou a Quinta previsível. *Estou desperta!* Quando ele contorna o carro, sinto a raiva arder em mim e me dou conta do meu ódio por ele. Esse carro não é dele. Que carro é este? Está tudo errado: o cheiro é diferente, os bancos... mas não quero fazer perguntas. Ele poderia me acusar de estar delirando de novo. Quando ele entra, dou um sorriso e ponho as mãos entre as coxas para mantê-las aquecidas. Está chovendo, respingos suaves no para-brisa, bem diferente da chuva forte da semana passada. Seth estica o braço e dá tapinhas no meu joelho. Que gesto mais paternal...

— Olha, Quinta... — começa ele, assim que pegamos a rodovia. — Desculpa não ter vindo te ver...

É por isso que ele vai pedir desculpa?

— Você também não ligou — destaco.

Seth olha para mim.

— Também não liguei — admite. Casualmente, como se fosse um marido admitindo que se esqueceu de um aniversário de casamento, e não como alguém que internou a esposa. Eu poderia confrontá-lo agora, sobre tudo, mas há algo suspeito nessa história; é como se o ar entre nós estivesse diferente, com uma estática tensa. Assim que olho pela janela, passamos por uma minivan, e uma garotinha ruiva acena para mim do bebê conforto. Não aceno para ela e me sinto culpada. Ergo a mão tarde demais e dou um tchauzinho para a estrada vazia. É a primeira vez que acho que estou louca. Não me senti louca no Queen County, mas me sinto louca agora. Que curioso...

— Eu fiquei... com raiva — continua Seth. Ele está escolhendo as palavras com cuidado. — Fico me culpando pelo que aconteceu com você. Se eu tivesse feito tudo de outro jeito... agido melhor... Não sabia o que dizer.

Ficou com raiva? Será que Seth sabe o que é raiva? A vida dele é exatamente do jeito que ele quer, com três mulheres para saciá-lo. Quando uma de nós faz algo que o chateia, ele simplesmente enterra o pau e deposita a atenção em outra até a raiva passar.

Penso em tudo o que ele poderia ter dito, no que quero dizer. São tantas coisas... É então que me dou conta de que ele não disse por que ficou com raiva. Será que foi porque eu o dedurei na ala psiquiátrica? Porque o acusei de ter batido na terceira esposa, jovem e grávida? Ficou com raiva porque saí escondido para me encontrar com ela? Ou será que a raiva é por causa de tudo isso? Uma palavra acusatória minha poderia fazê-lo dar a volta com o carro e me levar de volta ao Queen County, onde o dr. Steinbridge estaria me esperando com um monte de tratamentos novos que me deixariam com a boca mole e babando. Preciso manter o controle, e isso significa fingir que não tenho controle sobre nada.

Vou fazer o que ele quer — ele parece magoado de verdade. Meu pobre marido, a vítima.

Sinto meu corpo ficar tenso.

— Você mentiu para os médicos, inventou histórias...

Então até fora do hospital ele insiste nessa teoria de que estou mentindo. Não dá para acreditar. Sem querer, meus dedos se curvam dentro dos tênis e olho diretamente para os carros à frente. Tirando Hannah e Regina, sou a única que sabe a verdade. Seth garantiu que minha família e meus amigos me vissem como uma desequilibrada delirante. Ele poderia me mandar de volta para o Queen County, e ninguém ficaria do meu lado. Eu me lembro do olhar no rosto de Lauren na última vez em que ela foi me ver e mordo a parte de dentro da bochecha. Hannah está por aí, e sei exatamente onde encontrá-la. Tudo o que preciso é conversar com ela. Ela me procurou naquele dia, deixou uma mensagem pedindo ajuda. *Fique de boca fechada até ter provas*, digo a mim mesma.

— Eu entendo — respondo gentilmente.

Seth parece ficar satisfeito com minha resposta e não sente necessidade de continuar a conversa. Ele fica tamborilando no volante com o indicador. Sua linguagem corporal está diferente; parece que nem o conheço.

— Está com fome? Sua mãe abasteceu a geladeira, mas, se você quiser, a gente pode comprar alguma coisa também.

Não estou com fome, mas assinto e forço um sorriso.

— Só quero ir pra casa. Tenho certeza de que vai ter algo lá.

— Beleza — responde ele. — A gente faz alguma coisa junto. Faz anos que você promete que vai me dar umas aulas... — Sua voz está animada demais. Acho que a pior coisa do mundo é alguém forçando empolgação goela abaixo quando não sentimos nem um pingo sequer de felicidade.

Ensinar Seth a cozinhar é uma daquelas coisas sobre as quais sempre conversamos, mas nunca tivemos a mínima intenção de transformar em realidade. É igual quando os casais dizem que vão fazer aula de dança de salão ou pular de paraquedas juntos. "Imagina!" e "Nossa, como seria legal!" Seth se interessa tanto por culinária quanto eu me interesso por construir casas.

— Claro — digo e, para soar mais convincente, mais maleável, continuo: — Seria legal.

Trinta minutos depois, quando entramos no nosso apartamento, estou nervosa. O ar parece puro, e percebo que ele deixou uma das janelas da sala aberta. Está frio aqui dentro, então vou fechá-la. Seth está na minha cola, pairando sobre mim como se eu fosse surtar a qualquer instante. Esbarro nele quando volto da janela, e pedimos desculpa um ao outro como se fôssemos dois estranhos. Não tenho certeza se ele quer me segurar caso eu caia ou me levar de volta ao Queen County. Era isso que eu queria, voltar para casa. O negócio é que voltei para casa sob circunstâncias completamente diferentes: meu marido não é o homem que eu pensei que fosse, e eu não sou a mulher que andei fingindo ser. Tudo parece igual, e, ao mesmo tempo, a sensação é de que está tudo péssimo e diferente.

A primeira coisa que faço é ir para o chuveiro: um banho longo, quente e cheio de sabonete. Passo o xampu no cabelo, o dobro do que normalmente uso, e penso em Susan. Não trocamos informações, mas eu gostaria de encontrá-la algum dia, ver como ela está. A gente podia sair para tomar um café e fingir que não nos conhecemos em um sanatório. Quando saio do chuveiro e piso no tapete, vejo que meus dedos estão enrugados. Retraio a ponta enrugada enquanto mordo o lábio inferior. Estou ansiosa, mas, pela primeira vez em muito tempo, me sinto limpa. Eu me enrolo no roupão felpudo, respiro fundo e, com o vapor me acompanhando, saio do banheiro.

— Vou passar um tempo aqui com você — diz Seth.

Um tempo? O que será que "um tempo" quer dizer? Se ele me dissesse essas palavras há um mês, eu ficaria tão feliz que provavelmente me jogaria em cima dele, mas agora só o encaro. Dois dias? Três? Sua presença já me oprime, e só se passaram algumas horas. Minha casa parece oferecer menos privacidade do que o hospital do qual acabei de sair. Será que ele mexeu nas minhas coisas? Minha gaveta parece revirada, como se alguém com mãos descuidadas a tivesse remexido. Seth e eu sempre respeitamos a privacidade um do outro, mas, agora que sei algo a respeito dele, tenho certeza de que ele precisa saber coisas sobre mim.

— E o trabalho?

— Você é mais importante que o trabalho. Minha prioridade é você, Quinta. Olha... — diz ele ao pegar minhas mãos. Seu toque parece errado, estranho. Será que já se passou tanto tempo que deixei de reconhecer suas mãos? — Sei que falhei contigo. Percebi que dei mais importância a outras coisas. Quero resolver tudo entre a gente. Fazer nosso relacionamento funcionar.

Assinto como se aquilo fosse exatamente o que gostaria de ouvir. Forço um sorriso e enrolo meu cabelo molhado no topo da cabeça. Estou sendo tão casual e complacente quanto a velha Quinta. Até mais magra! A bonequinha sexual de Seth.

— Vou fazer algo pra gente comer. Está com fome? — Preciso da distração, preciso pensar sem Seth me observando, mas então ele se levanta e bloqueia meu caminho até a cozinha. Meu coração palpita enquanto a adrenalina percorre meu corpo. Estou pronta caso ele tente alguma coisa, vou lutar. Respiro fundo, encho meus pulmões com o máximo possível de ar e então sorrio. É meu sorriso mais genuíno em semanas.

— Não, deixa que eu faço — diz ele. — Vá descansar.

Expiro e relaxo os punhos que estavam cerrados debaixo das mangas do roupão. Estendo os dedos numa tentativa de relaxar. Seth vai com parcimônia até a cozinha e, tímido, dá uma olhada em volta. Mesmo na situação em que me encontro, fico com vontade de rir da ignorância dele. Parece até meu pai. Ele não tem a menor ideia do que fazer. Continuo imóvel onde estou e digo:

— Não estou doente, nem cansada, nem instável.

Ele espia passando a cabeça pelo vão da porta.

— Acho que eu devia chamar sua mãe...

Ele diz isso de um jeito muito normal e empolgado, só que não quero minha mãe aqui. E desde quando meu marido chama minha mãe para ajudar? Ela faria um estardalhaço e ficaria me olhando com decepção nos olhos, julgando meu casamento. Entro na cozinha e vou na onda dele. Ele está parado em frente à geladeira com uma embalagem de peito de frango na mão. Ele nem sabe o que fazer com ela. Pego o pacote de sua mão.

— Vaza — digo. Com a cabeça, indico a porta da cozinha, por onde ele tem de sair.

Seth abre a boca, mas eu o interrompo.

— Não tem problema. Quero ocupar a cabeça.

Isso parece apaziguá-lo. Ele dá de ombros com leveza e volta para a sala. Em resumo, é isso que Seth sempre faz: um showzinho para mostrar como é esforçado. Sempre tive a ilusão de que ele tentava, de que se esforçava para me agradar. No fim das contas, porém, é só um teatro, e sou eu que fico com o trabalho pesado. Pego uma panela do armário, pico uma cebola e um alho fresco e os jogo no azeite quente. Eu o odeio. Quando o frango começa a chiar no fogo, me recosto na bancada e cruzo os braços. Dá para ouvir a televisão ligada na sala, é o jornal. É quando me dou conta do que está acontecendo: as coisas estão voltando ao normal. Seth está tentando fazer com que tudo pareça como antes, na esperança de que eu volte ao meu papel que exerço tão perfeitamente.

Sem saber o que fazer, deslizo até o chão. Preciso ir embora daqui.

VINTE E QUATRO

Não posso beber, não com a medicação que estou tomando. E isso faz com que os próximos quatro dias sejam insuportáveis, enquanto Seth e eu ficamos no sofá, um de cada lado, assistindo a horas e horas de séries. A distância entre nós cresce a cada dia. Fantasio o gosto forte da vodca descendo pela minha garganta, queimando bem gostoso. A forma como iria primeiro aquecer minha barriga, depois, lentamente, invadir minhas veias e, por fim, sossegar em algum lugar na minha cabeça e me deixar leve e boba. Quando foi que comecei a beber tanto? Quando Seth e eu nos conhecemos, eu nem chegava perto de álcool. Talvez ter visto minha irmã bêbada e drogada com tanta frequência tenha me afastado dessas coisas, mas em algum momento peguei uma garrafa e nunca mais a soltei.

Seth também não bebe, para me ajudar. Também abriu mão do álcool quando engravidei. Isso faz com que eu me pergunte se ele gostava mesmo de beber ou se era algo que só fazia quando estava comigo. O Seth sexy e perigoso. Ele interpretava um papel comigo, dava vida a uma fantasia.

Os frascos alaranjados que ditam minha vida estão bem ali, ao lado da chaleira elétrica, como uma formação de sentinelas. Foi Seth quem teve a ideia de deixá-los ali.

— Por que não no banheiro? — reclamei assim que os vi ali.

— Pra você não esquecer — respondeu ele.

Na verdade, ele os colocou ali para lembrar a mim e a todo mundo que venha me visitar de que estou doente. Sempre que entro na cozinha para pegar água ou algo para comer, eles chamam minha atenção com seus rótulos brancos gritantes.

Minha mãe passa com sua sopa de legumes. Sopa, como se eu estivesse gripada. Eu ia até gargalhar, mas só dou um sorriso e pego minha "sopa de doente". Quando vê os frascos, seu rosto fica visivelmente pálido e ela se vira, fingindo que não viu nada. As pessoas acham tranquilo ficar doente fisicamente, consideram isso algo normal, digno de empatia; trazem sopa, remédio e pressionam as costas da mão na sua testa. Mas é diferente se acham que você está doente da cabeça. É quase sempre culpa sua — digo "quase" porque todo mundo já ouviu diversas vezes que doenças mentais não são uma escolha, são um desequilíbrio químico.

— Desculpa não estar aqui quando você saiu do hospital — diz ela. — Seu pai contou que eu estava visitando a tia Kel na Flórida?

— Meu pai? Ele não fala comigo. Tem vergonha.

Ela me olha de um jeito estranho.

— Ele está tentando. Sério, filha, às vezes você é tão egoísta...

— *Eu sou a egoísta?* Cadê meu pai? Se ele se importa, onde ele está?

Os remédios me deixam inchada e relapsa. Seth some por alguns dias, provavelmente para ver as outras em Portland. Minha mãe fica comigo e me dá comprimidos de manhã e de noite.

Tomo algo para dormir à noite — é o único medicamento pelo qual me sinto grata. É só durante o sono que descanso do carretel de pensamentos preocupantes que se desenrolam em um fluxo contínuo em minha mente. Planejando, planejando, planejando...

Na próxima vez em que minha mãe vem, meu pai vem com ela. É uma surpresa vê-lo. Dá para contar nos dedos quantas vezes ele veio me visitar em todos esses anos que morei neste apartamento. *Ele não é muito de fazer visitas*, disse minha mãe certa vez. *Ele é mais do tipo que recebe visitas.* Atribuí isso ao ego inflado do meu pai, que se considera um rei, então seus súditos que fossem até ele. Abro caminho enquanto os dois entram, pensando se foi Seth quem organizou essa visita. Não faz nem dez minutos que ele saiu, dizendo que precisava dar um pulo até o escritório de Seattle. Eu mal tinha me vestido quando a campainha tocou.

— O que vocês vieram fazer aqui? — As palavras saem antes que eu consiga rearranjá-las para parecerem mais simpáticas. Meu pai franze o rosto como se ele mesmo não tivesse certeza da resposta.

— Nossa. Que mal-agradecida... — diz minha mãe. Com a bolsa balançando como um macaquinho de grife empoleirado em seu braço, ela marcha até a sala. Meu pai e eu trocamos um sorriso esquisito antes de segui-la. Estou perfeitamente consciente da presença dele enquanto nos movemos pelo corredor e fico desconfortável com isso. Ele não deveria ter vindo, e eu não deveria ter ficado no hospício, ambos sabem disso. Sinto um gosto amargo na boca quando me sento em frente a eles. Pais são guardas emocionais, sempre a postos com olhares severos e armas de choque.

— Seu pai está morrendo de preocupação.

Ela mexe na bolsa e puxa um lenço que, com delicadeza, pressiona no nariz enquanto olho para meu pai, que me encara, desconfortável.

— Dá pra ver — digo.

Mal vejo a hora de me livrar deles. Tenho coisas a fazer. Decido ir direto ao ponto.

— Foi Seth quem mandou vocês virem?

Minha mãe parece ofendida.

— Claro que não — responde ela. — Por que acha isso?

Abro e fecho a boca. Não posso exatamente acusá-lo de me manter como prisioneira, isso faria com que eu soasse louca. Pensar em alguma besteira relacionada a ele estar preocupado comigo, mas, quando estou com as palavras na ponta da língua, meu pai fala primeiro.

— Filha... — A expressão em seu rosto é a mesma que usava comigo e com minha irmã quando éramos crianças. Não sei se devo me preparar para a lição de moral da minha vida ou se fico ofendida por ele ainda achar que tenho doze anos. — Chega desse papinho de Seth. — Com a palma da mão virada para baixo, ele corta o ar como se estivesse fatiando o "papinho de Seth" ao meio. — Você tem que deixar tudo isso pra trás. Precisa seguir em frente.

— Com certeza — concordo.

— Você devia entrar na academia — sugere minha mãe.

— Eu vou. — Assinto.

— Que bom... — Meu pai se senta. Seu trabalho está feito. Ele está livre para ir embora assistir ao jornal e comer as refeições que minha mãe prepara.

— Estou muito cansada — digo.

Meu pai parece ficar aliviado.

— Vá pra cama, então — diz ele. — A gente te ama.

É mentira. Eu o odeio.

***

Levo-os até a saída já pensando no que vou fazer assim que trancar a porta. Ligar para Hannah... fazer a mala... ir embora. Ligar para Hannah... fazer a mala... ir embora. Mas Seth entra no quarto antes que eu consiga procurar meu celular. Ele está com aquela cara de: "Amor, cheguei!" Entrando em cena para me salvar de mim mesma. Estou curvada sobre a mesinha de cabeceira, então ajeito a postura enquanto me xingo mentalmente por não ter me livrado dos meus pais antes.

— Está fazendo o quê? — Seria uma pergunta muito comum, não fosse tudo o que aconteceu nas últimas semanas. Agora, seu tom me apavora.

— Procurando minha pomada de cortisona. — Dou um sorriso. — Acho que os remédios estão me dando alergia. — Coço o braço, distraída.

— Não está no armário de remédios?

— Ficava aqui do lado da cama uns meses atrás, mas quem sabe... — Ainda me coçando, olho em direção ao banheiro.

— Eu pego pra você.

Seu tom de voz parece alegre, mas vejo a mudança praticamente imperceptível em seus olhos. Ele está andando de forma diferente, com passos tensos e os ombros em um ângulo rígido. *O que você está aprontando?* Meu arrepio é adiado enquanto o observo entrar no banheiro e acender a luz. Ele volta com a pomada alguns segundos depois. Colo um sorriso no rosto, como se estivesse grata... aliviada. É um sorriso que eu daria há meses e seria sincero. Faço toda uma cena, destampando o tubo e esfregando a pomada no braço. Seth se inclina para examinar o lugar. Pela primeira vez, percebo que ele está ficando grisalho. O estresse de ter três esposas e de sustentar tantas mentiras deve estar cobrando seu preço. Ele engordou também.

— Não vejo nada — diz ele.

— Está coçando. — Minhas palavras soam monótonas até para mim mesma.

Ele ajeita a postura e me olha nos olhos.

— Não falei que não estava.

Ficamos assim, encarando um ao outro, pelo que parecem minutos, mas sei que foram apenas alguns segundos.

— Minha mãe... — Começo a contar que ela veio para cá com meu pai. Os olhos de Seth estão em meu braço de novo.

— Ela disse que vai voltar amanhã. Pra ficar com você — diz ele, sem erguer o olhar.

— Não preciso de babá — digo. — Estou bem.

Ele se vira pela primeira vez.

— A gente se preocupa com você, Quinta. Até estar bem de novo, alguém vai ficar aqui com você.

Preciso sair daqui. Preciso ir embora.

Vamos para a cama na mesma hora — hora de o casal ir dormir —, mas Seth não dorme na cama comigo. Ele dorme no sofá, com a TV ligada a noite toda. É o único momento em que fico sozinha, e fico grata por ter a cama só para mim. É difícil demais fingir assim. Quando vou ao banheiro, ele bate na porta e pergunta se estou bem. No meu quinto dia em casa, Seth devolve meu celular — *devolve*, como se eu fosse uma criança que precisa de permissão. Há mensagens da minha chefe desejando uma recuperação rápida e dizendo que meus turnos foram cobertos; de Lauren, antes de descobrir onde eu estava; e de Anna, enviadas há quatro dias, perguntando quando podemos conversar. Mando uma mensagem curta para Anna pedindo desculpas por estar ocupada e digo que vou ligar em breve.

Quando procuro pelas mensagens de Hannah, descubro que foram todas deletadas, assim como seu número.

— Minhas mensagens de voz sumiram — digo casualmente. — Você apagou?

Ele ergue o olhar do livro que está lendo, um *thriller* que escolheu da minha coleção. Faz cinco minutos que não vira a página. Ele balança a cabeça e faz as covinhas nos cantos da boca aparecerem quando responde.

— Não.

É isso? Não? Ele volta a "ler" o livro, mas seus olhos não estão se mexendo. Ele está me observando. Solto o telefone e cantarolo enquanto movo as coisas pela minha mesinha e finjo que tiro o pó. Sou uma esposa feliz. Me sinto protegida e segura com meu marido aqui. Quando ele olha para mim de novo, dou um sorriso enquanto endireito uma pilha de contas, tomando cuidado para que as pontas fiquem alinhadas. *O que você está aprontando, seu filho da puta?*

Meus dedos coçam de tanto que anseiam por meu notebook, para procurar o nome de Hannah como fiz naquela primeira vez. Ele está na minha mesa, carregando desde a última vez que o usei. Meu notebook tem senha, e não há a menor chance de Seth tê-la adivinhado para apagar tudo o que há lá também.

Mas a verdade é que estou com medo. Vi o modo como ele me olhou no dia em que caí e desmaiei na cozinha. E Hannah... Ele bateu nela. Pelo amor de Deus, nem sei se ela está bem.

Espero a hora certa. Na sexta noite, amasso um dos meus comprimidos para dormir enquanto esquento a sopa no fogão. Como já terminamos duas temporadas de um reality show besta, Seth está tentando achar algo para assistirmos na TV.

Sirvo a sopa com uma concha, jogo o pó do remédio no prato dele e adiciono molho de pimenta — do jeitinho que ele gosta. Depois de um episódio de *Friends*, ele dorme no sofá, de boca aberta e com a cabeça para trás, roncando. Chamo seu nome: "Seth..." E depois mais alto: "Seth...?" Dou um puxão forte em seu braço e, quando ele não reage, me levanto com cuidado enquanto sinto o coração a mil por hora. O carpete amortece meus passos, mas, mesmo assim, parece que uma manada de elefantes em debandada está passando. O que será que ele faria se me pegasse? Nunca mexi no celular dele antes. Não havia nenhuma regra, exceto aquelas a respeito das esposas. Eu simplesmente nunca mexi nas coisas dele, e ele nunca mexeu nas minhas. Quer dizer, até ele deletar as mensagens de Hannah. É uma nova era do nosso casamento.

O celular dele está com a tela virada para baixo na mesinha de centro. Tento lembrar se isso é normal, se ele já o deixou assim antes. Mas não... o telefone dele sempre fica com a tela para cima, desbloqueado e prontamente exposto. Uma vez, uma amiga na faculdade me contou sobre o namorado adúltero que sempre deixava o celular virado para baixo. *Eu devia ter desconfiado*, dissera ela. *É um sinal tão óbvio*. Mas Seth não está exatamente traindo, né? Ele não quer que eu veja o nome delas aparecendo na tela. Está ocupado tentando me convencer de que elas não existem. Estendo a mão para pegar o celular sem tirar os olhos do rosto dele em nenhum momento. Na TV, está passando um comercial com uma mulher com pele de crocodilo que, depois de usar um creme, fica magicamente lisinha. Ela passa os dedos pelo braço e, convincente, sorri para mim enquanto digito a senha de Seth.

A senha dele sempre foi a mesma desde que nos conhecemos, uma sequência péssima e previsível que já o vi digitar um milhão de vezes. Fico surpresa quando a tela se ilumina e ganho acesso à tela inicial. É claro que ele não a alterou, ele está no controle da situação, me controlando. Seu celular nunca fica largado, e eu, na maior parte do tempo, sou supervisionada a cada minuto do dia. Ou ele quer que eu veja. Primeiro, vou até os contatos e procuro pelos nomes de Hannah e Regina. Nada aparece, nada. Meu marido não conhece nenhuma Hannah ou Regina. Só que, há apenas algumas semanas, estávamos bebendo sidra na feira quando o nome de Regina apareceu: ela ligou para falar sobre a cachorra deles. Eu não havia inventado aquilo na minha cabeça. As mensagens são um misto de coisas desinteressantes: minha mãe, minha irmã perguntando como eu estou, trabalho, clientes, empreiteiros... eu. Mesma coisa no correio de voz e no e-mail.

Não me mexi nem um centímetro sequer, mas minha respiração está pesada. Ele limpou tudo. Ele queria que eu pegasse o celular e achasse... nada. Coloco-o de volta na mesa de centro com cuidado para que fique na mesma posição em que estava e depois vou bem devagar até meu notebook. Mas ele não liga. O botão, teimoso, permanece escuro mesmo quando continuo apertando. Ele fez alguma coisa com meu notebook. Passo as palmas suadas na calça; minhas mãos tremem enquanto aperto o botão pela última vez. Não sei se estou com raiva ou com medo. Por que ele faria isso? Ou talvez não tenha sido ele. Computadores param de funcionar a toda hora. *Dois... três... quatro...* e nada. Não, só faz um ano que comprei este notebook. Estava ótimo antes... Quer dizer, antes de eu contar ao meu marido que havia encontrado sua outra esposa.

Procuro e acho meu celular às pressas para mandar uma mensagem para Lo e dizer o que aconteceu. Minha mente está um turbilhão de pensamentos enquanto olho por cima do ombro para ver se Seth se mexeu durante o sono. Mando uma mensagem atrás da outra, até que há dezenas de balõezinhos azuis na tela. Parece coisa de maluco, e, na mesma hora, me arrependo de tê-las enviado. Deleto todas as mensagens para caso Seth olhe meu celular e depois fico esperando por uma resposta, pelo balão que deixará claro que ela recebeu o que mandei, mas nada aparece.

Seth escondeu as chaves do meu carro e minha carteira. Pouco depois das sete horas pego uma muda de roupas e vasculho a gaveta de tralhas em busca da chave reserva. Vou precisar de dinheiro. Mordo o lábio com força enquanto surrupio uma nota de cem dólares da carteira dele. Ele guarda outros quinhentos no porta-pão para emergências. Demoro muito para chegar à cozinha e fico agoniada ao pensar no que farei caso o dinheiro não esteja lá, mas, quando levanto a tampa, a primeira coisa que vejo é o bolo de dinheiro envolto em papel-celofane no canto, ao lado de uma única e solitária uva-passa. Enfio uma braçada de mantimentos numa sacola e, com Seth ainda desmaiado no sofá, me dirijo até a porta. Congelo quando a porta range e faz um barulho que soa tão alto para mim que me faz ter certeza de que todos no prédio ouviram. Meu corpo fica tenso; as mãos de Seth vão me puxar para trás a qualquer momento. Viro a cabeça para ver se ele está muito perto, pronta para sair correndo antes que me agarre, mas, quando varro a sala com os olhos, vejo que ele ainda está jogado no sofá, dormindo.

Não sei quanto tempo vou passar fora. Se ficar sem dinheiro, posso ligar para Anna e pedir um pouco emprestado, mas ela insistiria em vir aqui e eu teria de explicar tudo. Não... Pensa... Deve ter outro jeito. É quando me dou conta. Com o estômago na garganta, vou até o elevador. E se ele acordou? O que faria para me impedir? Se ele tentasse me segurar, será que eu conseguiria escapar? Eu poderia gritar, e quem sabe um vizinho viesse me ajudar. Soco o botão do elevador, imaginando tudo de terrível que poderia dar errado. *Anda, anda...* Vai levar um tempinho até ele descobrir aonde fui. Primeiro, ele vai procurar minha mãe e Anna, talvez o hospital, para saber se alguém teve notícias minhas. Isso me dá algumas horas. Como última alternativa, Seth vai deduzir que fui atrás de Hannah, mas a essa altura já estarei lá. Conforme o elevador balança, me ocorre que Seth talvez tenha instalado um rastreador no meu celular. Não dá para duvidar de mais nada vindo dele, não é? Há aplicativos que fazem isso. Localizadores de celular. Seth é um planejador, Seth não deixa nenhuma ponta solta. Quando as portas se abrem, hesito por um instante antes de jogá-lo no chão do elevador e sair.

VINTE E CINCO

Há novos vasos na frente da casa, coisas enormes de cerâmica que parecem pesar centenas de quilos. Será que Seth os carregou do carro até o jardim e os posicionou enquanto ela ficava a uns metros de distância, só dando ordens? Que família feliz! Ela plantou calêndulas laranja e amarelas neles. Estão plantadas de forma organizada no solo, são novas nas redondezas e crescem domesticadas.

Me pergunto sobre o que mais mudou, se ela vai aparecer quando abrir a porta, segurando a barriga enquanto fala comigo. Eu tinha esse hábito antes mesmo de a gravidez ficar aparente, sempre consciente da vida que crescia dentro de mim. Passo pelos vasos e sigo pelo caminho que leva até a porta. Dá para ouvir a televisão lá dentro, algum programa com aquelas risadas pré-gravadas. Isso é bom, significa que ela está em casa.

Paro por um instante antes de tocar a campainha. Saí de casa com pressa e nem ajeitei o cabelo no carro antes de descer correndo. Ah, agora é tarde demais. Toco a campainha e dou um passo para trás. Um minuto depois, ouço passos vindo e, então, o clique da tranca. A porta se abre, e o ar da noite é preenchido pelo cheiro de canela.

Hannah está descalça e com uma aparência bem diferente de quando a vi pela última vez. Ela está usando calça de pijama e uma regata e o cabelo está puxado para trás, preso em um rabo de cavalo baixo. Fico aliviada ao vê-la, e ela parece bem. Suas sobrancelhas se levantam ao me ver e sua cabeça se inclina um pouco para o lado. *Por que essa cara?*, penso. De repente, fico constrangida com minhas roupas e meu cabelo. Devo estar tão desajeitada por fora quanto estou por dentro. Hannah, sempre tão reluzente e arrumada, como uma linda peça de porcelana.

— Eu... Você deixou uma mensagem. Eu não sabia se estava tudo bem. Você está linda! — Quando ela me encara com um olhar estranho, acrescento: — Fiquei sem celular...

Minha voz fica presa na garganta. Há algo de errado. A expressão de Hannah é educada, mas inflexível. O único sinal de que me ouviu é um arregalar de olhos sutil, o branco do olho fica aparente antes de suas pálpebras, sonolentas, se fecharem de novo.

— Você me desculpa — diz ela. — Mas acho que não entendi. Com quem você quer falar mesmo?

— Com você... — digo gentilmente. — Estou aqui pra te ver. — Minha voz sai como uma nuvem de fumaça, efêmera, e logo evapora. Mudo a expressão no rosto e tento parecer determinada.

Ela toca com delicadeza seu peito. Está confusa e muito surpresa.

— Eu não conheço você — diz ela. — Será que bateu na casa errada? — Ela olha para além de mim, em direção à rua, como se quisesse verificar se há alguém esperando por mim ou se estou sozinha. — Qual é o número da casa que você está procurando? Conheço quase todo mundo desta rua — diz ela, disposta a ajudar.

Abro e fecho a boca enquanto sinto uma onda de frio tomar conta do meu corpo, do pescoço aos pés. Dói para respirar, e sinto minhas pálpebras ficando quentes.

— Hannah? — Tento uma última vez.

Ela faz que não.

— Desculpa... — Sua voz é mais firme dessa vez; ela quer voltar para seu seriado com risadas pré-gravadas.

— Eu... — Olho em volta e avalio a rua de cima a baixo. Não há ninguém na rua, apenas as casas impecáveis e as janelas iluminadas pela luz amarela e aconchegante. Me sinto trancafiada, isolada dentro de mim mesma. A luz amarela e aconchegante não é para mim, e sim para outras pessoas. Dou um passo para trás.

— Sou eu, Quinta — digo. — Nós duas... Eu sou casada com Seth também.

As sobrancelhas dela se unem e ela olha para trás, para dentro da casa.

— Desculpa, mas acho que você se enganou. Deixa eu chamar meu marido, vai que ele consegue te ajudar...

Ela se vira e chama alguém lá de dentro. É quando percebo que o cabelo dela não está num rabo de cavalo baixo como pensei; muito pelo contrário, está bem curtinho, em um corte *pixie cut*.

— Seu cabelo — digo. — Você cortou faz pouco tempo? — Noto a barriga dela também, quão reta ela está. Quase toco minha barriga de tão confusa que estou.

Agora ela parece assustada e varre tudo com o olhar, como se estivesse procurando ajuda. Ela ergue a mão para tocar a própria nuca.

— Espero que você encontre quem está procurando — diz ela e, então, fecha a porta na minha cara. O cheiro de canela se vai, e fico com o aroma de terra úmida e folhas em putrefação.

Cambaleio para trás, me viro em direção à calçada e atravesso a rua correndo até meu carro. Enquanto me atrapalho com a chave, me viro para olhar a casa e percebo um movimento nas cortinas do segundo andar, como se alguém estivesse espiando. É ela... Hannah. Mas por que ela alegou não me conhecer? O que está acontecendo? Entro no carro e descanso a testa no volante. Minha respiração sai sibilante de meus lábios em suspiros silenciosos. Isso é loucura, me sinto louca. O pensamento é tão desconfortável que rapidamente ligo o carro e dirijo para longe da casa. Estou com medo de que ela chame a polícia. Como eu explicaria tudo isso?

Depois de colocar um endereço no GPS do carro, sigo em direção à rodovia. Seth checaria primeiro os hotéis grandes — aqueles com direito a roupões e minibar. Nunca consideraria nada além disso porque se casou com uma mulher que prefere ter só do bom e do melhor na vida.

Minha cabeça dói, e percebo que não tenho nada para aliviar a dor; o frasco de aspirina para viagem está na bolsa que Seth escondeu. Pela primeira vez em dias, meus pensamentos estão nítidos e afiados — minha dor de cabeça deve ser resultado do meu corpo lidando com a abstinência dos remédios que fingi tomar nos últimos dias. Penso nos frascos alaranjados perto da chaleira e me lembro do gosto amargo que deixam quando derretem em minha língua. Eram para ajudar, mas fazem com que eu me sinta louca, que eu duvide de mim mesma, e sufocam meus pensamentos. Será que era isso que Seth queria? Que eu duvidasse de mim mesma e confiasse nele?

Dez minutos depois, o GPS do carro me leva a uma longa estrada de terra. Está escuro, mas sei que, à minha esquerda e depois de um denso bosque, há um lago. Durante o dia, ele fica cheio de jet skis e de pessoas fazendo *stand up paddle*, um grande programa de fim de semana para universitários e famílias. A rua termina, e então estaciono o carro. A casa à minha frente é escura e tem janelas grandes e escuras, intimidadoras, como olhos ocos. Pego minha bolsa no banco do carona e saio do carro. *Por favor, meu Deus, faça isso dar certo*, penso enquanto caminho até a casa. Ela tem dois andares, é cercada por um bosque e tem uma entrada longa e sinuosa. Possui um design mais quadrado, popularizado nos anos 1960. Ainda há equipamento de construção aqui e ali, e preciso me esquivar de um grande cano de metal quando saio do carro. Ando pelo caminho curvo, e meus sapatos vão esmagando o cascalho. Há um cadeado porta-chaves pendurado na porta, e eu me ajoelho na frente dele, desejando ter trazido uma lanterna. O código é o mesmo para todas as casas de Seth: ele havia contado uma vez quando estávamos namorando e me levara para ver uma casa que estava construindo em Seattle. Vagamos pela mansão de mais de três mil metros quadrados — enquanto eu dizia "ooooh" e "ahhhh" para tudo que via — e depois transamos na ilha da cozinha.

Digito os números no cadeado rezando para que Seth não tenha mudado o código. Ele abre com um clique satisfatório, e sacudo a chave em minha mão. Enfio-a na fechadura, a porta se abre, e eu entro. Olho em volta e sinto uma profunda sensação de missão cumprida. Estou me escondendo em plena luz do dia. O ar cheira a cigarro e toalha molhada, então respiro pela boca conforme vou adentrando lentamente a casa e olhando tudo. A casa Boca de Algodão: fonte de inúmeras dores de cabeça. Fica na rodovia Boca de Algodão, número 66, e é por isso que Seth a apelidou de casa-cobra. Há quatro meses, o proprietário teve um infarto e foi hospitalizado. O filho dele, sem saber qual seria o destino do pai e incapaz de bancar a obra sozinho, congelou o projeto por tempo indeterminado. Seth ficou frustrado com toda aquela bagunça e sempre reclamava, e é por isso que sei de todos os detalhes. Abro as cortinas e deixo a luz da lua, opaca e amarelada, entrar pelo pequeno espaço entre elas. O carpete está bem velho, e o que já fora um azul-royal agora tem uma cor desbotada que lembra jeans. Está enrolado em lugares onde os empreiteiros haviam começado a reformar o chão. Olho pela janela e avisto o céu noturno. Se fosse dia, o céu estaria cinza, as nuvens opressivas de tão pesadas. Tempo... Esse lugar teve tanto tempo para rachar, ceder e esmaecer. Caminho até o minúsculo lavabo e tento acender a luz. Me agacho para fazer xixi e torço o nariz ao sentir o cheiro rançoso que emana do ralo. Há manchas de ferrugem na pia, e, ao fechar a torneira, ela emite um ruído áspero. Quando me olho no espelho, vejo uma pele pálida e desbotada e luas escuras sob meus olhos. Não me surpreende que Hannah tenha ficado tão assustada ao abrir a porta.

Vagueio até o andar de cima e encontro um quarto. Há um papel de parede floral que está descolando nos cantos e uma cama velha encostada na parede. Me sento na beirada da cama e sinto o colchão ceder sob mim. O que estou fazendo aqui? Será que foi um erro vir? A forma como Hannah me olhou, como se não soubesse quem eu era. Será que Seth a avisou...? Ameaçou...? Ou... Ai, meu Deus. Passo as mãos pelo cabelo, sinto os nós e me encolho por causa da dor que isso causa atrás dos meus olhos. Ou... será que ela nunca me viu? Será que alguém consegue inventar todo um relacionamento? Se a situação fosse outra, eu ligaria para meu médico e perguntaria o que ele acha, mas não confio em meu médico, nem no meu marido nem em mim. Seth entrou na mente de todos nós.

Minha cabeça ainda dói. Me deito de costas, rolo para o lado e abraço os joelhos. Só uma sonequinha. Até a dor de cabeça passar e eu conseguir pensar com mais clareza.

Quando acordo, é de manhã. Não sei que horas são. O sono se tornou algo confuso nos últimos meses — um misto, sem dúvida, da constante mudança de paisagem e medicação. Me sento e olho em volta do quarto à procura de um relógio, mas, tirando o papel de parede floral empenado, as paredes estão vazias. Será que Seth já acordou? Será que já começou a fazer ligações para me encontrar? Não cogitei um rastreador no meu carro, mas isso seria extremo demais. Seth não faria isso... Faria?

Tomo uma ducha no banheiro principal enquanto ouço o som dos canos se acomodando à água morna que jorra do chuveiro. A toalha que encontro é áspera e nada macia, então nem me seco muito e me visto rápido, com a pele ainda úmida. Na pressa, trouxe só uma calça jeans e um suéter, que antigamente ficava justinho no corpo, mas agora está largo em mim. Paciência... É o que tenho para hoje. Mando a insegurança para longe, calço o Converse e pego as chaves antes de ir em direção à porta.

Chegou a hora de falar com Regina.

VINTE E SEIS

Adele toca no rádio enquanto dirijo pelo tráfego matinal. Estou melhor hoje, me sentindo mais eu mesma. Aumento o volume e ao mesmo tempo freio com tudo. O caminhão no qual quase bati acelera um pouco para ficar a alguns metros de distância, e depois disso sigo com mais cuidado. A voz de Adele é tão melancólica que, de repente, percebo como minha situação é solitária. O que estou fazendo aqui? Talvez eu *seja mesmo* louca. Entro num estacionamento abruptamente e interrompo Adele quando desligo a ignição. Não, Seth é o mentiroso, e preciso achar um jeito de provar. Passo a manhã inteira pensando no que aconteceu com Hannah. Meu estômago embrulha quando me lembro do vazio em seus olhos ao me ver. Há algo errado, e preciso tirar essa história a limpo. Ir atrás de Regina é a única coisa em que consigo pensar. Me lembro do perfil no site de namoro que criei para Will Moffit. Séculos se passaram desde a última vez que entrei lá. Será que Regina acha que ele a dispensou?

Os escritórios da Markel & Abel ficam de frente para um laguinho, em um prédio de três andares construído com tijolo branco. O edifício é compartilhado com uma imobiliária e um consultório de pediatria. Espio as janelas dos carros que passam por mim a caminho da garagem subterrânea do prédio. Regina pode estar em um deles. Considero encurralá-la no estacionamento, mas isso só faria com que eu parecesse desequilibrada. Não, tem de ser do jeito certo, do jeito que planejei. É o que digo a mim mesma, mas, assim que saio do carro, começo a chorar. São, em grande parte, lágrimas designadas a nenhum motivo específico; não sei dizer se estou com medo, triste ou com raiva, mas elas não param de escorrer. Eu as intercepto com as costas da mão e as seco na calça jeans.

Algo parece errado, mas não sei o que é. Seco os olhos pela última vez e passo um gloss nos lábios, em uma tentativa falha de tirar minha cara de acabada. Quando empurro as portas do prédio, ouço o gritinho de uma criança e o som de pezinhos andando. Um segundo depois, uma mulher baixa, loira e com aparência exausta aparece correndo atrás da criança.

— Desculpa — diz ela, pegando o menino quando ele se choca contra mim.

Ele se abriga nos braços dela, com cara de quem está satisfeito consigo mesmo, e descansa a cabeça no ombro da mãe. Sinto uma pontada de algum sentimento em meu peito, mas a afasto e sorrio quando ela o ajeita acima do quadril e o leva em direção ao consultório.

Quase os sigo só para ver o que vai acontecer, mas então me lembro do porquê de estar aqui. Subo as escadas até o segundo andar e desacelero quando avisto a porta de vidro. Na minha frente há uma sala de espera grande, com sofás de couro marrom, elegantes e masculinos. Nos fundos da sala, e bem na minha direção, fica a mesa da recepcionista. Uma mulher de coque e óculos está com um telefone pressionado na orelha enquanto digita alguma coisa no computador. Sinto vergonha do meu suéter largo e da calça jeans surrada. Queria ter trazido algo mais apropriado.

Empurro as portas, caminho diretamente até a recepção e a cumprimento com um sorriso assim que a ligação termina.

— Seja bem-vinda — diz ela, de um jeito profissional e treinado. — Como posso ajudar?

— Tenho um horário marcado — digo. — Com Regina Coele. — Faço uma pausa, tentando me lembrar do nome que usei quando marquei a reunião. Parece que foi há séculos, e não semanas. — Meu nome é Lauren Brian. — Ponho as mãos na cintura e tento fingir que estou entediada. Ela olha rápido na minha direção antes de digitar algo no computador.

— Vi aqui que você perdeu seu horário na semana passada, sra. Brian. — Ela franze o cenho. — Não temos nada marcado para hoje. — Ela me olha à espera de uma reação.

Levo uma das mãos à testa e faço uma cara que espero que pareça uma expressão perplexa.

— Eu... Eu... — gaguejo. Lágrimas enchem meus olhos enquanto a encaro. Eu estava trancafiada no Queen County, comendo gelatina e olhando para a falta de cílios de Susan no dia da minha reunião. Não preciso fingir que estou perplexa, porque estou mesmo. Levo a mão ao rosto e a deixo cair abruptamente. — É que está tudo tão... Eu estou me divorciando — digo. — Devo ter me confundido...

Percebo que ela amolece.

— Me dá só um minuto. — Ela se levanta e desaparece em um corredor que, provavelmente, leva aos escritórios dos advogados. Dou uma olhada na sala de espera, ainda relativamente vazia, já que é muito cedo. Há uma senhora mais velha sentada num canto distante, com um copo do Starbucks em uma das mãos e uma revista sobre vida doméstica na outra. Me recosto na cadeira mais próxima à mesa da recepção, cruzo os dedos e fico balançando a perna em sincronia com os meus nervos.

Ela volta uns minutos depois e se senta. Não consigo ler sua expressão.

— Sra. Brian, a srta. Coele se prontificou a pular o almoço caso você esteja disposta a voltar ao meio-dia.

Uma pessoa boa, uma pessoa querida! Sinto o coração na boca enquanto me levanto e vou até sua mesa.

— Sim — respondo, sem demorar. — Obrigada por me ajudar — digo, do fundo do coração, com a voz embargada de gratidão.

Ela assente como se não fosse nada. O telefone toca de novo; estou atrapalhando. Me afasto da mesa e dou uma olhada no relógio pendurado na parede. Quatro horas para gastar.

Encontro uma pequena butique num shopping pelas redondezas. *Mocinha Bonita*. Me encolho diante do nome enquanto observo a vitrine. As meias com babados até o joelho e camisetas com mensagens positivas são o suficiente para me fazer virar as costas, mas tenho tempo para gastar e minhas opções são limitadas. Avisto meu reflexo ao entrar na loja. O suéter laranja me lembra um macacão de detento. Vasculho as prateleiras por meia hora até encontrar uma jaqueta marrom de camurça e uma blusa para usar por baixo. Melhor assim, penso. Entrego o dinheiro à vendedora e me troco no carro depois de jogar a malha no banco detrás. As peças novas pinicam, e coço a pele até parecer que estou em carne viva.

Na volta para o prédio branco que abriga o escritório, avisto um bar com uma placa de "aberto" piscando intermitentemente na janela. Vejo que horas são: ainda faltam três horas. É cedo demais para beber, mas entro no estacionamento mesmo assim. Há apenas outros dois carros aqui. Um deve ser do barman e o outro, do pinguço da cidade. Dou uma olhada na Mercedes antiga enquanto caminho até a porta, amassando o cascalho com os sapatos. Já consigo até sentir o gosto do álcool na boca. Faz quanto tempo que não bebo?

Quando empurro a porta, o cheiro de espelunca me recepciona: uma mistura de ar estagnado, cerveja derramada e suor. Absorvo o cheiro conforme me sento em uma banqueta e peço uma vodca-soda a um homem com olhos cansados e uma camiseta do Van Halen. Agradeço mentalmente por ele não falar comigo e só me entregar o drinque sem fazer contato visual antes de voltar aos seus afazeres. Agora seria o momento em que eu pegaria meu celular para olhar as atualizações dos meus amigos no Facebook, talvez até entrasse nos meus sites favoritos para comprar alguma coisa. Em vez disso, encaro minha bebida, dando vida à linguagem corporal de quem frequenta bares antes do almoço, e penso no que vou dizer a Regina.

VINTE E SETE

Estou tonta. Três vodcas-soda, e não comi nada a manhã inteira. Minha visão está turva e os braços e as pernas parecem moles e desobedientes. Me repreendo enquanto escovo o cabelo com os dedos no banheiro minúsculo do bar e faço uma careta para o meu reflexo. Pareço uma bêbada: cara inchada, olhos vermelhos e pele manchada. Pelo menos me livrei do suéter laranja. Antes de sair, jogo uma água da pequena pia no rosto.

Tenho exatamente trinta minutos para me recompor antes de ver a primeira esposa do meu marido. Eu ligo para o que ela acha de mim, e é por isso que beber não foi uma boa ideia. Tecnicamente, sou — *era* — sua substituta. Apesar de sentir muita inveja dela, também sinto certa afinidade. *Quero* que ela goste de mim. Ela poderia me ajudar. Sou como um filhote de cachorro ansioso que, mesmo maltratado, continua balançando o rabo em busca de amor. Paro num posto de gasolina e compro colírio, chiclete e desodorante. No último instante, peço um celular descartável ao cara atrás do balcão. O desodorante provavelmente não é uma boa ideia — tem cheiro de baunilha —, mas o bar era quente e sinto a umidade embaixo dos braços e nas costas. Estou cheirando a um cupcake doce e suado. Estou cinco minutos atrasada quando entro correndo no escritório. A secretária me lança um olhar de irritação quando me vê. *Você só precisava fazer o mínimo, senhora...*

— Por aqui — diz ela, levantando-se. Eu a sigo por um corredor cheio de portas. Que erro, o jeito como organizaram isto aqui. Me faz lembrar do ensino médio, da longa caminhada até a sala do diretor. Dá para sentir o cheiro de baunilha e suor saindo de mim como uma névoa.

Regina está sentada a uma mesa quando a secretária bate gentilmente à porta e a abre. Ela dá um passo para trás sem me olhar nos olhos e abre passagem para mim. Regina se levanta assim que me vê. Ela é pequena, como Seth disse, mas muito mais bonita do que nas fotos. Estou encarando; percebo isso quando ficamos a sós na sala depois de a secretária entender a deixa e sair. Que surreal... Ela gesticula para que eu me sente em uma das duas cadeiras de couro de frente para a dela. Mas, em vez de voltar para sua cadeira, ela se senta a meu lado e cruza as pernas. Sinto o cheiro do seu perfume na hora, um aroma suave de lavanda. Sentada, me encolho, como se assim pudesse disfarçar o cheiro de baunilha/suor.

— Você aceita uma água ou um café? — oferece ela. — Um chá, talvez?

— Não precisa. Obrigada. — Ponho o cabelo para trás das orelhas e me ajeito na cadeira. A diretora não deve perceber que estou com medo.

— Pelo que entendi, você está pensando em se divorciar. — A cadência da voz dela é hipnotizante: profunda e, mesmo assim, feminina, como uma daquelas estrelas dos filmes em preto e branco. Como o ronronar de um gato.

— Não estou só pensando — digo. — E, inclusive, obrigada por ter aberto mão do almoço para me receber. Percebi que perdi nossa reunião. Foi muita gentileza sua. — Minha mãe sempre diz que gente confiante não agradece muito nem fica pensando demais nas coisas.

— É trabalho — responde Regina. — Trabalho primeiro, comida depois, né? — Ela dá um sorriso. — Vamos lá, me conta da sua situação.

Pigarreio. No punho da manga, dá para perceber a etiqueta com o preço que esqueci de arrancar. Toco no pedaço de papel e o empurro mais para dentro da roupa.

— Meu marido é poligâmico. — É uma afirmação que deveria chocar uma pessoa normal. Já cogitei diversas vezes dizer isso a estranhos ou colegas só para ver a reação deles.

O rosto de Regina, contudo, não muda. É quase como se ela não tivesse me escutado. Ela não pede que eu esclareça ou explique, e é só quando me manda continuar que continuo:

— Sou a esposa dele no papel. Ele tem outras duas.

Ela me encara, impassível.

— Há crianças envolvidas?

Faço uma pausa e penso em Hannah, na forma como ela me olhou, como se nunca tivesse me visto, quando toquei sua campainha ontem à noite. A confusão e a mágoa nos olhos de Seth quando contei ao médico o que ele era. Sinto uma pequena dúvida adentrar minha mente. *Você está louca, você está louca, você está louca.*

— A terceira esposa está grávida, mas não faz muito tempo.

— E as outras esposas, todas compartilham a casa com seu… marido?

Balanço a cabeça.

— Duas moram aqui, em Portland. Eu moro em Seattle.

Estudo seu rosto em busca de algum sinal de reconhecimento. Será que ela sabia tão pouco sobre mim quanto eu sabia sobre ela?

— E elas sabem de você? — pergunta ela.

Por um longo instante, me concentro em seu rosto. Nos lábios grossos contornados e pintados de vermelho, nas sardas espalhadas pelo nariz que sobressaem na maquiagem. É agora ou nunca, foi para isso que vim.

— Você sabe, Regina? Quanto de mim ele falou para você?

A expressão dela não muda. Ela cruza as pernas enquanto se reclina na cadeira e me encara com olhos inexpressivos que perfuram os meus. Por um longo período, ficamos assim: ela me observando e eu a observando. A sensação é de que estou prestes a cair da beira de um precipício.

— Quinta — diz ela.

Sinto vontade de pular da cadeira e dar um grito. Essa única palavra valida todos os motivos que me trouxeram até aqui. Regina sabe meu nome, ela sabe quem eu sou. Duvidar de mim mesma era um sentimento escorregadio e grudento, mas ouvir Regina dizer meu nome me lavou e limpou.

— Pois é — digo, sem fôlego... patética.

O rosto dela está marcado por uma repulsa indisfarçável. Ela suspira, descruza as pernas e se inclina para a frente, com os antebraços apoiados nas coxas. Agora já não parece mais tão arrumada, apenas cansada. É incrível como a expressão facial pode mudar a aparência de alguém.

— Seth entrou em contato comigo. Ele avisou que você poderia aparecer. — Ela encara o chão por entre os saltos antes de ajeitar a postura.

Então Seth já sabe onde estou. Ele me conhece mais do que imaginei. Sinto um embrulho no estômago ao encará-la.

Enquanto fiquei imaginando que ele ligaria todo atrapalhado para minha mãe e para Anna, ele foi direto a Regina. Pisco com força, tentando disfarçar o choque que deve estar estampado em meu rosto. Pensei que tivesse sido inteligente, mas, pelo visto, meu marido é mais inteligente que eu. Como fui burra... Mas essa tem sido a minha vida nos últimos anos: ser burra. Seth tinha previsto minha fuga de seu plano. Ele tinha pensado em tudo, previu minhas ações. Talvez só na última semana, ou talvez desde sempre.

— Beleza, Quinta, você veio até aqui, então me diz por que queria me ver. Já deduzi que não tem nada a ver com divórcio. — Seus lábios estão afundados nos cantos, firmes e enojados. Ela está erradíssima a respeito do divórcio, mas não digo nada. Ela que pense o que quiser. Só quero respostas sobre o homem com quem nós duas nos casamos.

Olho ao redor, à procura de algum toque pessoal da mulher com quem estou falando: quadros, tapetes, qualquer coisa que possa me dizer mais sobre ela. A decoração é mais masculina, o que pode não ter muito a ver com ela; mulheres não são de escolher tanta madeira de cerejeira assim. Ela parece gostar de samambaias, já que há três: uma no topo da estante, com as folhas pendendo para os lados, outra menor em sua mesa e a terceira — a mais saudável — no parapeito da janela. Elas estão bem-cuidadas e exuberantes.

— Vim aqui porque não conheço meu marido. Eu estava na expectativa de que você pudesse me dar uma luz. — Essa é uma maneira leve de dizer. Meu marido bate em mulheres e me internou por fazer muitas perguntas. Pelo visto, sou muito burra e preciso que Regina me diga que foi igualmente burra por confiar nele. Depois, posso contar a ela sobre Hannah.

— *Seu* marido? — Há divertimento em seu rosto, e as sobrancelhas estão arqueadas.

Quero dizer a ela que agora não é a hora de entrarmos numa discussão idiota para ver a quem Seth pertence, mas fico quieta.

— Não sei se consigo te ajudar. Na verdade, nem sei se quero. — Ela alisa a saia e dá uma olhada no relógio. São gestos sutis, mas feitos para que eu percebesse. Estou desperdiçando seu tempo. De repente, não me sinto tão confiante como me sentia há um instante. O clima mudou.

— Você está com Seth há oito anos... — começo.

— Cinco — interrompe ela. — Seth e eu ficamos juntos por cinco anos antes do divórcio, mas é óbvio que disso você já sabe, afinal você foi o motivo da nossa separação.

Sem reação, eu a encaro. É claro que fui, mas ela concordara. Isso não está saindo como o esperado. Por que ela está sendo tão amarga a respeito de algo que aceitou? Seth conheceu e se casou com Regina cinco anos antes de mim. Me lembro do ciúme que eu sentia por todo o tempo a mais que os dois haviam passado juntos, de saber que eu nunca os alcançaria.

— E esses últimos três...?

— Esses últimos três o quê? — Ela vocifera essa parte. Sua compostura se desfaz por um segundo enquanto algo surge em seus olhos.

— Que... Que vocês passaram juntos. O casamento plural...

Pela expressão de Regina, parece que lhe dei um tapa. Ela joga o pescoço esguio para trás. Dá para ver as marcas rosadas em formato de raios acima do decote. Eu a deixei nervosa. Não sei se isso é bom ou ruim, mas tê-la deixado nervosa significa alguma coisa.

— Desculpa — diz ela. — Não sei do que você está falando.

Sei que vão chamar a polícia se eu pular no pescoço dela e gritar: "Fala a verdade, sua vagabunda!" No mínimo, eu seria carregada para fora do prédio e mais uma pessoa acharia que estou louca.

— Tirando a conversa rápida em que ele me contou que você podia vir aqui me encontrar, faz anos que não vejo nem falo com meu ex-marido — diz ela.

Suas palavras aniquilam minha próxima pergunta. Minha boca fica aberta até que a fecho, franzindo o rosto.

Olho para Regina e depois para minhas mãos. Meus pensamentos estão incoerentes e intensos. Minhas falas não estão fazendo sentido para ela, e vice-versa. Ouço ruídos ao fundo e meu coração batendo.

— Como assim? — consigo perguntar, por fim.

— Acho que você devia ir embora. — Seu rosto está pálido enquanto ela se levanta e vai até a porta.

Sem saber mais o que fazer, eu a sigo. Meus pensamentos estão emaranhados entre Regina e Hannah.

— Você precisa de ajuda, Quinta — diz ela, olhando para mim. — Você está delirando. Seth contou que você estava doente, mas...

— Não estou doente — digo com tanta veemência que nós duas ficamos em silêncio por alguns segundos. Repito em um tom mais calmo: — Apesar do que Seth te contou, não estou doente.

— Vá embora. — Ela segura a porta aberta, e eu olho para além dela enquanto sinto meus pensamentos a mil por hora.

— Só me diga uma coisa — peço. — Por favor...

Seus lábios formam uma linha fina, mas ela não recusa.

— Os pais de Seth. Você já os conheceu?

Ela parece confusa.

— Os pais de Seth morreram — diz ela, balançando a cabeça. — Há muito tempo.

— Obrigada. — Suspiro antes de sair.

VINTE E OITO

O carro de Hannah está estacionado no mesmo lugar de sempre, rente ao meio-fio. Vou até o automóvel e toco o capô levemente enquanto passo, só para ver se está quente. Gelado. Ela não o dirigiu nas últimas horas. Pelo menos sei que ela está em casa. Ando rápido pela calçada e passo pelas plantas para chegar à porta.

Estou nervosa, parece que há alguém me observando, mas, em bairros como este, sempre há alguém te observando. Foi exatamente por isso que Seth e eu escolhemos o anonimato de um apartamento em vez de uma vizinhança e uma casa: vizinhos que levam comida em louças que vão querer de volta, pessoas passeando com cães na frente da sua casa no fim da tarde só para poder espiar pela sua janela. Olho por cima do ombro, examinando as janelas próximas com desconfiança.

— Você é doida mesmo, Quinta — digo baixinho. Nível de sanidade mental: falar sozinha em público.

A pressão no peito é quase insuportável conforme me aproximo da porta. A sensação é de que não consigo respirar direito. Piso numa pedrinha e me desequilibro um pouco. *Calma, calma.* Olho para meus pés, para as sapatilhas tão amadas que estão começando a feder. Se Hannah me convidar para entrar, não quero tirá-las. Ela tinha me feito tirar os sapatos antes? Não me lembro. Toco a campainha, dando um passo para trás, e espero. E se não for Hannah que vier atender à porta? E se existir mesmo um marido que mora com ela? O que vou dizer? Meu coração dispara enquanto aguardo e finco as unhas na palma das mãos. Comecei a suar. Dá para sentir que estou ficando grudenta.

Mas então um minuto vira dois e dois viram três. Toco a campainha de novo e dou uma olhada pela janela. Não há luzes acesas, mas isso não quer dizer muita coisa, já que estamos no meio da tarde. Ainda assim, um dia escuro. O sol tem aparecido mais ou menos a cada trinta minutos enquanto procura buracos entre as nuvens. Ando ao redor da casa, passo pelas grandes janelas da sala de jantar e, depois, por um portão que é relativamente fácil de destrancar. Se alguém me vir, com certeza vai chamar a polícia — uma mulher estranha que não se parece nada com Hannah andando em volta de uma casa neste bairro de classe alta.

Nunca estive no quintal, nunca nem sequer tive um vislumbre quando entrei na casa. O jardinzinho secreto de Hannah é lindo. Consigo imaginar como as flores devem desabrochar no verão. Agora, no entanto, os caules estão nus e as roseiras, vazias. Há duas árvores kiri japonês; uma delas fica nos fundos da casa, perto de uma janela.

Dou uma olhada lá dentro, vasculhando em busca de algum sinal de vida, e percebo que a janela está aberta e a tela é a única coisa que me separa do lado de dentro.

— Hannah...? — chamo. — Você está bem? Estou entrando... — Espero, tentando ouvir alguma coisa. Nada, nenhum barulho. Avalio a tela; seria fácil removê-la. Já fiz isso uma vez na casa onde morei quando era criança, quando minha mãe sem querer nos trancou do lado de fora enquanto regávamos o jardim. A janela estar aberta significa que ela não deve ter ido longe. Talvez tenha dado um pulinho até a mercearia ou os correios. Já que o carro dela está aqui, será que Seth a buscou? Preciso ser rápida se quero mesmo fazer isso.

Antes que eu mude de ideia, uso minhas chaves para desprender a tela e a ponho gentilmente na grama. Minhas mãos tremem enquanto me puxo por cima do peitoril e adentro a sala. Fico aguardando o toque de um alarme, com o corpo todo tenso, mas, depois de alguns segundos sem nada acontecer, ando devagarzinho. Não tenho nenhuma memória de Hannah mexendo em um sistema de alarme.

Pelo cheiro, parece que alguém andou cozinhando. Não preciso espiar na cozinha para saber que Hannah estava cozinhando algo antes de sair. Correndo, passo pelo corredor e subo as escadas, batendo o pé no chão de madeira. A primeira porta no topo da escada é a do quarto principal. Eu a empurro e analiso o cômodo à procura de... O quê? Corro até a mesa de cabeceira mais próxima da porta e puxo a gaveta com tudo. Há uma caixa de lenços, alguns livros, Tylenol... coisas comuns. Tem de haver uma foto de Hannah com o marido em algum lugar.

Procuro nas gavetas da cômoda, que tem uma organização metódica: roupas íntimas dobradas em pilhas impecáveis. Regatas em vários tons de cores neutras, meias, lingerie... Nenhuma peça masculina. Onde ficam as gavetas dele? Vou até o pequeno closet e olho para os suéteres e pares de jeans. Nada de ternos e camisas sociais, nada de mocassins marrons ao lado dos saltos e sapatilhas. Ninguém diria que um homem compartilha este quarto.

Há um banheirinho perto do closet com uma única pia, uma única escova de dentes e um sabonete líquido de peônia descansando na borda da banheira. No armário de remédios: um diafragma dentro de sua caixinha de plástico, vários frascos de remédios para dor de cabeça e antiácidos. Nada de vitaminas pré-natais nem creme de barbear. Analiso o chão atrás de fios do cabelo escuro de Seth, que é tão diferente do loiro de Hannah. Se ele usasse este banheiro, teria cabelo dele aqui, já que estou sempre varrendo fios no meu. *Nada, nada, nada.* O que está acontecendo?

Vou para o próximo cômodo, um escritório. Há uma mesa encostada na parede do fundo, que não tem nada a ver com Hannah. É moderna, quadrada e tem linhas retas — algo barato da IKEA. Um porta-canetas, um grampeador... Procuro uma conta, algo com o nome dela ou o dele. Não importa, só preciso de respostas. De um jeito ou de outro, preciso saber se a louca sou eu ou Seth.

Nada de contas, nada de correspondência. Tudo é impessoal, encenado. Ai, meu Deus, por que tudo parece tão encenado? O único armário no cômodo está vazio, exceto por um aspirador. Não há fotos nas paredes. Mas eu tinha visto fotografias quando ela me mostrou a casa, não tinha? Um búfalo, eu acho — não, era uma alpaca! Era um quadro enorme com a foto de uma alpaca. Lembro-me de que eu havia achado estranho.

Passo a mão pelo lugar na parede em que o quadro costumava ficar, à procura do buraco do prego na pintura. Está aqui, encontro-o, coberto de massa e de uma demão de tinta para disfarçar.

Este andar conta com mais um quarto e um banheiro. Há um cobertor florido dobrado na cama e um abajur antigo na mesa de cabeceira. Nada pessoal, nada como me lembro.

Qual foi mesmo o cheiro que senti quando entrei pela janela? Ela estava cozinhando alguma coisa e saiu abruptamente. Corro lá para baixo e paro na entrada da cozinha. Há um prato de cookies recém-assados, gordinhos e com as gotas de chocolate ainda macias. Me aproximo da ilha; há mais alguma coisa aqui... uma pilha de papéis... formulários de inscrição. Com a mão tremendo, pego um de cima da bancada.

— Com licença... — diz uma voz atrás de mim. Não é Hannah. Claramente não é Hannah. — Como você entrou aqui? As visitas só vão começar daqui a uma hora.

Há uma mulher parada no corredor com as sobrancelhas erguidas em desconfiança. Ela parece uma corretora imobiliária ou gerente de propriedades: cabelo preso em um rabo de cavalo baixo, calça preta e uma camisa social rosa. Autoritária, mas não arrogante. Está descalça e de meia-calça. Traz nas mãos uma caixa que contém as meias que os visitantes devem colocar por cima dos calçados quando estiverem visitando a casa.

— Me desculpa — respondo rapidamente. — Mil perdões. Deixa que depois eu volto... Vou parar de te atrapalhar. — Meu coração está martelando no peito enquanto caminho até a porta. Mas, quando vou ultrapassá-la, ela não se mexe e franze o cenho.

— Como você entrou aqui? — repete ela, cruzando os braços. Ela é uma daquelas mulherzinhas insuportáveis. Se alguma criança empurrar o filho dela no parquinho da escola, ela vai reclamar com o diretor. Se o cachorro do vizinho late sem parar, ela obriga a associação de moradores a aplicar uma multa nele. Eu até poderia contar a verdade a ela, mas é bem provável ela chamar a polícia. Olho para o celular preso em seu cinto. Uau, que profissional.

— Olha — digo. — Não quis incomodar. Já estou indo.

— Não está, não.

Ela monta acampamento na soleira da porta e puxa o celular. Consigo ver a janela aberta atrás de mim e os galhos balançando com o vento. Se ela virar a cabeça para a esquerda, vai perceber. Me recomponho. Mudo a expressão em meu rosto e endireito os ombros.

— Sai da frente. Agora.

Ela sai, e a pose de militar de um minuto atrás some. Há uma expressão cautelosa em seu rosto enquanto me observa destrancar a porta e sair. Considero dar a volta e recolocar a tela, mas isso só daria tempo para que ela chamasse a polícia.

Alcanço o carro a passos largos. Não olho para trás ao entrar e dou partida. Dirijo sem rumo por vários quilômetros antes de parar no estacionamento de uma farmácia. Pego o formulário que enfiei no bolso traseiro da calça e encaro as palavras. Hannah não tinha mencionado nada sobre se mudar. Para onde ela foi? Noite passada, ela estava ali, vendo TV com alguém, e hoje o imóvel está disponível para alugar.

Sem meu celular, não tenho para quem ligar nem como fazer pesquisa na internet. Eu poderia ir até uma biblioteca para usar o computador de lá. Mas não, ainda há mais alguém para seguir, uma história que não faz sentido. Não sei praticamente nada sobre a primeira esposa de Seth. Alguma coisa a respeito dela me incomoda, não sei exatamente o quê. Preciso saber mais sobre Regina Coele. Por enquanto, Hannah e Seth podem esperar.

VINTE E NOVE

Não estou louca.

Seth está se fazendo de burro, e Hannah convenientemente sumiu, o que me deixa com apenas uma opção: Regina Coele. Ela sabe de alguma coisa. Tenho certeza de que sabe. Ela não ficaria tão afobada para se livrar de mim no escritório caso não soubesse, afirmando que não via ou falava com Seth havia anos. Mas eu estava lá quando ela mandou mensagem para ele enquanto estávamos no Pike. Eu vi o nome dela aparecer no celular dele. Ela diria que havia sido uma ligação cortês sobre a cachorra deles.

Tinha algo suspeito no modo cuidadoso com que ela falou tudo. Era ensaiado, planejado — os dois tinham inventado aquela história juntos para me fazer parecer doida. Mas por quê? E qual é o envolvimento de Hannah nisso tudo? Meu estômago embrulha de novo quando penso em Hannah. Sei que a enganei quando não contei quem eu era de verdade. Se Seth contou quando descobriu o que fiz, eu não a culparia de ficar com medo de mim. Mas será que ela chegaria a ponto de colocar a casa para alugar porque a outra esposa de Seth a encontrou?

Talvez Seth a tenha obrigado a fazer as malas e alugar a casa quando achou que eu continuaria falando de sua poligamia. Mas por quê? Ele não é legalmente casado com nenhuma delas e não corre risco na justiça. Muitos homens têm casos extraconjugais — não há punição por foder outras mulheres fora do casamento. Será que foi para proteger sua reputação? A empresa? Seth nunca foi o tipo de homem que liga para o que os outros pensam dele. No entanto, casamentos plurais trazem à mente imagens de Warren Jeffs e dos complexos sujos e fundamentalistas em Utah — e nenhum empresário com a cabeça no lugar gostaria de ser associado a isso. Será que ele iria tão longe só para proteger sua reputação? É isso que preciso saber. Antes de bolar planos, preciso saber quais são os dele.

Me sinto estranhamente otimista enquanto me guio no trânsito do fim do dia em direção ao prédio branco em que Regina está encerrando seu expediente. Não vou sair de lá sem respostas. Imagino que deva estar atendendo o último cliente, ou o penúltimo, já que ela trabalha tanto.

— Ela fica até mais tarde, trabalha muito — contou Seth certa vez.

O orgulho na voz dele havia me deixado confusa. Ele não deveria reclamar em vez de fazer soar como se fosse uma qualidade admirável? Tento imaginar o que ela fará quando sair do escritório. Será que é do tipo que sai para beber com os amigos depois do expediente? Ou vai para casa esquentar comida pronta para comer em frente à TV? Penso no escritório, na falta de itens pessoais que demonstrem quem ela é. Não, ela não é do tipo que passa horas bebendo num bar. Ela é do tipo que leva trabalho para casa. Toda noite ela enfia pastas cor de creme debaixo do braço e as coloca no banco do carona na volta para casa. Ela janta na ponta de uma longa mesa, com arquivos abertos em redor e uns óculos empoleirados no nariz. Era essa a imagem que Seth transmitia, foi isso que me fez não gostar dela. Ocupada demais para atender às necessidades do nosso marido. Talvez ele tenha me contado essa história para que eu entrasse em ação e me esforçasse para compensar o que Regina não fez. E funcionou, não funcionou? Sempre quis ser mais do que o necessário. Assim que Seth se casou com Hannah, fiquei morrendo de ciúme. E me sentia culpada por isso também; era culpa minha não sermos capazes de ter um bebê, fora meu corpo defeituoso que havia acabado com meu casamento. Tentando entender meu papel, eu havia perguntado o que ele recebia de cada uma de nós, qual era a diferença entre nossos papéis. Ele me mandara pensar no Sol.

— O Sol oferece luz, calor e energia.

— Então você é... o quê? A Terra? — respondera eu, entrando na brincadeira. — Parece que somos nós que orbitamos ao seu redor, e não o contrário.

Ele ficara tenso com meu comentário, mesmo enquanto formava um sorriso nos lábios.

— Ai, Quinta, pra que levar as coisas tão a sério assim? Você que me pediu que explicasse.

Eu me encolhera, com medo de que minha brincadeirinha o fizesse me amar menos.

— Então o que eu sou? — perguntara eu, com uma voz melosa. A analogia havia me irritado. Tentei esconder a raiva balançando a perna embaixo da mesa. Era isso que eu fazia: escondia as coisas em um lugar onde ele não conseguisse ver. Nós três servíamos para, acima de tudo, atender às suas necessidades, e o que exatamente o Sol conseguia da Terra? O casamento dos meus pais estava longe de ser perfeito, mas os dois precisavam um do outro mutuamente.

— Você é minha energia — respondera ele.

Na época, eu havia gostado disso, de ser a energia de Seth. Fiquei temporariamente saciada, envolta num orgasmo verbal. Era eu que o preenchia com motivação e força de vontade, que o fazia continuar seguindo em frente. Na minha cabeça, fiz com que soasse mais importante do que as outras duas. Regina seria a luz e Hannah, o calor. Convenhamos, como alguém aproveitaria o calor e a luz se não tivesse energia?

Agora, enquanto espero por Regina no estacionamento, faço uma careta ao pensar em todas as formas com que justifiquei o que acontecia. Hannah era o calor de Seth, a boceta nova. Regina era seu primeiro amor. Uma mulher apaixonada, primeiro, perde a noção; depois, a coragem. Marco um ritmo no volante com o dedo. Não estou louca... ou talvez eu esteja... Mas só tem um jeito de descobrir.

Regina deixa o prédio uma hora e quarenta minutos depois. É exatamente como Seth a descreveu. Ela saiu depois da secretária, que foi embora já faz mais de uma hora, acelerando seu Ford como se tivesse um milhão de lugares melhores para estar. Observo enquanto ela caminha rapidamente até uma Mercedes antiga com a pasta firmemente segura em sua mão. O carro já teve dias melhores; noto a pintura envelhecida e os amassados no para-lama conforme ela entra no veículo. É o tipo de carro que não é velho o suficiente para ser vintage, mas é velho demais para ser considerado "maneiro" pela maioria das pessoas. Como Regina é uma advogada particular, eu esperava que ela tivesse um carro do ano. Dou a partida enquanto ela sai do estacionamento e a sigo de perto.

Sinto um frio na barriga quando ela entra na rodovia. Aperto o volante com mais firmeza e foco no para-choque dela. Vai ser difícil acompanhá-la nesse trânsito. Dou um jeito de ficar alguns carros mais para trás. Quando ela sai da rodovia, estou logo atrás com o coração a mil e ouço várias pessoas buzinando para mim. Dez minutos depois de segui-la por uma vizinhança sem graça afastada do centro, ela estaciona num conjunto habitacional encardido chamado Marina Point. Não há marina nenhuma por aqui, apenas prédios baixos e quadrados pintados com um cinza que lembra a prisão. A pouca grama em volta do local está amarelada. Tudo parece anêmico, e as poucas pessoas que estão do lado de fora estão reunidas na escada, fumando. Se eu abrisse a janela, saberia se é cigarro ou maconha, mas não tenho tempo. Regina passa pelos quebra-molas como se eles não estivessem ali. Espero que ela passe pelos prédios, como se estivesse apenas pegando um atalho, mas ela estaciona numa vaga numerada. Regina mora aqui.

Com o carro parado, olho em volta para a pobre desordem. Há algo errado. Uma mulher que coleciona Louboutin não dirige um carro desses nem mora aqui. Decido que ela está visitando alguém, fazendo uma breve parada antes de ir para casa. Talvez tenha vindo deixar alguns papéis para um cliente. Só que, quando sai do carro, ela leva a maleta e as pastas, com dificuldade para segurar tudo enquanto fecha manualmente o automóvel. Preciso ver em qual apartamento ela vai entrar. Estaciono rápido do outro lado da rua e a espero chegar ao topo da escada antes de descer do carro. Correndo, chego ao terceiro andar bem na hora que ela fecha a porta. O som do ferrolho ecoa pelo corredor de concreto quando Regina se tranca no lado de dentro. Olho ao redor. Não há tapetes de boas-vindas nem plantas decorando os degraus, apenas quatro portas sem nada e números baratos de plástico ao lado de cada uma. Um lugar para quem não tem mais para onde fugir. Com firmeza, encaro a porta por vários minutos. 4L. E bato.

O rosto de Regina está limpo quando ela abre a porta. Nos poucos minutos em que passou em casa, ela já tirou a maquiagem. É interessante que ela seja do tipo que imediatamente remove os resquícios do dia, enquanto eu durmo com os meus.

Ela nem tenta esconder o choque; se move com rapidez e fecha a porta com vontade. A porta vem com força na minha direção, mas sou mais rápida. Enfio o pé no vão e me encolho de dor quando sinto meus dedos sendo esmagados.

Regina a abre com um puxão e me encara. Sem maquiagem, ela parece uma criança. Uma criança raivosa e insolente que não leva desaforo para casa.

— O que foi? O que você quer? — Com as unhas vermelhas contrastando com o cinza desbotado, ela segura a porta numa tentativa de me manter do lado de fora.

— Você sabe o que eu quero — respondo. Depois, faço algo que surpreende até a mim: eu a empurro e entro na casa sem ser convidada.

Com a boca levemente aberta, ela se vira e olha para mim. Vejo seus olhos vasculhando o ambiente à procura do celular. Para quem ela vai ligar? Seth ou a polícia? Encontro o aparelho antes dela e me jogo em direção à mesa de jantar para pegá-lo. Coloco-o no bolso antes que ela me impeça e a encaro com um olhar solene.

— Só quero conversar — digo. — Foi só pra isso que vim.

Ela considera o corredor lá fora por um momento. Dá para sentir a indecisão no ar. Se gritar por ajuda, quem virá?

Ela deve ter decidido que tem chances melhores comigo, porque fecha a porta e toda a rigidez sai de seu corpo. Consigo sentir seu nervosismo quando ela passa por mim. Cheiro e energia; uma mulher trancada num cômodo com alguém que preferiria evitar. Interpreto como desdém o fato de ela não ter tanto interesse em mim quanto eu tenho nela. Não é uma característica das mulheres querer saber coisas sobre outras mulheres? Abusamos das informações... Ficamos nos comparando em vez de cada uma cuidar de sua vida. Até estudando seu rosto limpo e o cabelo grosso, estou fazendo comparações.

— Então tá, Quinta — diz ela. — Vamos conversar.

TRINTA

Há coisas caras neste apartamento barato. Um sofá de couro em "L" que outrora ocupava uma sala maior e calhamaços, que geralmente ficam em mesas de centro, em cima de uma mesinha de mármore. Tudo é grande demais, o que deixa a sala pequena e claustrofóbica. Procurando por alívio, olho pela janela por cima do pequeno conjunto de mesa de jantar de ferro forjado, mas não vejo nada além de fileiras de insípidos prédios cinza. Está bem quente; o aquecedor está no máximo para parecer que é verão. *Ela não quer aceitar de jeito nenhum*, penso. Regina se senta o mais longe possível de mim no sofá, enquanto eu continuo em pé sem ser convidada para fazer o mesmo. Ela se enrosca no canto, uma minúscula bola de mulher. Eu me sento mesmo assim, de frente para ela e tão na beirada que o couro quase me faz escorregar. Tento não encará-la, mas não é fácil, depois de ter passado tanto tempo pensando nela.

— E aí? — pergunta Regina. — O que você quer saber?

Bem diferente do "Você aceita uma água ou um café?" de mais cedo, quando ela estava cercada por suas samambaias, madeira e diplomas. Aqui, em sua sala, suas coisas me cercam.

— A verdade — respondo.

— A verdade? — diz ela, incrédula. — Acho que você nunca quis a verdade, Quinta. Você queria Seth. Já estou sabendo de tudo...

— Do que você está falando? E por que você disse que só ficou com Seth por cinco anos?

— Porque foi isso mesmo — diz, exasperada. Em seguida, acrescenta: — Antes de você aparecer.

— Quer dizer quando eram só vocês dois?

— Não! Pelo amor de Deus, você é doida mesmo... — Ela balança a cabeça, sem acreditar. — Quinta, você teve um caso com Seth. Foi por sua causa que a gente se divorciou.

O silêncio é ensurdecedor. Sinto uma pontada de dor lancinante na cabeça que me percorre de uma têmpora à outra.

— Mentira — digo. — Pra que mentir assim?

Ela me encara com a expressão vazia.

— Porque é verdade.

Faço que não. Minha boca está seca. Quero algo para beber, mas sou orgulhosa demais para pedir água.

— Não. Ele disse que...

— Para — diz ela, me interrompendo. Seus olhos estão furiosos. Ela os fecha, se recusando a ouvir. — Só para.

Normalmente eu recuaria, mas não dessa vez. Já passei tempo demais no escuro, preciso de respostas.

— Qual foi a última vez que você viu Seth? — Ela comprime os lábios na mesma hora e faz uma cara de quem comeu e não gostou.

— Já te falei que...

Ela olha para baixo — para o colo, ou para as mãos, ou para o desenho da calça do pijama, mas não para mim. Vejo seus ombros se erguerem e se abaixarem ao suspirar.

— Vi Seth semana passada — responde Regina. — Aqui no apartamento. — Quando percebe a expressão em meu rosto, ela adiciona: — Ele me deve dinheiro.

— Por quê?

— Por ter perdido tudo — retruca ela. — Você acha mesmo que eu pertenço a um lugar como este?

Regina com Louboutins? Quero rir: é, acho que não. Eu tenho dinheiro para comprar sapatos de sola vermelha, mas eles não são meu estilo. Regina, no entanto, está acostumada a esbanjar luxo. Ela veste roupas de grife e provavelmente sempre dirigiu uma Mercedes do ano em vez daquela lata--velha estacionada lá embaixo.

— Você vai ter que me atualizar nessa história, Regina. Não faço a mínima ideia do que você está falando. — Tento soar paciente, mas parece mais é que estou falando entre os dentes.

— A empresa dele. As coisas começaram a ir de mal a pior há alguns anos. Logo antes de ele se casar com você — diz ela, sem rodeios. — Seth fez uma segunda hipoteca da casa que compramos juntos para tentar evitar que o negócio afundasse, mas, mesmo assim, não conseguiu pagar. Tinha muita dívida. Nossa casa foi penhorada. Ele prometeu dar a volta por cima, dar um jeito, mas, pelo que você pode ver... — Ela ergue os olhos para o teto. — Aqui estou eu.

Por que eu não sabia de nada disso? Por que ele não havia dito nada? Eu tinha dinheiro suficiente para ajudar... Balanço a cabeça. Não acredito que estou pensando assim. Mesmo agora, sentada de frente para a outra *esposa* dele, depois de ser internada, continuo pensando em como eu poderia tê-lo ajudado.

— E ele te deu dinheiro? — pergunto.

Estou tentando conceber tudo. Seth nunca falava sobre sua situação financeira, especialmente com as outras. Tínhamos contas separadas, embora eu tenha dado um cartão adicional a ele quando nos casamos. Sempre achei que fosse assim com elas também.

Ela expira e esvazia as bochechas. Parece até uma criança. Como alguém a leva a sério?

— Deu um pouco. Não o suficiente. Tem gente batendo na minha porta para cobrar dinheiro. É de dar nos nervos.

— Se vocês não estão em um relacionamento, por que ele simplesmente não mandou o dinheiro? Pra que vir até aqui?

A boca de Regina se comprime e o rosto dela fica vermelho. É então que percebo que ela é uma mulher solitária e amargurada, não a personificação de poder e carisma que eu tinha imaginado. *Ah, seus ídolos sendo desmascarados*, penso comigo mesma. Prefiro a versão dela que criei na minha cabeça, aquela que me deixava insegura.

— Nossa cachorra morreu — diz ela. — E ele queria me contar pessoalmente que teria mais dinheiro para me dar em breve. O pagamento de uma negociação que cairia em algumas semanas.

Então ele não estava mentindo sobre a cachorra. Será que ele está mentindo sobre o dinheiro? Seth faz transações bancárias o tempo inteiro. Seus clientes o definem como eficiente e trabalhador. Ele tem só uma avaliação ruim na internet, que o deixa estressado toda semana. Ele tira um dinheiro bom com a empresa, mas não é o suficiente para arcar com grandes dívidas — ou recuperar casas enormes.

Testo o nome da cachorra.

— Smidge?

Horrorizada, Regina olha para mim.

— Como você sabe?

— Seth me contou — digo, dando de ombros. *Ele também me contava algumas coisas*, penso. Só nunca sei o que é verdade e o que é mentira.

Ela hesita e desvia o olhar, como se não acreditasse.

— Ainda não consegui jogar as coisas dela fora. — Ela aponta com a cabeça para um espaço entre o rack da TV e a cozinha, onde ainda há uma cesta de brinquedos de cães. O recipiente transborda com bolas brilhantes e ursinhos de pelúcia; era uma cachorra mimada.

— Vocês transaram quando ele veio aqui?

Regina vira a cabeça em minha direção. Seu rosto é uma máscara de ódio.

— Como é que você tem coragem... — diz ela. Mas há alguma coisa ali, escondida por trás da raiva... confissão.

— Transaram. — Ponho o cabelo atrás das orelhas. Não sinto nada; óbvio que não. Sempre soube que Seth fazia sexo com as outras duas esposas. Eu só garantia que o sexo comigo fosse melhor do que qualquer coisa que elas pudessem oferecer. Eu era a mais depilada, a mais flexível, a que mais respondia a seu toque.

Regina fica em silêncio.

— Por que você está fazendo de conta que não sabe de nada? Seth está agindo como se eu fosse louca, como se eu estivesse inventando essa história sobre o relacionamento dele com você e com Hannah. Só quero a verdade.

— Não conheço Hannah — diz Regina. — E já te disse que terminamos há muito tempo. — Ela está sentada em cima das pernas, e não consigo evitar pensar que é para aparentar ser mais alta, igual aos saltos que usa.

Faço que não. Não estou louca. Não estou.

As narinas inflam, e consigo ver o peito dela subindo e descendo por causa da respiração curta. Ela está tentando se controlar. Mas por quê? Ela se levanta e vai até a porta, e sei que está prestes a me mandar embora. Preciso fazer alguma coisa, convencê-la a falar comigo.

— Perdi um bebê... — As palavras saem da minha boca e chegam ao meu peito com uma dor aguda.

De costas para mim, Regina congela.

Tudo começou quando perdi o bebê. Minha vida começou a se desfazer, fio a fio. Talvez eu estivesse muito envolvida no luto para perceber os sinais na época, mas agora percebo. O distanciamento de Seth, seu desejo por outra mulher, o modo como se preocupava com sexo quando estávamos juntos. Eu não era mais a mulher com quem ele queria conversar, eu era a mulher que ele queria comer. No fim, foi a isso que acabei sendo reduzida.

— Eu estava de cinco meses. Tive que... — Engulo a torrente de emoções. Preciso tirar isso do peito. — Tive que dar à luz.

Pelo canto do olho, vejo-a se virando para me encarar. Olho para ela: o rosto está horrorizado, a boca, aberta, e os olhos, arregalados. Ele nunca contou a ela. Mordo o interior da bochecha e me obrigo a continuar falando.

— Ele tinha cabelo ruivo... Tinha pouco cabelo... mas era ruivo. Nem sei de onde veio. Ninguém tem cabelo ruivo na minha família...

Falar do meu bebê valida sua existência neste mundo, mesmo que tenha sido breve. Ele era tão pequeno, e o cabelo ruivo era mais como uma penugem alaranjada. As enfermeiras haviam ficado maravilhadas, o que só me deixou mais triste. Na hora, eu havia me apegado a esse pequeno detalhe. Seu corpo era tão pequeno que se perdia em meio ao cobertor em que o haviam enrolado. Pude segurá-lo por apenas alguns minutos, e minha mente se dividia entre admiração e luto. *Eu que fiz. Ele morreu. Eu que fiz. Ele morreu.* Não cheguei a lhe dar um nome, muito embora Seth quisesse. Nomeá-lo transformaria sua morte em realidade, e meu desejo era esquecer.

Tudo o que eu guardei com tanto cuidado está transbordando dentro de mim, meus canais lacrimais queimam.

— A mãe de Seth — diz Regina com delicadeza.

Engulo em seco. Nunca vi nem uma foto dos pais dele. Seth me disse que eles não ligavam para essa coisa de foto.

— Ela era ruiva? — Quero que ela diga mais. Preciso que ela diga mais.

— Era. Tinha um cabelão enorme e lindo.

Engulo o nó na garganta.

— O que houve com eles? Como eles morreram?

Regina pousa as mãos no colo e, com tristeza, balança a cabeça.

— O pai dele atirou na mãe e, depois, atirou em si mesmo. Foi trágico, a família toda ficou em choque.

Fico boquiaberta.

— Não estou entendendo. *Quando* foi que eles morreram? E as outras esposas? E os outros filhos?

Ela dá de ombros.

— Já éramos casados quando aconteceu. O pai dele não estava bem. Tinha sido diagnosticado com esquizofrenia quando era criança e dizia que Deus o mandava fazer coisas. Eles eram bem... religiosos.

— Você chegou a conhecê-los? — Penso nos cartões que supostamente eram enviados por eles, escritos com a caligrafia da mãe. Não, não tem como Regina estar certa. Os pais de Seth nos mandaram um presente de casamento. Não mandaram? Não, era tudo parte da mentira perfeitamente construída de Seth.

— Conheci. Eles eram esquisitos. Fiquei feliz de me mudar de lá. Eles nem compareceram no nosso casamento.

Quero contar que os dois também não foram no nosso, mas ela embala na história e não quero interrompê-la.

— Seth era meio obcecado pelo pai.

— Em que sentido?

Ela parece aliviada por falar de outra coisa além de seu relacionamento com Seth.

— Sei lá. Acho que daquele jeito que meninos são obcecados pelo pai. Os dois eram próximos. O pai dele não gostou nada quando nos mudamos. Falou que Seth estava abandonando a família.

— Vocês tentaram engravidar? — questiono. Uma mudança súbita de assunto.

Regina não gosta da pergunta.

— Você sabe que eu não queria ter filho.

— Por quê?

— Uma mulher ainda tem que se justificar por não querer ter filhos? — pergunta ela, brava.

— Não... Quer dizer... você se casou com o filho de um poligâmico. Ele deve ter te contado que queria uma família.

Ela afasta o olhar.

— Ele deduziu que eu mudaria de ideia, e eu deduzi que ele me amava o suficiente para deixar isso pra lá.

Há um pensamento familiar em minha mente que se recusa a ir embora — uma canção que quase consigo identificar, mas não sei o nome.

O tom defensivo voltou à voz dela, a guarda levantada.

— Respondi a todas as suas perguntas, Quinta. Por favor. — Ela olha para a porta. — Quero ficar sozinha agora.

Pego seu celular no meu bolso e o coloco gentilmente na mesa. Antes de sair, me viro na direção dela e a vejo de pé, olhando pela janela, mas para nada em específico, e deixo um pedaço de papel em cima das revistas com o número do celular descartável que comprei.

— Seth bateu em Hannah. Você precisa saber. Quando descobri e o confrontei, ele ficou violento comigo também.

Um músculo treme em sua têmpora, um leve pulsar.

— Tchau, Regina.

TRINTA E UM

Saio do apartamento de Regina com a cabeça girando. Com a mão no corrimão, paro no topo da escada. Alguém riscou a palavra "puta" com uma chave no metal. Regina podia estar mentindo sobre tudo. Não dá exatamente para confiar na outra esposa do meu marido, dá? Será que Seth mentiu para ela também? Sobre mim e nosso relacionamento? Eu achava que, talvez, ele escondesse as coisas de Hannah, a esposa novinha em folha, mas ele pode ter deixado Regina no escuro também. Será que ele mentiu para todas nós? Quem era esse homem? Será que eu o havia amado tão incondicionalmente que fiz vista grossa às suas atitudes? Seth, que me disse que Regina não queria filhos e, por isso, foi atrás de uma segunda esposa. Seth, que nunca contou a Regina que eu havia perdido nosso bebê. Há tantos segredos, e fiquei cega por muito tempo. Fico enjoada só de pensar que permiti isso acontecer. Preciso falar com Hannah, fazê-la me contar o que está acontecendo. Onde foi que ele escondeu Hannah?

Dirijo de volta até a casa Boca de Algodão, e, a cada minuto que passa, me sinto pior. Meu estômago faz um apelo alto por comida. Quando foi a última vez que comi? Entro num *drive-through* e peço um sanduíche com refrigerante, mas, quando desembrulho o papel laminado, a visão do lanche me deixa enjoada. Jogo a comida fora e bebo a Coca devagar. Estou febril, meu rosto está úmido e quente. Entro na casa aos tropeços e com a cabeça girando. As paredes vazias pairam ao meu redor e o cheiro de tinta e podridão me faz engasgar. De repente, não quero mais ficar aqui. Vou só dormir por alguns minutos, o suficiente para me sentir melhor. Entro no quarto e tranco a porta. São só oito da noite, mas meu corpo está tão exausto que dói. Com os olhos pesados, rastejo até a cama com cheiro de mofo e durmo.

— Quinta?

Atordoada, me sento na cama e busco o celular. Não está aqui. Não consigo ver a hora. Estou segurando um telefone junto à orelha, e há alguém dizendo meu nome. Ah, sim. Estou em Portland. Me desfiz do meu celular no elevador. Este é um descartável.

— Oi... — digo, toda atrapalhada, tentando me livrar dos lençóis e me sentar. — Quem é?

Uma mulher repete meu nome:

— Quinta... — E então: — É Regina.

De repente, estou bem acordada e com os sentidos em alerta total. Jogo as pernas para fora da cama e me levanto.

— O que houve? Aconteceu alguma coisa?

— Não... — Há incerteza na voz dela.

Ando pelo pequeno espaço até a janela e de volta para a cama. O celular estranho parece desajeitado na minha mão.

— Seth sabe que você esteve aqui. Contei que você foi lá no escritório. Ele está te procurando.

Me sento abruptamente. Não estou surpresa. Mas quanto tempo será que ele vai levar até me encontrar?

— Por que você está me contando isso?

Há uma longa pausa no outro lado da linha. Dá para ouvi-la respirando pelo telefone; sua respiração está obstruída, como se ela tivesse chorado.

— A gente pode se encontrar em algum lugar pra conversar?

— Quando?

— Agora — diz ela. — Tem uma lanchonete que fica aberta vinte e quatro horas a duas quadras do meu apartamento. O nome é Larry's. Consigo chegar lá em meia hora.

— Tá bem — digo, cautelosa. — E como vou saber que posso confiar em você?

— Acho que você não tem escolha. — Ela desliga. Ela é advogada, está acostumada a ter a última palavra.

Encerro a chamada e começo a procurar minhas roupas. A única relativamente limpa é o suéter alaranjado. Eu o visto e ponho o jeans. Meu cabelo está uma bagunça. Escovo e faço um rabo de cavalo rápido, jogo uma água no rosto e, cinco minutos depois de falar com Regina, já estou saindo. É só quando ligo o carro e o painel se acende que vejo que são 4h30 da manhã. O que a faria me ligar no meio da madrugada?

Estou sentada à mesa na lanchonete praticamente vazia com um copo de café na minha frente quando Regina chega. Ela está de jeans e moletom e fez um coque no topo da cabeça. Poderia ser facilmente confundida com uma universitária. Está com a alça da mochila em um ombro só — não do tipo que se usa para fugir, está usando como uma bolsa. Eu a observo escanear o estabelecimento, procurando por mim. Minha respiração está irregular. Levanto a mão quando ela se vira em minha direção e chamo sua atenção. Ela vem sem pressa até onde estou, e tenho a sensação de que está questionando a decisão de ter vindo. Ela se senta de frente para mim e tira a mochila das costas. Na mesma hora, percebo que seus olhos estão inchados e vermelhos. Ela leva um minuto para se acomodar, inquieta, e olhar para mim. Constato que ela veio para se livrar de um fardo.

— Vou querer a mesma coisa que ela — vocifera Regina quando a garçonete se aproxima.

Dou um sorriso me desculpando para a moça quando ela sai apressada. Honestidade a deixa irritada. É um lado negativo de seu trabalho. Ela me lembra minha irmã: mandona e tão confiante que parece estar brava com todo mundo. Minha irmã e eu somos tão diferentes; nossa relação sempre pareceu fria, algo dispensável para nós duas. Então, pelo bem de nossa mãe, tentamos nos ver pelo menos uma vez por mês, o que quase sempre acaba sendo um jantar constrangedor. Documentamos a noite com uma foto feliz demais para o meu gosto, que, depois, mandamos para nossa mãe. Ela fica tão animada por estarmos saindo juntas que o ritual todo até acaba sendo mais tolerável.

Decido dançar conforme a música e ficar irritada com ela por estar irritada comigo.

— E aí? — digo, com a voz concisa. — Por que estou aqui?

Ela passa os dedos por baixo dos olhos e depois verifica se estão com rímel. *Você tirou tudo hoje à tarde*, quero lembrá-la. Depois, me olha diretamente nos olhos e diz:

— No primeiro ano do meu casamento com Seth, eu sofri um aborto.

Fico muito triste por ela. Quero esticar o braço e tocar sua mão, mas há algo tão inflexível em seu rosto que contenho o gesto. Regina não parece ser do tipo que deseja ser reconfortada. E eu também não faço muito a linha "ai, eu sinto muito". Não somos duas amigas compartilhando as mágoas enquanto tomamos café.

— Ok... — digo. Na falta de algo melhor para fazer, envolvo a caneca vazia com as mãos. A cafeína já caiu na minha corrente sanguínea e está me deixando agitada.

Muitas mulheres sofrem abortos, a maioria no começo da gravidez. Talvez ela esteja tentando achar algo que tenhamos em comum.

— Eu estava grávida de vinte e uma semanas — diz ela. — Eu não sabia que você... Do seu aborto. Seth... nunca me contou.

Solto a caneca e me recosto no assento.

— Entendi — repito. — E o que ele te contou?

Ela olha para mim, na dúvida.

— Ele disse que você não tinha ficado grávida ainda. Que vocês estavam tentando.

— Você disse que não falava com Seth até pouco tempo atrás, que vocês terminaram há anos, então por que ele contaria algo assim para a ex-esposa?

A garçonete aparece com um bule de café fresco e uma caneca. Ela enche a caneca vazia e a põe em frente a Regina sem falar nada, depois se inclina para completar a minha. Quando ela se afasta, Regina puxa a caneca mais para perto e a envolve, mas não toma nenhum gole.

Olho para ela sem dizer nada, esperando que continue.

— Do que você se lembra do seu aborto? — pergunta.

Me arrepio com a pergunta. Não me lembro de muita coisa, tento não lembrar; os detalhes do meu aborto são dolorosos.

— Quinta... — Regina estica a mão para tocar a minha, e, chocada, olho para ela. — Por favor. É importante.

— Tá bem... — Lambo os lábios e fecho os olhos, numa tentativa de lembrar os detalhes do dia mais doloroso da minha vida. — Me lembro de muita dor... e sangue. De ser levada às pressas para o hospital...

— E antes disso? Onde você estava?

— Eu... A gente estava fora do país. Tínhamos viajado para o Norte.

Com os cotovelos apoiados na mesa, ela se inclina para a frente. Suas sobrancelhas se unem, e o vinco entre elas fica profundo.

— O que você comeu... bebeu...? Ele te deu alguma coisa?

Faço que não.

— É claro que a gente comeu. Seth não estava bebendo porque eu não podia. Tomei um chá...

— Que tipo de chá?

A urgência na voz dela não passa despercebida. Parece que ela quer pular por cima da mesa e me sacudir pelos ombros.

— Era um chá que ele disse que a mãe dele tinha mandado pra mim. Pra me ajudar com os enjoos.

Assim que as palavras saem da minha boca, sinto o sangue se esvair do meu rosto. Sinto uma tontura. Seguro a borda da mesa para me equilibrar e fecho os olhos. Regina tinha dito que os pais de Seth morreram. De onde foi que aquele chá realmente tinha vindo e por que ele diria que sua mãe havia mandado?

— Fiquei enjoada pra caramba o dia inteiro... — Sinto meu corpo balançando para lá e para cá; respiro fundo algumas vezes para me acalmar.

— Um chá de ervas — diz Regina suavemente. — De um saquinho marrom.

Assinto.

— Isso.

— E foi a primeira vez que ele te deu?

Tento me lembrar. Eu andava reclamando; meu médico tinha receitado alguma coisa para os enjoos que não tinha funcionado, então Seth sugeriu que eu tentasse o chá da mãe dele.

— Ela já engravidou várias vezes, Quinta — dissera ele com um sorriso quando perguntei se o chá era confiável. — Todas as minhas mães tomaram.

Eu tinha achado graça, e ele dera uma piscadinha para mim. No fim, ele fez o chá e ferveu a água na chaleirinha do quarto. O gosto era de alcaçuz e coentro, e, depois que coloquei um pouco de açúcar, não me importei mais.

— Você bebeu aquilo o fim de semana inteiro? — perguntou Regina.

Fiz que sim.

— Certo — diz ela. — Entendi...

O rosto dela está pálido e os cílios tremem. Em seguida, ela abre a boca de lábios rosados e me conta uma história. E eu só queria que ela pudesse retirar tudo o que disse, que engolisse tudo de volta para que eu pudesse fingir que era mentira. Não sou tão burra assim. Não sou tão ingênua assim. Não deixo me usarem tão fácil assim.

TRINTA E DOIS

Saio da lanchonete uma hora depois sem ter para onde ir. Não quero voltar para a casa Boca de Algodão com seu papel de parede descascado e cheiro de mofo. Depois que Regina contou para Seth que eu estava em Portland, ele não pensaria duas vezes antes de vir até aqui. Para quê? Para discutir comigo? Me arrastar de volta para Seattle? Não estou pronta para vê-lo. Eu poderia ir embora, dirigir por duas horas e chegar em casa antes dele. Daria tempo de pegar umas coisas e ficar com meus pais. Só que minha mãe não tinha acreditado em mim quando eu estava no hospital e tentei contar a verdade. Não faço ideia se os dois andaram conversando nesses últimos dias. O mais provável é que Seth tenha contado parte da verdade: que desapareci no meio da noite e eles precisam me encontrar antes que eu me machuque. Estou sozinha nessa. O confronto com Seth é inevitável, vou ter de enfrentá-lo mais cedo ou mais tarde, mas Regina pediu mais tempo e vou dar mais tempo a ela. O que me contou enquanto estávamos sentadas sob as luzes fluorescentes do Larry's me deixou arrepiada, enjoada e fez com que eu duvidasse de mim mesma. Meu café tinha esfriado e uma fina película se formou em cima da bebida enquanto eu me acomodava no assento para ouvir o relato seco de sua experiência.

Dirijo até avistar um shopping que conta com uma grande rede de supermercados. Só abrirá daqui a algumas horas. Estaciono nos fundos do prédio, fora do campo de visão da estrada, onde não me sinto exposta, e reclino o banco o máximo possível para poder dormir. Só algumas horas.

Acordo com o som de alguém batendo na janela do carro. Me sento na mesma hora, grogue e desorientada.

— Não pode estacionar aqui — vocifera um homem que me olha pelo vidro.

O sujeito está usando um colete laranja e amarelo e, enquanto bate de novo, ele olha para trás, distraído. Me encolho conforme o punho dele vai batendo perto do meu rosto. A mão é grande e bronzeada de sol, o que combina com os ombros, que são largos.

Quando volta a me olhar, ele diz:

— Você está bloqueando a passagem.

Olho para trás e vejo um caminhão de lixo parado no beco, esperando para recolher a lixeira que meu carro está bloqueando. Sem levantar meu banco, ligo a ignição, acelero e dou a volta pela frente da loja. Estaciono em outra vaga, desorientada pelo despertar inesperado e pelo brutamontes que me acordou. Bocejo e esfrego os olhos para me livrar do sono. Preciso ir a algum lugar privado, onde dê para pensar sem um lixeiro gritando comigo. Decido ir à biblioteca pública; lá haverá computadores que posso usar. Passei por ela na última vez em que estive na cidade para jantar com Seth; a elegante estrutura de tijolo e pedra chamou minha atenção pela beleza antiga.

Não me lembro do nome da rua em que ela fica nem qual é o nome da biblioteca, então tenho de contar com a memória para encontrá-la. Preciso confiar em meus instintos. Passo quarenta minutos indo para cima e para baixo pelas ruas movimentadas de Portland enquanto tento me lembrar de onde exatamente a vi. Quando finalmente avisto o edifício de relance, um grupo de moradores de rua está recolhendo seus pertences e se preparando para passar o dia circulando pela cidade. Como ainda é cedo, o estacionamento está relativamente vazio e encontro uma vaga perto do prédio. Sou tomada pelo cheiro de urina assim que saio do carro. Além disso, estou sem casaco, e está muito frio. Corro até a entrada e descubro que as portas não estão trancadas. Suspirando de alívio e tremendo de frio, entro e cubro as mãos com a barra do suéter como se fosse uma luva. O interior é um espaço todo aberto sob uma claraboia que permite a entrada da luz do sol. Caminho com pressa pelo saguão e em direção ao computador.

— Duas horas — diz a bibliotecária. — Não pode comer nem beber nada. — Sua voz é seca, irritadiça e antipática. Ela parece mais uma gravação do que uma pessoa. Quando assinto complacentemente, ela me olha, desconfiada, como se eu estivesse escondendo o café da manhã por baixo do suéter, mas me deixa entrar.

Há um homem mais velho sentado em um dos computadores usando um chapéu fedora e batendo com tudo no teclado com a ponta de dois dedos. Ele não olha para mim quando passo, então consigo olhar para a tela de seu computador. Um site de namoro. Ele está escrevendo mensagens para uma parceira em potencial. *Que legal!*, penso. Seth teria me chamado de enxerida e feito piada com meu "olho que tudo vê", como ele costumava dizer. Tenho de lembrar a mim mesma de que a opinião de Seth já não importa mais e que, se não fosse meu jeito enxerido, eu ainda estaria no escuro, casada com um homem que eu apenas achava que conhecia.

Encontro um computador perto dos fundos e me sento na cadeira de plástico. Minha boca está seca por causa do café da lanchonete e da soneca que tirei no carro, e meu cabelo está oleoso e bagunçado. A bibliotecária deste andar fica olhando para mim como se eu fosse sair correndo a qualquer instante com um desses computadores velhos enfiado debaixo do braço. Impaciente, tamborilo na mesa enquanto espero a página carregar e olho em volta de minuto em minuto, como se Seth pudesse chegar e me pegar aqui. O site finalmente carrega e, com o queixo apoiado na palma da mão, digito minha primeira pesquisa. Vim aqui para descobrir três coisas, e os pais de Seth são a primeira: Mamãe e Papai Poligamia! Digito seus nomes na barra de pesquisa, os nomes que Regina me deu: Perry e Phyllis Ellington, junto de assassinato/suicídio. Não há reportagens e tampouco notícias jornalísticas. A única coisa que encontro é um obituário com as datas de nascimento e óbito e Seth Arnold Ellington listado como filho sobrevivente. De acordo com Seth, havia outros irmãos de suas outras mães, irmãos muito mais novos que ele, já que o pai se casou com as outras esposas quando Seth era adolescente. Acontece que, como Perry e Phyllis viveram fora dos padrões da sociedade, há poucas informações sobre como encontrar os meios-irmãos de Seth, que agora devem estar no início da adolescência. O casamento legal de Perry era com a mãe de Seth, com quem ele compartilha o túmulo. As únicas pessoas que sabiam o que aconteceu de verdade com Perry e Phyllis eram as outras esposas... e meu marido.

Abandono essa pesquisa e penso no remédio que Regina mencionou na lanchonete: misoprostol. Um medicamento usado para dar início ao parto que, uma vez em contato com mifepristona, é conhecido por ser efetivo em causar abortos no segundo trimestre da gravidez. Tomado por via oral, é de uso seguro até o quadragésimo nono dia de gestação, depois disso, já foi comprovado que traz sérios riscos para a mãe. Minhas mãos tremem enquanto penso no dia em que meu bebê morreu. Levo o mouse de um link a outro. Estou gelada por dentro, como se o calor do meu corpo tivesse sido extinguido pelas informações na minha frente. Quando usado mais para a frente na gravidez, é mais perigoso para a mãe, causando pressão baixa, perda de consciência e infecções depois da ocorrência do aborto. Solto o mouse, me reclino na cadeira e cubro os olhos com a palma das mãos. No dia do meu aborto, Seth parou num posto de gasolina para comprar comida. Me lembro dos copos descartáveis com chá que ele trouxe até o carro, de como fiquei grata por ter um marido tão atencioso. O chá, o chá que ele disse que a mãe morta havia enviado. *Ai, meu Deus.* Se Regina estiver certa, foi Seth quem causou meu aborto.

A dor que sinto é praticamente insuportável. Na época do aborto, eu não tinha visto o laudo médico; não quis. Seth havia sido meu protetor durante aqueles dias; de luto comigo e me protegendo de coisas que eu não queria ouvir. Eu não teria conseguido passar por aquilo sozinha. Ele me dissera que sua decisão de ter uma segunda esposa surgiu depois que Regina decidiu que não queria ter filhos. Por que, então, ele daria um fim na vida de seu filho que nem havia nascido e me colocaria em risco? Nada faz sentido. Quero puxar meu cabelo e gritar de tanta frustração. Não haverá respostas até que Seth as dê para mim. Quero ver meus laudos médicos. Quero ouvir tudo.

Minha última pesquisa é a que mais machuca, motivada pelas últimas palavras de Regina antes de nos separarmos do lado de fora da lanchonete:

— Acho que tem alguma coisa errada com ele.

TRINTA E TRÊS

Não importa quanto eu tente, não consigo parar de pensar no que Regina me contou. O cair da ficha é um processo lento, em banho-maria, mas, uma vez que acontece, a raiva é fervente e transbordante. Meu marido é doente — não apenas controlador, mas doente de um jeito que chega a dar nojo. Por que nunca o pressionei para falar sobre sua vida em casa? Ele escondia o trauma, se esquivava das minhas perguntas sobre a infância dele e redirecionava a conversa para mim. E agora estou morrendo de medo por Hannah, por seu bebê que ainda não nasceu.

Nem sempre confiei com tanta facilidade nas pessoas, certo? Houve uma época em que eu não aceitava gente nova na minha vida, para que ninguém me distraísse de meus objetivos. O que me atraiu tanto em Seth? Óbvio, ele era bonito, mas muitos homens são bonitos. E ele flertou comigo, mas isso também não foi algo inédito. Havia homens ao meu redor que falavam, ofereciam e suplicavam por minha atenção. Eu havia recebido essas investidas de forma educada, mas desinteressada. De vez em quando, saía para jantar ou beber uma cerveja com eles, ou fazia as coisas que as garotas da minha idade deviam fazer, mas nada era bom — não do jeito que eu imaginava que devia ser. Não até eu conhecer Seth.

Quando tento identificar por que me senti tão atraída por ele e por suas investidas, sempre chego à seguinte conclusão: ele demonstrara muito interesse por tudo o que eu era. Fazia perguntas e parecia fascinado com minhas respostas. Me lembro do jeito como as sobrancelhas dele se arqueavam quando eu dizia algo inteligente, do modo suave e divertido que seus lábios se curvavam enquanto ele me ouvia falar. Na época, parecera que ele não tinha nenhum outro motivo, estava apenas atraído por mim como eu estava por ele: era pura química. Ele havia feito um questionário da matéria que eu estava estudando naquela primeira noite na cafeteria e feito perguntas detalhadas do porquê de eu querer ser enfermeira. Ninguém nunca tinha me perguntado aquele tipo de coisa, nem meus pais. Mas aí é que está, não é? Ele tinha bolado um plano com cuidado, uma estratégia. Uma mulher como eu, distante da família e comprometida com os estudos, lá no fundo ansiava por uma conexão. Não acho que eu me importava com quem fosse: homem, mulher, amigo ou uma tia sumida há muito tempo. Eu esperava que alguém me notasse. Não sei se estou mais irritada comigo mesma por ter caído nessa ou por não ter percebido antes. Mas sei que nós, humanos, desejamos ser ouvidos; então, quando alguém nos escuta, sentimos uma conexão. Eu não era diferente de qualquer outra mulher que se sentiu especial e, com o tempo, foi abandonada pelo homem por quem abriu mão de tudo. Seth era um charlatão, um sedutor. Ele usava sua personalidade para manipular as emoções das mulheres. Quando me contou sobre Regina, eu já estava apaixonada por ele. Estava disposta a aceitar qualquer coisa que ele pudesse oferecer apenas para ser amada por ele. Que vergonha pensar nisso.

Neste momento, Hannah está em algum lugar, comendo na mão dele, confiando cegamente e sonhando acordada com a vida que terão quando o filho deles nascer. Se o que Regina havia sugerido for verdade, Seth está planejando fazer com ela o que fez conosco.

Me sento num banco aleatório da cidade; há uma fila de *food trucks* na minha frente. Um homem com um boné dos Dodgers está em pé perto de mim, olhando ansioso para o carrinho de taco do outro lado da rua. Me pergunto por que ele simplesmente não compra um taco e vai ser feliz. Começa a garoar, mas não me mexo. Há alguma coisa me incomodando nessa história, algo que não faz sentido. Fecho os olhos e tento juntar todas as peças. Regina, Quinta, Hannah e Seth: o que todas nós temos em comum? Que papel estamos desempenhando no jogo de Seth? Algumas pessoas têm momentos de clareza absoluta; meu momento de lucidez chega como um observador desleixado. Eu o entretenho apenas por alguns instantes antes de decidir o que fazer. Me levanto ao mesmo tempo que o homem com o boné dos Dodgers atravessa a rua trotando. Em vez de entrar na fila do taco, ele vai em direção ao *food truck* de salada. Sorrio para mim mesma; nós dois tomamos uma decisão.

Faz uma semana que estou em casa. Lar doce lar, que levei três belas horas para arrumar depois da bagunça que Seth deixou. Na noite em que voltei, o apartamento estava um caos, como se Seth tivesse pensado que jogar todos os travesseiros e as coisas das gavetas no chão lhe traria respostas sobre meu paradeiro. O lugar estava cheirando a podre e, quando inspecionei com mais atenção, vi que o lixo da cozinha estava transbordando e a tampa da lixeira se encontrava no topo de uma pilha de caixinhas de delivery e frutas comidas pela metade. Minha casa parecia estranha... diferente. A primeira coisa que fiz foi procurar no closet pela 9mm que meu pai me deu. Depois, abri todas as janelas e acendi uma vela por horas até o cheiro sair. Seth havia encontrado meu celular no elevador; ele estava na bancada da cozinha com a tela trincada ao lado dos frascos de remédio que eu havia deixado para trás. Peguei o celular e o girei nas mãos. Parecia um aviso, do tipo que eu deveria prestar muita atenção. Eu o deixei lá mesmo e levei os frascos de comprimido para o banheiro, tirei as tampas, uma por uma, e despejei todo o conteúdo no vaso. A torrente de água e o som da bomba se enchendo me trouxeram satisfação enquanto eu observava minha prisão desaparecer. Embora ele tenha graciosamente deixado minha carteira e minhas chaves, meu notebook sumiu. Chamei um chaveiro e ofereci um dinheiro a mais caso o serviço fosse feito naquela tarde mesmo e, enquanto esperava, troquei o código do alarme.

Com as duas trancas da porta da frente trocadas, caminhei até o centro com minhas chaves novinhas em folha no bolso para substituir meu celular e meu notebook. Como eu havia sumido por cinco dias, a semana seguinte seria cheia de compromissos e ligações. Eu precisava ser capaz de checar meus e-mails e meu correio de voz. O aparelhinho descartável que comprei era inútil para qualquer coisa além de fazer ligações e mandar mensagens de texto. Enquanto esperava para atravessar a mesma rua em que havia encontrado Lauren no que parecia uma vida atrás, observei o rosto das pessoas à minha volta. Quando saímos da nossa bolha de pensamentos e paramos para olhar as pessoas, olhar mesmo, o que vemos é surpreendente. Cada uma delas — dos empresários, com telefones pressionados na orelha e desviando de poças com seus mocassins, aos turistas, que paravam nas esquinas pensando aonde deveriam ir — tem certa vulnerabilidade. Será que seus pais as amavam? Será que eram amadas por um homem ou uma mulher? E, caso a pessoa que os amasse fosse embora, quão intensa seria a dor delas? Passamos tanto tempo nos ocupando e tentando não ser solitários, tentando encontrar propósito em carreiras, amores e filhos, e, a qualquer momento, essas coisas pelas quais nos esforçamos tanto podem ser tiradas de nós. Me sinto melhor sabendo que não estou sozinha, que o mundo inteiro é tão frágil e solitário quanto eu.

Com o miolo da fechadura e o código do alarme alterados e a arma na mesinha de cabeceira, consigo dormir na primeira noite. Mas não sem ter pesadelos.

Seth não tentou entrar em contato, mas, na segunda-feira depois da minha volta para casa, Regina liga para meu celular descartável que estava carregando, esquecido num canto do quarto. A princípio, o toque nada familiar me assusta. Quando vejo o número dela, pego o aparelho na mesma hora e o levo à orelha enquanto uso a mão livre para mutar o som da TV.

— Oi... Quinta?

— Oi — digo.

— Achei Hannah. Sei para onde ele a levou.

Uma hora depois, já estou indo em direção a Portland. As únicas coisas que levo são meu celular e a arma, que ponho na bolsa antes de sair porta afora. Tenho de correr. As palavras de Regina se repetem várias vezes na minha cabeça.

Aquele dia na lanchonete, Regina me contara uma história de manipulação e maus-tratos. Não era uma história óbvia; era do tipo que a pegou de surpresa. Ela havia se casado com o charmoso e alegre Seth, e seu primeiro ano de matrimônio fora mágico. Mas, assim que se mudaram para Seattle, ele se transformara. Ela o descreveu como rabugento e mal-humorado. Na maioria das noites, ele nem chegava a ir para a cama, e, quando ela se levantava pela manhã, o encontrava no mesmo lugar em que o havia deixado: sentado em frente à TV, com os olhos sem vida. Ele se recusava a tomar banho e comia apenas uma vez por dia. Ela começou a ficar com medo e o encorajou a procurar ajuda. Seth contou que estava com depressão e prometeu que tudo melhoraria em breve. Ele começou a trabalhar com Alex, fundou a empresa, e as coisas de fato pareceram melhorar por um período.

Foi sem querer que ela viu os e-mails que ele recebia do pai. Seth se esquecera de fechar a aba do navegador, e, quando Regina se sentou para usar o computador, ela viu tudo. Ela contou que as mensagens foram enviadas antes de o pai de Seth ter matado a esposa e se suicidado depois. Os e-mails eram complexos. O pai dele delirava sobre conspirações que o governo tinha para assassiná-lo, matar suas esposas e tomar-lhe os filhos. Ele suspeitava que a mãe de Seth colocava remédios na comida para deixá-lo cansado e desnorteado. O último e-mail havia sido enviado um dia antes de sua morte e explicava em detalhes seus planos para matar a esposa e depois a si mesmo. Seriam só eles dois — ele pouparia as outras esposas. Regina tinha procurado pelas respostas de Seth na caixa de e-mails, certa de que ele tentara acalmar o pai e convencê-lo a buscar ajuda, mas não havia nada. Ela confrontara Seth sobre o assunto, e ele ficara bravo. Foi a única vez que vi Regina demonstrar alguma emoção além de sua habitual frieza. Seus olhos se encheram de lágrimas enquanto ela me contava como ele havia quebrado tudo que via pela frente: vasos, pratos, tinha jogado até a televisão no chão. Ele a acusara de se meter onde não devia. Depois a ameaçara. Pegou-a pelo pescoço e a empurrou na parede até Regina gritar que estava grávida.

Seth a havia soltado imediatamente e sorrido como se os últimos dez minutos não tivessem acontecido. Depois chorara. Com os braços em volta da cintura dela, ele soluçara incontrolavelmente, pedindo desculpas e dizendo que aquela conversa sobre a morte de seus pais havia acionado um gatilho. Enquanto Regina ficara imóvel, abraçada por ele pela cintura, Seth prometera procurar ajuda e dissera que tudo ia mudar. Os dois haviam seguido em frente, e, durante os primeiros meses de gravidez, tudo fora perfeito: Seth era o pai dedicado em formação. Ela quase se esquecera do incidente. E então, de repente, sofrera um aborto com vinte e uma semanas. Tivera uma contração e já sentira o bebê se mexendo. Fora obrigada a dar à luz — era uma menina. Seth agira como se estivesse devastado e prometera que poderiam tentar de novo. Mas Regina se recusou. Com medo de passar pela mesma coisa, ela começou a tomar anticoncepcional — aquele que é implantado no braço — e decidiu focar na carreira. Ele implorara para que ela o removesse, e, quando Regina se recusou, os dois passaram a se distanciar. Com o tempo, Seth sugeriu um casamento plural porque queria ter filhos. Quando Regina disse que não, ele pediu para se divorciar e ela aceitou, embora ele não tenha parado de ir vê-la. Ele pagava metade das coisas, seguindo o acordo que haviam feito quando ela levou o divórcio adiante. Então, quando ele veio a Portland a trabalho, ficou na casa onde haviam morado juntos, primeiro no quarto de hóspedes, depois de volta à cama do casal. Eu quase enxerguei vergonha em seu rosto quando ela me contou que eles ainda faziam sexo quando ele a visitava, mesmo que estivesse casado com outra mulher. Ela disse que nunca ficou sabendo de Hannah, e eu acreditei.

— Na semana antes do meu aborto, ele começou a fazer chá pra mim — dissera ela. — Achei estranho porque ele nunca foi do tipo de fazer muita coisa na cozinha. Não fazia nem café de manhã e, de repente, estava lá fervendo água e deixando folhas de molho como um especialista. Nunca tinha me dado conta disso até você tocar no assunto.

— Pode ser coincidência — respondera eu.

Regina balançara a cabeça.

— Ele era o irmão mais velho e guardava mágoa dos outros. Achava que roubavam toda a atenção para eles. Ele me contou que odiava ter que compartilhar espaço com um bando de pirralhos...

— Como assim?

Ela ficara apenas me olhando, como se esperasse que minha ficha caísse, até que, por fim, falara:

— Acho que ele vai fazer a mesma coisa com essa tal Hannah. A gente tem que impedi-lo. Preciso de alguns dias para descobrir onde ela está.

TRINTA E QUATRO

Regina me envia um endereço que fica em Pearl District, e coloco as informações no celular enquanto aguardo um semáforo abrir para poder pegar a rodovia 5. Consigo sentir o coração batendo, parece que está preso na garganta. Tento reprimir o pânico que cresce em meu peito. Preciso correr. Tenho de ajudar Hannah. Só estive em Pearl District de passagem, quando dirigi pelo que, certa vez, fora um distrito repleto de armazéns, mas que hoje é conhecido por suas galerias de arte e casas chiques. Seth e eu já almoçamos lá em um restaurante perto do rio Willamette; sugamos ostras de suas conchas e andamos de mãos dadas de volta para o carro. Foi um dia perfeito. Não muito tempo depois, eu havia descoberto que estava grávida e cheguei a pensar se o bebê tinha sido concebido naquela noite debaixo dos lençóis limpos do hotel.

Com a voz calma, apesar da loucura que sinto por dentro, faço algumas ligações necessárias enquanto dirijo. Eu havia tentado ligar para Regina depois de receber sua mensagem, mas a ligação fora direto para a caixa postal. *Ela vai estar lá*, digo a mim mesma. Estamos trabalhando como um time. Há um pensamento à espreita no fundo da minha mente, mas o afasto. Ela é tudo o que tenho, e preciso confiar nela. Estou ansiosa durante o trajeto e fico me inclinando para a frente e falando com os carros que entram no meu caminho. Será que Hannah está bem ou Seth a está mantendo em cativeiro? Será que ela vai ficar aliviada ao me ver ou vai fingir que não sabe quem eu sou?

É tudo tão inquietante, o tipo de pensamento que faz com que eu questione minha sanidade. Certamente já fiz muito disso nas últimas semanas. Quase bato em um caminhão quando piso no acelerador e o carro se lança para a frente. Fico na cola dele até o motorista sair da faixa rápida. Ele me mostra o dedo do meio e grita alguma coisa quando o ultrapasso. Eu o ignoro, sigo até o próximo carro e quase bato de novo. Continuo assim por vários quilômetros até ver luzes vermelhas e azuis no retrovisor. Ouço o breve som estridente da sirene atrás de mim e sou forçada a atravessar duas pistas para chegar ao acostamento. Com o estômago embrulhado, espero o policial caminhar até a minha janela.

— Senhora, carteira de motorista e documento do veículo, por favor.

Sem problema. Passo tudo pela janela e desejo que ele me olhe nos olhos. Ele o faz, mas não consigo enxergar seus olhos, que estão escondidos atrás de óculos espelhados — do tipo que policiais usam em filmes. Ele desaparece de volta à viatura com meus documentos nas mãos. Depois de alguns minutos, volta.

— Você sabe por que parei a senhora?

— Eu estava correndo — digo, sem hesitar.

Seu rosto não entrega nada; frígido e parecendo esperar por alguma coisa, ele me encara por trás dos óculos.

— Estou atrasada. A culpa é minha, e tenho certeza de que mereço uma multa.

Nada ainda. Tamborilo sobre o volante e desejo que ele se apresse e resolva tudo de uma vez. Ele me entrega os documentos.

— Vê se toma mais cuidado na próxima.

Só isso? Olho para seu distintivo: policial Morales.

— Hum... obrigada — digo.

— Está tudo certo — diz ele. — Tenha um bom dia.

Com o coração ainda a mil por hora, levo dez minutos para voltar à rodovia. Quando pego o embalo, quase me sinto bem — melhor que antes. Dou uma aliviada no acelerador e sigo atrás da carroceria de um caminhão sem carga, prestando atenção ao limite de velocidade dessa vez.

Atravesso a ponte que leva à cidade assim que o sol começa sua descida. Uma luz cálida e alaranjada ilumina os edifícios, e, por um momento, fico com a impressão de que é verão — mesmo que ainda falte bastante tempo. Tudo está resolvido, foi um grande mal-entendido, agora minha vida vai voltar ao normal. É um sentimento tão poderoso que preciso abafá-lo, deixá-lo para lá. Às vezes o maior inimigo de uma mulher é o modo como ela sempre espera que seja tudo coisa da própria cabeça. A forma como prefere acreditar que está louca em vez de enxergar que as circunstâncias da vida é que são insanas. É engraçado pensar na responsabilidade emocional que uma mulher se dispõe a assumir só para manter viva uma ilusão. Penso em como deve estar lá fora: o ar gelado o suficiente para deixar minha respiração à mostra. Minha vida é uma bagunça assustadora e subversiva, uma fraude, e minha mente é facilmente enganada... Essa é a lição que aprendi quando já era tarde: nem tudo é o que parece. Mando o que sobrou desse sentimento para longe e sinto minha determinação voltando conforme deixo a ponte para trás e entro no alvoroço do centro de Portland. Seth e seu pequeno harém. Eu dei uma olhada na minha conta bancária antes de sair e encontrei um padrão de saques: dois por semana no decorrer dos últimos seis meses. Como foi que não percebi antes? Seth estava drenando dinheiro da minha conta para devolver a Regina. Será que ela sabe de onde está vindo o dinheiro? Será que faria alguma diferença? Ele vai ser responsabilizado por tudo isso. Piso fundo no acelerador.

Meu GPS me leva até um prédio que ainda está em construção. É um edifício residencial novinho em folha com quatro andares de apartamentos. Há placas ao longo da rua informando o preço das unidades. Venha visitar nosso estande de vendas! O lado oeste já tem moradores, enquanto no leste ainda é possível avistar andaimes e lonas de plástico cobrindo os imóveis que não têm paredes. Estaciono e, hesitante, desço do carro. Como Seth tem condições de bancar um lugar desses para Hannah enquanto Regina mora naquela pocilga? Acho que ele ainda estava tentando impressionar Hannah. Ele teria dado um jeito de dar segurança à esposa grávida. Parada ao lado do meu carro, ligo para Regina, mas a chamada vai direto para a caixa postal. Com a voz trêmula, deixo um recado.

— Regina... Estou aqui no prédio de Hannah... Pensei que você fosse estar aqui... Vou entrar. Eu tenho que... dar um basta nisso tudo. — Desligo antes de começar a chorar.

As portas do edifício não precisam de um cartão para permitir a entrada, como lá em casa. Todo o processo de chegar ao andar de Hannah é relativamente tranquilo graças às regras pouco rígidas do empreendimento. Olho para um mapa laminado da construção colado na parede do hall de entrada e descubro que o apartamento fica no segundo andar. Enquanto o elevador sobe, estico o braço para trás e toco o metal frio da 9mm. Eu havia tirado a arma da bolsa e a colocado no cós da calça antes de sair do carro.

Não faço a mínima ideia de como vai estar o humor de Seth, de como ele vai reagir à minha presença. Ele é doente, um tipo de aborteiro em série que dá um fim a seus filhos e coloca a vida de suas múltiplas esposas em risco. Pelo amor de Deus, qual é o meu problema? Como fui me meter nessa história? O que me lembro é da expressão no rosto dele naquela tarde em que o ataquei, da frieza cruel que vi logo antes de apagar. E "apagar" é uma descrição muito genérica. Tenho certeza de que ele me derrubou no chão e bateu minha cabeça no piso da cozinha, mas minha memória é incerta.

Meu coração está acelerado quando saio do elevador no andar de Hannah. Será que Seth vai estar aqui ou ela vai estar sozinha? A porta dela é a mais distante do elevador. Será que alguém vai me escutar se algo der errado? Paro no meio do corredor e ponho a mão na parede enquanto respiro fundo algumas vezes. Depois, sigo em frente e ando mais rápido do que andaria normalmente.

— Hora de pôr um fim nessa história — digo baixinho a mim mesma. Então, com a palma das mãos suando, chego à porta dela. Ergo a mão e bato. Meu punho faz um barulho seco que ecoa pelo longo corredor. O cheiro de tinta fresca e do carpete recém-colocado enche minhas narinas quando olho para trás a fim de ver se alguma das outras portas se abriu. Ouço a fechadura ser destrancada, e então a porta se abre. Eu a peguei de surpresa. Hannah está de pé com a boca ligeiramente aberta e um pano de prato na mão.

— Preciso falar com você — digo antes que ela possa falar qualquer coisa. — É muito importante... — Quando percebo que ela não parece convencida, acrescento: — É sobre Seth.

Ela franze os lábios e a testa enquanto me estuda. Seu belo rosto está contorcido de preocupação quando ela olha para o apartamento, e, pela primeira vez, me dou conta de como Hannah é jovem. Ela é só um bebê, penso. A mesma idade que eu tinha quando comecei a faculdade de enfermagem. Eu também tinha me apaixonado por Seth naquela época, acreditado nele de corpo e alma. O que será que eu teria feito se Regina tivesse aparecido na minha casa e dito a mesma coisa? Ela leva um minuto para decidir o que fazer. Me esforço para não olhar a barriga, para me concentrar no rosto dela. Não quero saber, ou será que quero? E se cheguei tarde demais? Eu não conseguiria me perdoar.

Ela entra e deixa a porta aberta. Deduzo que seja minha deixa, que ela permitiu minha entrada. Hannah anda até a sala onde o sofá que eu havia visto em sua antiga casa está. Ela cruza os braços e me encara. Parece estar desconfortável. Fecho a porta com delicadeza e dou alguns passos em sua direção. Há caixas empilhadas encostadas nas paredes, cheias de coisas e sem identificação alguma. Ela se mudou às pressas. Com a porta do quarto aberta, consigo ver uma cama desarrumada e lençóis amontoados. Seguindo meu hábito, procuro por sinais de Seth: um par de sapatos ou o copo de água que ele sempre deixa na mesinha de cabeceira. Mas não conheço seus hábitos aqui, com Hannah, e, até onde sei, eles podem ser bem diferentes daqueles com os quais estou familiarizada. Me aproximo, e, assustada, ela ergue o olhar.

— Como você está? — pergunto com gentileza.

Sua mão vai automaticamente até a barriga. Lembro-me tão bem desse gesto, de estar ciente o tempo todo da vida que meu corpo nutria. Sinto meu peito relaxar: alívio. Ela ainda está grávida.

— Você me contou que ele te bateu, Hannah — digo. — Era verdade?

— Não, você me disse que ele me bateu, Quinta — responde ela. — Tentei te dizer que não era verdade, mas você não me ouvia.

— Não é bem assim — argumento. — Eu vi os hematomas.

Hannah parece aflita. Ela olha ao redor do cômodo como se estivesse procurando uma saída.

— Ele ficou com raiva porque eu te encontrei e fui te ver — digo. — Quando cheguei em casa depois da última vez que a gente se viu, eu o confrontei sobre isso.

Ela arregala os olhos, mas os lábios, teimosos, permanecem fechados, como se estivesse com medo de dizer qualquer coisa sobre o assunto.

— A gente discutiu, brigamos corpo a corpo e depois só me lembro de acordar no hospital.

Hannah meneia a cabeça como se não conseguisse acreditar.

— Você sabe que tem alguma coisa errada com ele. O jeito que ele foi criado... o jeito que ele quer que a gente viva...

— Que ele quer que a gente viva? — pergunta ela. — Do que você tá falando?

Ouço o som de uma chave na fechadura e a porta da frente se abre. Minha garganta se fecha e, de repente, sinto que mal consigo respirar neste apartamento minúsculo. Agarro meu pescoço. Não sei o que espero encontrar aqui; um colar, quem sabe, algo que eu possa segurar para me distrair.

Seth entra com sacolas plásticas enganchadas em todos os dedos. De início, não me vê. Caminha até Hannah com um sorriso relaxado no rosto e se inclina para beijá-la.

— Comprei aquela pera enlatada que você gosta — diz ele e, em seguida, para abruptamente quando vê a expressão no rosto dela. — O que foi, Han?

A cabeça de Hannah se move em minha direção, e Seth segue seu olhar até onde estou. Ele fica incrédulo, como se não conseguisse acreditar que eu os encontrei aqui. Ele abaixa as sacolas, e uma lata de pera sai rolando pelo chão.

O rosto de fada de Hannah está pálido, e seus lábios ficam tão brancos quanto farinha enquanto ela encara o espaço entre nós.

— Estou aqui por causa de Hannah — digo. — Para alertá-la sobre você.

TRINTA E CINCO

Seth marcha até onde estou e agarra meu braço antes que eu consiga me mover. A surpresa que estava estampada em seu rosto há um instante sumiu e foi substituída por outra coisa. Tenho medo de parecer muito nervosa, então mantenho os olhos em Hannah conforme ele me guia até o sofá. Ele me empurra para baixo, e meus joelhos cedem quando caio na namoradeira. É macia, as almofadas são largas e fofas, e me afundo nelas. Quando me dou conta, estou tendo dificuldade para me sentar direito e me sentindo atrapalhada e idiota. Desajeitada, luto contra meu corpo até ficar na borda e com os joelhos juntos, pronta para me levantar novamente em um segundo. Hannah não olha para mim. Em pé ao lado de Seth, ela só olha para baixo. O que será que ele contou a ela? Quem será que ela acha que eu sou?

— Como você achou a gente? — pergunta ele.

Mantenho a boca fechadíssima. Não vou contar que Regina me ajudou.

— Quinta — diz Seth, dando um passo em minha direção.

Me encolho e sinto vergonha na mesma hora. É claro que ele não faria nada comigo na frente de Hannah.

— Vou chamar a polícia — diz ele, e saca o celular do bolso. — Você está stalkeando a gente. É um perigo para si mesma e para Hannah.

Minha boca abre e fecha em protesto, mas estou chocada demais para dizer qualquer coisa. Stalkeando? Como ele consegue fingir que eu sou um perigo para Hannah quando é ele que está batendo nela?

— Você foi longe demais — continua ele. — Acabou. Essa história já deu faz tempo. — Seth põe o braço no ombro de Hannah. É impressão minha ou ela está tensa? — Já contei tudo para Hannah. Ela sabe da gente.

Sabe da gente? Sabe o quê? Sinto uma onda de dor na testa, estreito os olhos e pisco para mandá-la embora.

Não olho para Seth, finjo que ele nem está aqui; olho para Hannah, apenas para ela, a jovem cuja vida ele vai arruinar. Ela parece tão pequena, tão mais nova que Seth; seu braço em volta dela parece quase paternal.

— Hannah — digo gentilmente. — O que Seth te contou sobre mim?

Ela vira a cabeça, me olha nos olhos e Seth enrijece. Ela olha para Seth, que me observa com cara de ódio.

— Contei a verdade a ela — diz ele. — Acabou, Quinta.

— Não perguntei para você, perguntei para Hannah. — Olho para ela. — Quando fui à sua casa, você fingiu que não me conhecia...

Ela morde o lábio inferior e hesita por um instante.

— Você sabia quem eu era — diz ela. — Você foi até nossa casa e fingiu ser outra pessoa. Estava stalkeando a gente... — Sua voz vai ficando mais alta.

Preciso que ela fique calma e seja racional. Que me escute de verdade. Assinto.

— Você está certa. Fui mesmo até sua casa. Eu estava curiosa para saber quem você era. Eu sabia que Seth tinha relacionamentos com mais duas mulheres fora do nosso casamento e quis… te ver.

Ela move a cabeça como se eu tivesse lhe dado um tapa.

— Do que você está falando? — Ela olha para Seth e depois para mim de novo.

— Seth e eu ainda somos casados — digo.

— Você está louca. — A voz dela treme.

Encaro Seth com olhos tão arregalados que parece que eles vão saltar para fora.

— Foi isso que você contou pra ela? — pergunto. — Ela nunca soube de nada do casamento plural. Então essa história era só pra mim?

A mandíbula de Seth tensiona. Pelo olhar que ele dirige a mim, consigo perceber que estou certa.

— A gente estava morando juntos como marido e mulher, em todos os sentidos — digo e me viro para Hannah.

Hannah começa a chorar. Seth tenta tocá-la, mas ela o afasta, e seus soluços ecoam pelo apartamento.

— Olha só o que você fez — diz ela a ele. — Olha o que você trouxe pra nossa vida.

Olho para ele pela primeira vez. Sua boca se abre e fecha. *Trouxe pra nossa vida?* Foi eu que tive minha vida invadida por Hannah. Eu cheguei primeiro.

Fico em choque por um minuto. Imagino-o como meu marido, e não como esse monstro. O homem que amei, que me beijava com ternura e fazia massagem no meu pescoço depois de um longo dia de trabalho. Eu fazia comida, e ele me parabenizava pelas habilidades na cozinha; quando algo quebrava no apartamento, ele pegava a caixa de ferramentas e consertava enquanto eu ficava do seu lado, orgulhosa com o quanto ele era bom em tudo. A mágoa me invade, então desaparece e é substituída por raiva. Como ele ousa? Como ele ousa me amar uma hora e, na outra, me descartar?

Seth não está prestando atenção em mim. Está focado em Hannah.

— Ela não está bem — diz ele. — Acabou de sair do hospício. Desculpa, Hannah. Eu amo você, só você.

— Não estou bem? — respondo. — Fui internada porque você me colocou lá, porque ficou com medo do que eu poderia dizer a seu respeito. — Volto a direcionar meu foco para sua namorada, que está tremendo. — Ele era bom pra mim, pelo menos era o que eu pensava. E eu acreditava em tudo o que ele me dizia. Quando perdi o bebê, me tornei uma inútil pra ele. É esse o tipo de homem com quem você quer ficar, Hannah? Um cara que mente, que te bate, que vai atrás de outras mulheres pra satisfazer suas necessidades doentes e insaciáveis? Não era só eu — digo. — Ele está com Regina também.

— Foi pra isso que você veio? — sibila Seth. — Para me acusar de bater na mulher que eu amo? Ficou louca, foi? Você que é violenta. Me atacou quando tentei terminar. A gente teve que se mudar pra se livrar de você.

— Tinha hematomas nos braços dela — grito. — Eu vi!

— Eu te contei como eu tinha me machucado — interrompe Hannah. — Eu fico roxa fácil.

Balanço a cabeça.

— Seu olho... Você estava com o olho roxo naquele dia...

Confusa, ela olha para Seth, e, por um instante, penso que consegui, que ela vai admitir o que aconteceu. Mas então diz algo que me deixa em choque.

— A gente estava transando quando aconteceu. Não quis te contar na época. A gente tinha acabado de se conhecer e fiquei com vergonha. Seth me deu uma cotovelada no olho sem querer.

Olho para ela sem conseguir acreditar. Para que continuar?

— Ele me empurrou uma vez, durante uma briga. Bati a orelha. Talvez ele não tenha te batido diretamente, mas...

— Quinta, foi você que me atacou e começou a bater no meu peito. Eu tentei te segurar... você caiu...

A voz de Seth está exasperada, e há um vinco profundo entre suas sobrancelhas. *Que ator!* Hannah alterna o olhar entre mim e ele como se não soubesse em quem acreditar. Me agarro a isso, sabendo que fazê-la acreditar em mim é a única forma de conseguir afastá-la dele.

— Não, não é disso que eu me lembro.

Ele dá uma risada sarcástica.

— Pelo visto tem muita coisa de que você não se lembra — diz ele, entre os dentes.

— Por que sua casa está no meu nome? — pergunto. Me viro para Hannah. — A casa que você mora pertence a mim.

Hannah vira o rosto, mas Seth arregala os olhos.

— Porque a casa é sua, Quinta. Sua avó deixou pra você.

— Não! — grito. Mas, em algum lugar, lá no fundo da minha mente, sei que é verdade. Eu já tinha comprado o apartamento quando minha avó faleceu e havia oferecido a casa para Seth ficar durante suas viagens de Portland a Seattle. Ele disse que faria as reformas que eu queria de graça, em troca de ficar lá quando estivesse em Portland. Um choro escapa da minha garganta. Levo a mão até o pescoço. Minha respiração fica entrecortada. Como pude não saber que a casa era minha — da minha avó? Hannah me dera um tour, e eu a seguira pela propriedade como se fosse uma estranha.

— Seu gerente de propriedades colocou a casa para alugar — diz ele.

Odeio o jeito como ele olha para mim: com pena e nojo.

— Você está louca — diz ele. Há desdém em seu aceno de cabeça. Ele está feliz por ter dado um fim a mim; me vê como algo para se jogar fora, sempre foi assim.

— Não estou, não. — Estou tremendo tanto que consigo ouvir meus dentes baterem.

Ele ri enquanto olho para ele.

— É claro que está. Você sempre foi louca. Era obcecada pela minha ex-mulher do mesmo jeito que é obcecada por Hannah. A gente foi um erro, Quinta, e ponto final. Eu gostava de te comer, ouviu bem? Você era só isso pra mim.

Ele se vira para Hannah justo quando me agarro ao sofá com uma das mãos. A dor é assustadora; consigo senti-la nos dedos dos pés... no peito... nos olhos.

— Amor — diz ele a ela. — Eu errei. Por favor...

— Por que você nunca me contou que a casa era *dela*? — Hannah está andando para trás lentamente e meneando a cabeça.

— Eu ia contar... depois que eu terminasse com Quinta. Eu não queria te chatear. O bebê... Por favor, Hannah, foi tudo um erro. Me desculpa. — Ele foi pego em outra mentira. Dou um passo cheio de esperança em direção a Hannah, e Seth grita comigo. — E você não chegue perto dela!

— Como assim, um erro? — grito. — A sua esposa sou eu!

O ambiente fica em silêncio enquanto tanto Seth quanto Hannah olham para mim, horrorizados.

— Não, Quinta — ouço alguém dizer atrás de mim. — Você é a amante dele.

Congelo e fico apreensiva. Me viro e vejo Regina parada à porta do apartamento, olhando em volta, meio desconfiada, com uma bolsa pendurada no ombro. Nossos olhares se encontram por um instante antes de ela localizar Hannah chorando perto da cozinha. Ela entra.

— Você era a amante e ofereceu sua casa para ele morar com a nova esposa.

— É mentira. — Mas é verdade. Agora me lembro. Quando Seth se casou com Hannah, meus locatários tinham acabado de deixar o imóvel; a casa estava disponível. Eu a ofereci para eles. Pensei que isso me traria a aprovação de Seth; eu seria a esposa generosa e desapegada. Com os olhos cheios de lágrimas, encaro Regina.

— Foi por sua causa que nosso casamento acabou — diz ela. — Você tinha um caso com Seth.

Ouço um apito. Sinto a ponta dos dedos formigar.

— Regina me contou tudo, Quinta — diz Seth. — Que você foi até o escritório dela fingindo ser outra pessoa, além de invadir a casa dela. Suas teorias doidas de que fui eu que causei seu aborto e sua insistência em falar que meus pais estão vivos...

— Foi você que me contou que eles estavam vivos! Eles não foram ao nosso casamento, você disse que era porque seu pai estava no hospital...

— Não — diz ele, balançando a cabeça lentamente. — Esse foi o motivo para eles não terem ido ao meu casamento com *Regina*. Te contei essa história.

— Não.

— Foi, sim, Quinta. Pelo amor de Deus, pelo amor de Deus... — diz ele.

Quando Regina olha para mim, não há nada no rosto dela; está isento de qualquer expressão. Eu a olho, e ela me olha de volta.

— Por que você está fazendo isso? — pergunto.

— Está todo mundo bem? — pergunta ela, olhando para Seth e Hannah.

— Regina... — começo.

Ela me interrompe.

— Ela deixou uma mensagem no meu celular. Falou que estava vindo para cá. Sei lá... Fiquei preocupada.

Sinto um calafrio percorrer meu corpo; o arrepio começa na nuca e passa pelo meu corpo como uma mão invisível. Tento chamar a atenção dela. O que ela está fazendo? Ela, com certeza, veio aqui me apoiar. Quero perguntar o que está acontecendo, o porquê de ela não olhar para mim, mas minha língua está colada no céu da boca e meu coração palpita.

— Chamei a polícia — diz ela a mim. — Falei que você estava vindo aqui com a intenção de machucar Seth ou Hannah, que você tinha ameaçado fazer isso.

Meu corpo inteiro treme agora. É uma armadilha, foi tudo uma armadilha. Quando ela me contou que havia descoberto onde Hannah estava, eu estava preocupada demais com outras coisas para perguntar como ela tinha feito isso. Ela sempre soube onde eles estavam, e eu caí na lábia dela.

Olho para Hannah, que chora copiosamente. Penso no apartamento encardido de Regina, em suas mágoas, nas coisas que ela me contou sobre Seth. Ela quer que eu fique parecendo uma louca.

— Sua vagabunda do caralho — digo e vou em sua direção. Não sei o que pretendo fazer, mas, quando dou por mim, ela está na minha frente e minhas mãos estão em volta de seu pescoço. Foi um erro; Seth chega em um instante, agarra meus pulsos e me afasta. Luto com ele, chuto e sinto meu pé atingir seu joelho. Ele geme de dor, cai em minha direção e me empurra para o chão. Tento pegar a arma, que enfiei no cós da calça por via das dúvidas. Consigo tocar o metal gelado com os dedos, mas minha mão está presa; o peso de Seth aprisiona meu tronco. Ouço Hannah berrar e Regina gritar meu nome. Não posso deixá-lo machucar o bebê de Hannah. Consigo pegar a arma e a puxo de dentro da calça jeans. Meu dedo encontra o gatilho. Quando o joelho de Seth me atinge em cheio na barriga, eu atiro. Ouço um grande estrondo, e então o grito de Regina, mandando Hannah ligar para a emergência. O ar escapa de mim na mesma hora em que sinto o sangue nas mãos. Seth desaba em cima de mim, e a arma fica presa entre nós. Seu sangue forma uma poça quente na minha barriga. Mal consigo respirar. E é durante essa perda de fôlego que me lembro. Seth se aproximando de mim na cafeteria, me contando que era casado, como fiquei com raiva primeiramente, depois nosso caso, minha gravidez... e a esposa, Regina, pedindo o divórcio. Me lembro de achar que ele se casaria comigo agora que Regina tinha saído de cena, que seríamos uma família. Mas aí eu perdi o bebê... *Ai, meu Deus, ai, meu Deus.* Me lembro de acordar no hospital e ouvir do médico que eu nunca mais seria capaz de ter um filho. Da expressão no rosto de Seth...

Ele então havia me largado. Pela Hannah. Uma puta que ele conheceu, jovem e fértil para poder ter seus filhos. Os dois eram de Utah; ela era dez anos mais nova que ele. Mas eu havia implorado a ele que voltasse para mim; tinha dito que não ligaria se ele se casasse com Hannah, que ainda o queria. E assim começou nosso segundo caso.

TRINTA E SEIS

Dessa vez é diferente; estou mais tranquila, menos ansiosa. A equipe me conhece pelo nome, e não me sinto mais como uma vítima anônima. O dr. Steinbridge me vê três vezes por semana. Ele diz que estamos progredindo.

Fico vagando pelos corredores longos e com cheiro de mofo, pensando nas escolhas que fiz e divagando acerca de minhas fraquezas. Há tantos momentos em minha vida que eu deveria ter vivido de forma lúcida, mas, em vez disso, estava em um transe emocional e sonolento. Deixei certas coisas acontecerem comigo.

Vou a todas as aulas e frequento todos os grupos: minha favorita é a de ioga holística, quando todos nos reunimos em uma sala sem janelas e nos sentamos em tapetes roxos para respirar fundo e esvaziar nossa mente de problemas. E são tantos problemas que temos, tantos transtornos. Lauren traz minha janta dos meus restaurantes favoritos duas vezes por semana, e minha mãe vem me visitar, com uma expressão de culpa no rosto e trazendo um pote de plástico enorme cheio de biscoitos caseiros.

— Tem pra todo mundo — diz ela.

Nunca perguntei o que ela acha da situação com Seth, ou se tem falado com ele. Acho que não quero saber. Certa vez, quando mencionei o nome dele, uma expressão amarga apareceu no rosto dela antes de ser rapidamente substituída por um de seus sorrisos que eu chamo de "Está tudo certo!"

Anna viajou de avião duas vezes para me ver. A primeira vez que veio, ela marchou hospital adentro com a língua afiada para falar poucas e boas sobre Seth em alto e bom som para quem quisesse ouvir. É uma querida. Meu pai não veio. Nem espero que venha. Sou sua filha que deu errado, uma vergonha. Menti para meus pais sobre Seth, e agora eles sabem a verdade: sou a amante, indigna de ir para o altar.

Durante minha última semana no Queen County, me sento sozinha durante o jantar perto da janela enquanto o escondidinho de carne moída congela na minha frente. Tem gelatina também, claro — sempre tem gelatina. A água aqui tem um gosto sujo e metálico, mas bebo devagar e observo o pátio de grama lá embaixo. Minha respiração embaça o vidro da janela, e passo a exalar com mais intensidade só para observar o padrão de condensação se expandir e se retrair, expandir e retrair.

A terapia tem sido um alívio, de verdade. Tem até me ajudado. Depois que a polícia chegou à casa temporária de Hannah e Seth e o encontrou sangrando em cima de mim, fui levada ao hospital. Passei três dias lá me recuperando de ferimentos leves antes de ser transferida para a prisão, onde esperaria minha acusação.

Regina tinha armado para mim, é óbvio. Me fez acreditar naquela história e acusar Seth de causar nossos abortos. Mas isso acabou ajudando no meu caso. Meu advogado me tirou de lá alegando insanidade e fui mandada de volta ao Queen County, dessa vez para uma estada bem mais longa. Sendo bem sincera, fiquei aliviada. Tive medo de que fossem me mandar para um lugar desconhecido.

Durante meu primeiro encontro com o dr. Steinbridge, um dia depois da minha chegada, ele me contou que eu havia passado um tempo considerável perseguindo Seth e sua nova esposa. Ele também disse que a ex-mulher de Seth, Regina, tinha corroborado a história e dito que eu havia ido ao escritório e à casa dela, entrado à força e exigido informações a respeito dos dois. Regina divulgou a mensagem de voz que deixei antes de entrar correndo no apartamento de Seth e Hannah. Eu estava sentada em uma poltrona de couro na frente dele quando o médico reproduziu o áudio para mim. Com o corpo tenso de ansiedade, não mexi um músculo sequer enquanto ouvia. Eu soava louca até mesmo para mim. Foi então que o dr. Steinbridge pausou a mensagem e esperou que eu negasse ou assumisse as acusações. Não fiz nenhuma das duas coisas. Não tinha por que negar a perseguição — era verdade, independentemente de Regina ter me manipulado. Fiquei sentada em silêncio, ouvindo o médico e sentindo as desculpas morrerem em minha língua.

— Você não é a única culpada pelo que aconteceu — disse o dr. Steinbridge para mim. — Seth é um indivíduo problemático. A forma como foi criado, os maus-tratos que afirma ter sofrido. Ele traiu as duas esposas e te manipulou emocionalmente. Ele te usou e abusou do seu estado de negação. Mas não estamos aqui para lidar com os problemas de Seth, e sim para lidar com os seus. Quando você percebeu o que estava acontecendo no seu relacionamento, sua mente criou uma realidade alternativa para digerir tanto seu filho natimorto quanto o fato de Seth estar seguindo em frente com outra pessoa.

— Mas ele nunca tentou terminar comigo — falei.

Foi então que o bom doutor exibiu meia dúzia de e-mails entre mim e Seth, todos tirados diretamente da minha conta. Ele me permitiu lê-los. Seth, sempre agindo de acordo com a lógica, implorava para que eu aceitasse o fato de que havíamos terminado e dizia que se sentia mal por ter traído Hannah. Eu não tinha a menor recordação de ler aqueles e-mails nem de respondê-los. O dr. Steinbridge disse que, desesperada para fingir que nada daquilo estava acontecendo, eu os apaguei da memória.

— A polícia também encontrou a conta que você criou com o nome Will Moffit, aquela que você usou para entrar em contato com Regina...

— Sim, mas só fiz isso porque pensei que ela estava traindo ele...

Ele me olhara com empatia.

— E os pais de Seth? Eles me mandavam cartões... Ainda os tenho.

— Esses cartões estavam no dia do seu julgamento. Seu advogado os apresentou ao juiz como prova quando você se declarou culpada por insanidade. Foi você que os escreveu. Convocaram um grafologista para provar.

Me veio à mente uma imagem de mim mesma na fila do mercado, colocando uma pilha de cartões na esteira do caixa. Eu chorara e secara as lágrimas com as mãos.

— Estão aqui, Quinta, bem na sua frente — dissera ele, batucando com um dedo nos papéis. Seus dedos eram bem encurvados, como galhos de árvores nodosos. Eu os observei cutucar as folhas impressas com fascinação. — Você e Seth nunca se casaram. Ele teve um caso com você enquanto era casado com a primeira esposa, Regina. E Regina o deixou quando descobriu que ele te engravidou. — O médico fizera uma pausa para que eu absorvesse a informação. — Mas você perdeu o bebê, e isso fez com que entrasse em um episódio psicótico.

Seth não havia causado nossos abortos, mas Regina me fez acreditar que sim. Por quê? Regina perdera um bebê — tudo isso veio à tona no julgamento —, mas em um período bem anterior ao meu, com oito semanas. Ela testemunhara que pegou Seth adulterando seus anticoncepcionais. Naquele instante, em que Regina se sentava de frente para mim no tribunal, eu me lembrava de sua confissão naquele dia, na lanchonete. Do momento em que eu vira seu rosto empalidecer.

Depois que defini Seth como o inimigo na minha cabeça, foi muito fácil acreditar na mentira que Regina me contou. Em um dia, meu bebê estava saudável, se mexendo e chutando, e então simplesmente parou. Não foi encontrada nenhuma razão médica. Às vezes, essas coisas simplesmente acontecem, bebês param de viver.

— Dr. Steinbridge — falei, durante uma sessão. — Não é engraçado que Seth não tenha mencionado nada disso quando estive aqui da última vez?

— Ele nunca afirmou ser seu marido, Quinta. Você veio para cá na última vez porque Seth tentou terminar com você. Ele admitiu isso quando conversamos em particular, que era casado com outra pessoa e você era a amante dele. A esposa de Seth, Hannah, descobriu quem você era na última noite em que você a viu. Lembra?

Me lembro de estar jantando com ela, de ir ao banheiro e não a encontrar mais quando voltei. Conto isso ao médico.

— Seth descobriu onde você estava e mandou uma mensagem para ela. Ele a mandou sair de lá imediatamente.

— Mas, quando voltei para meu apartamento, ele estava lá. Com a mão machucada...

— Pois é! Ele alega que deu um soco na parede quando descobriu que você estava perseguindo a esposa dele. Você o atacou quando ele disse que estava tudo acabado entre vocês. Acredito que ele tenha se sentido obrigado a vir te visitar aqui depois daquilo.

— Mas ele veio me buscar e me levou embora.

— Não — diz o médico. — Foi seu pai que te buscou e te levou pra casa.

Dou uma risada.

— Você está de brincadeira, né? Meu pai me visitou uma vez só, e foi depois que saí daqui. Ele não liga pra mim

— Quinta — diz o dr. Steinbridge. — Eu estava lá. Seu pai veio, trouxe algumas roupas e ficou com você por uma semana até você colocar um remédio para dormir na comida dele e fugir para Portland.

— Não — digo. Meus braços e pernas parecem estranhos, como se não fizessem parte de mim. O médico entendeu tudo errado, ou então está mentindo. Talvez Seth o tenha convencido, pagado para que ficasse quieto...

— Você estava dopada de medicação e ainda delirando.

Quero rir. Eles acham que sou louca a ponto de confundir meu pai com Seth?

Me levanto de repente, com um movimento tão brusco que a poltrona cai para trás e bate no chão. Fazendo um som metálico. Com as mãos calmamente dobradas na mesa, o dr. Steinbridge olha para mim de onde está sentado. Seus olhos, na sombra das sobrancelhas que parecem lagartas, parecem tristes. A sensação é de que estou evaporando, sendo lentamente sugada em direção ao esquecimento.

— Fecha os olhos, Quinta. Veja as coisas como elas realmente aconteceram.

Não preciso, não tenho de fechar meus olhos — porque tudo se desenrola como um carretel em minha mente.

Visualizo aqueles dias no apartamento, só que, dessa vez, vejo do jeito certo: meu pai pairando por lá e me dando comprimidos, lendo *thrillers* da minha estante, assistindo a *Friends* comigo no sofá.

— Não — repito, com os olhos cheios de lágrimas.

Seth não havia vindo me buscar porque tinha dado um fim ao nosso caso e voltado para a esposa. Seth me abandonara pela segunda vez. *Não fui suficiente, não fui suficiente.* Eu merecia ficar sozinha. Meu pranto é como uma sirene, alto e estridente. Enterro as unhas em meu rosto, em meus braços, em tudo o que consigo alcançar. Quero arrancar toda a minha pele, esfolá-la até que não haja nada além de músculo e sangue, até que eu me torne apenas uma coisa, e não um ser humano. Sinto um calor na ponta dos dedos quando eles entram e me agarram; meu sangue deixa manchas em seus uniformes.

No meu primeiro ano como enfermeira, um homem deu entrada na emergência duas semanas antes do Natal com traumatismo craniano. Ele se chamava Robbie Clemmins, e eu jurei que nunca esqueceria seu nome de tão trágico que o acidente fora. Um carpinteiro que, nas horas vagas, trabalhava voluntariamente em um asilo. Ele estava pendurando luzes de Natal na parte externa do edifício quando caíra de costas do segundo andar e batera com a cabeça na calçada. Quando alguém o encontrou, ele estava consciente, deitado de barriga para cima e falando com a voz normal e calma. Estava recitando uma lição que apresentara na quinta série sobre o jeito certo de escalpar um esquilo. Quando foi trazido para a emergência, ele chorava e murmurava algo a respeito da esposa, mas o sujeito não era casado. Eu me lembro de ver a cavidade em sua cabeça e sentir ânsia de vômito, e, depois, vendo o exame de raios x, o crânio parecia um ovo quebrado. O impacto havia atingido o cérebro; pedaços do crânio entraram no tecido cerebral e tiveram de ser removidos durante uma cirurgia que durou oito horas. Apesar de termos salvado sua vida, não fomos capazes de salvar quem ele era antes do acidente. Me lembro de ter pensado em como nós, humanos, éramos seres frágeis, almas cobertas de carne macia e ossos delicados; um passo errado, e nos tornávamos alguém completamente diferente.

Tradicionalmente falando, meu cérebro está intacto. Não caí de um telhado, embora pareça que caí de certa altura da realidade. O dr. Steinbridge me diagnosticou com uma lista de coisas que tenho vergonha de repetir. Em resumo, meu cérebro não é saudável. Costumo me sentar no quarto e imaginar meu cérebro inflamado e derretendo com os inúmeros diagnósticos. Há dias em que a vontade é de abrir minha cabeça e remover meu cérebro, e, quando me dou conta, estou fantasiando com diferentes maneiras de fazer isso. Quero melhorar, mas tem vezes que nem consigo lembrar o que há de errado comigo. Certa tarde, estou em meu quarto e, quando ergo os olhos, vejo o dr. Steinbridge parado na soleira da porta. A expressão séria em seu rosto indica que ele tem notícias.

— Regina Coele solicitou uma visita com você — conta. — Você não precisa vê-la se não quiser.

Fico tocada; seu envolvimento no meu caso se tornou muito mais sensível do que quando vim para cá da última vez.

— Quero falar com ela — digo. E é verdade. Espero por isso já faz um ano, fiquei perambulando pelos dias até ter a chance de poder ficar cara a cara com as respostas que a primeira esposa de Seth tem.

— Vou mandar o formulário de aprovação. Acho que isso pode te ajudar de verdade, Quinta. A esclarecer as coisas e seguir em frente.

Duas semanas se passam até a enfermeira anunciar que Regina veio me ver. Meu coração acelera enquanto, de calça de moletom, regata e com o cabelo em um coque bagunçado no topo da cabeça, caminho até a sala de recreação. Quando me olhei no espelho antes de sair do quarto, eu parecia relaxada... Bonita até, eu diria.

Regina está elegante, com camisa e calça sociais e o cabelo preso em um coque chignon que deixa seu rosto livre. Vou até onde ela se sentou e sorrio para algumas enfermeiras quando passam por mim.

— Oi, Quinta.

Ela me olha de cima a baixo e se surpreende. Esperava que eu estivesse um caco. Mas não estou. Faço ioga todo dia e como frutas e legumes, ando até dormindo bem. Meu corpo está saudável, por mais que minha mente não esteja. Eu me sento na cadeira em frente a ela e ofereço um sorriso. Imagino que seja um sorriso pacífico porque não estou mais me remexendo para um lado e para o outro por causa da apreensão.

— Oi — digo.

Tenho pensado em Regina praticamente todo dia desde que voltei ao Queen County. Não são pensamentos raivosos ou cruéis; estão mais para uma curiosidade distante. A essa altura, estou medicada demais para sentir raiva.

Ela me observa, e suas narinas inflam. Uma esperando cautelosamente que a outra fale primeiro.

— Como você está? — Palavras para quebrar o gelo!

Desvio.

— Por que você veio aqui?

— Não sei, na verdade — diz ela. — Acho que queria ver como você estava.

— Para que você se sentisse melhor ou pior?

Sua pele pálida arde, e manchas vermelhas como morango aparecem em suas bochechas e em seu queixo. O joguinho de Regina custou caro; o objetivo talvez tenha sido me punir, mas Seth e Hannah vão pagar por isso até o fim de suas vidas.

— Acho que os dois. Nunca quis que as coisas acabassem assim...

— Então por que você fez o que fez?

— Você acabou com a minha vida. Queria que pagasse por isso.

Fico sem reação enquanto minha cabeça está a mil. Meus pensamentos se desfazem em um lamaçal de remorso e culpa. Eu não sabia que estava acabando com a vida dela, sabia? A realidade que inventei pode até ter acabado com a vida de todo mundo, mas Regina não era tão inocente quanto Hannah. Ela usou minha fraqueza contra mim; armou para mim.

— Bem, você conseguiu o que queria, não conseguiu?

— Consegui — responde ela, por fim. — Acho que consegui.

Eu estava tão sedenta para culpar alguém pela morte do meu bebê que nem questionei a história de Regina, e ela, por sua vez, estava tão sedenta para me punir que nunca imaginou as consequências que suas ações trariam.

— Eu sabia que você tinha problemas psicológicos, mas não fazia ideia das histórias que você inventou sobre a poligamia.

Envergonhada, desvio o olhar. A vergonha é uma ferramenta poderosa para te levar a cair na realidade. O dr. Steinbridge disse que foi a vergonha que me fez criar uma realidade alternativa. Eu era boa o suficiente para transar com Seth e ser sua amante nos dois casamentos, mas não era boa o suficiente para ser amada.

O médico está me ensinando a lidar com minha vergonha.

— Tome decisões com as quais consiga conviver... — diz ele a mim.

— Queria que você parecesse louca. Não sabia que você *era* louca de verdade.

Fico irritada.

— E você acha que não é louca? — pergunto, revidando. — Você acha normal o que fez? Posso até ser eu quem está aqui, mas pelo menos consigo admitir o que fiz. Você me disse que sentia medo dele para que eu acreditasse mais ainda que ele batia em Hannah. Você me fez acreditar que ele tinha causado seu aborto e o meu. Tudo para me fazer ir até lá naquela noite.

Afinando os lábios em negação, ela me encara. É óbvio que não quer pensar que o que ela fez foi tão ruim quanto o que eu fiz. Eu não queria me enxergar como a outra mulher; a negação é perversa, subversiva e acaba com a nossa alma.

— Foi você que levou a arma. Você que atirou em Seth — sibila ela. — Eu queria te punir por ter acabado com a minha vida, não queria que Seth se machucasse.

Sinto raiva do nojo que ouço no tom de Regina. Fecho os olhos e tento não me irritar. Ouço as palavras do dr. Steinbridge: "Somos responsáveis apenas por nós mesmos."

— Levei. Mas você podia ter me ajudado e, em vez disso, escolheu me usar. Você me deu o delírio de bandeja.

O rosto de Regina é uma máscara de hipocrisia. Estou fervendo de raiva por dentro e sinto a ponta dos dedos formigar. Seth e Hannah não mereciam o que aconteceu. Seth era um adúltero; tivera um caso comigo quando estava casado com Regina e, depois, quando não consegui lhe dar um filho, ele procurou e encontrou outra pessoa: Hannah. Mas ele continuou o caso comigo mesmo depois de ter se casado com Hannah. A rejeição me fizera perder o senso de realidade. Seth nunca mais vai andar; a bala atravessou sua coluna. Ele nunca vai correr atrás da filha no parque, nunca subirá no altar com ela... e a culpa é minha. A dor de cair na realidade me embrulha o estômago.

— Você mentiu quando disse que Seth era violento? Você me contou que ele te jogou na parede...

— Não, isso não era mentira — diz ela. — Seth é estressado.

Sinto a orelha arder; sempre arde quando penso em Seth. Penso em Hannah e em seus hematomas e, mais uma vez, me pergunto se ela estava mentindo para protegê-lo. Acho que nunca vou saber a verdade. É um tanto reconfortante saber que ele está em uma cadeira de rodas. Nunca mais vai conseguir bater em uma mulher, e seus dias de traição acabaram.

— Fico feliz que nós duas tenhamos nos livrado dele — digo.

— Não, nada disso — diz Regina. — Isso não é um clubinho. Não sou igual a você. — Ela dá uma risada. — Você é louca.

E é nesse momento que penso em Robbie Clemmins, com o cérebro estragado, o crânio despedaçado e a vida para sempre alterada. Ele e eu éramos estragados de jeitos diferentes, assim como Regina. Só que estou pagando por isso aqui, e ela continua mentindo. Sua risada machuca meus ouvidos. Eu os cubro com as mãos e pressiono com força para tentar bloquear o som. É igual àquele dia na minha cozinha, quando Seth me chamou de louca e me encarou com nojo nos olhos. Tremendo, me afasto e dou uma cabeçada com vontade no nariz de Regina. O impacto faz com que meus dentes se choquem com força. Mordo o lábio inferior e sinto cacos de um dente quebrado. Ela grita e leva a mão ao nariz, que jorra sangue. Pulo por cima da mesa e a derrubo de costas. Ela bate com a cabeça no chão, e vejo o choque e o pânico em seus olhos, que estão arregalados de medo. Robbie não sabia o que estava acontecendo quando se deitou de costas e seu cérebro começou a morrer, mas Regina vai saber. Seguro sua cabeça e a bato com tudo no chão. Consigo ouvir gritos, muitos gritos.

— Ajuda! — Alguém berra. — Ela vai matar a moça.

Eu *estou* ajudando. Ajudando a mim mesma.

AGRADECIMENTOS

Agradeço à minha editora, Brittany Lavery, e a todos os seus colegas de trabalho na HarperCollins. Jane, minha agente, você é uma salvadora de almas. Eu me sentia muito desesperançosa antes de conhecer você. Miriam, suas dicas para me ajudar a aprimorar este livro não têm preço.

Rhonda Reynolds, você me chamou de muitas coisas no decorrer dos anos: criança selvagem e gênio da criatividade. Mas a de que mais gostei foi quando você me chamou de enteada. Obrigada por responder a todas as minhas perguntas sobre enfermagem, hospitais e alas psiquiátricas. Eu te amo.

Traci Finlay, esta jornada começou com você. Obrigada pela sua enorme disposição para ler, ajudar e consertar um furo no enredo. Foram suas dicas e considerações sobre esta história que me impulsionaram a terminá-la. Você é mais descolada que eu, mas nunca esfregou isso na minha cara.

Cait Norman, a outra enfermeira da minha vida. Sei que algumas das minhas perguntas te assustaram. Você é uma boa irmã.

PLNs! O melhor grupo de amigas.

Colleen Hoover, Lori Sabin, Serena Knautz, Erica Rusikoff, Amy Holloway, Alessandra Torre, Christine Estevez e Jaime Iwatsuru. Cindy e Jeff Capshaw. Scarlet, Ryder Atticus e Avett Rowling King — a mamãe ama vocês. Joshua, por me ajudar nos momentos mais difíceis sem nunca reclamar. Você é o melhor ser humano que já conheci.

Este livro foi composto na tipografia Minion Pro,
em corpo 11,5/16, e impresso em
papel off-white no Sistema Cameron da
Divisão Gráfica da Distribuidora Record.